KB041342

파묘 대소동

파묘 대소동

초판 1쇄 발행 2024년 9월 20일

지 은 이	가키야 미우
옮 긴 이	김양희
펴 낸 이	한승수
펴 낸 곳	문예춘추사
편 집	구본영, 김이슬
디 자 인	박소윤
마 케 팅	박건원, 김홍주
등록번호	제300-1994-16
등록일자	1994년 1월 24일
주 소	서울특별시 마포구 동교로 27길 53, 309호
전 화	02 338 0084
팩 스	02 338 0087
메 일	moonchusa@naver.com
I S B N	978-89-7604-677-2 03830

* 이 책에 대한 번역·출판·판매 등의 모든 권한은 문예춘추사에 있습니다.
  간단한 서평을 제외하고는 문예춘추사의 서면 허락 없이 이 책의 내용을
  인용·촬영·녹음·재편집하거나 전자문서 등으로 변환할 수 없습니다.
* 책값은 뒤표지에 있습니다.
* 잘못된 책은 구입처에서 교환해 드립니다.

못자리 사수 궐기 대회

파묘 대소동

가키야 미우 지음
김양희 옮김

문예춘추사

차례

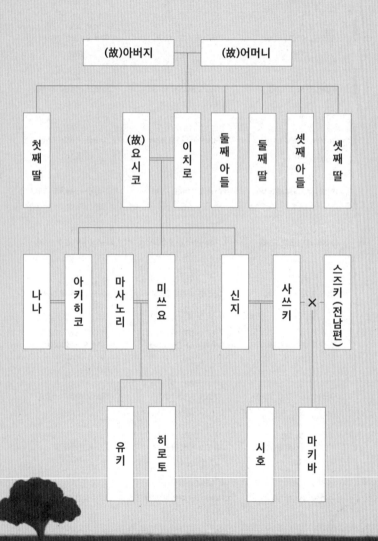

마쓰오 가문

(故)아버지 ─ (故)어머니

첫째 딸 | (故)요시코 ─ 이치로 | 둘째 아들 | 둘째 딸 | 셋째 아들 | 셋째 딸

나나 ─ 아키히코 | 마사노리 ─ 미쓰요 | 신지 ─ 사쓰키 × 스즈키(전 남편)

유키 ─ 히로토 | 시호 | 마키바

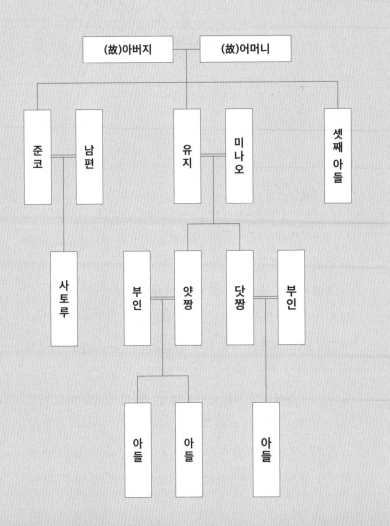

나카바야시 가문

(故)아버지 — (故)어머니

준코 — 남편
유지 — 미나오
셋째 아들

사토루
부인 — 얏짱
닷짱 — 부인

아들
아들
아들

1.
마쓰오 사쓰키 61세

　지난주쯤인가 미쓰요 형님이 웬일인지 내 핸드폰으로 전화를 걸어온 일이 있었다.

　―여보세요, 올케? 바쁠 텐데 전화해서 미안해. 저기, 조의금은 적어도 3만 엔은 넣어야 해. 안 그러면 친척들 앞에서 아버지와 내가 창피를 당할 테니까. 그리고 조의금 봉투는 '영전(靈前)'이라고 쓰인 쪽이야. '불전(佛前)'은 사십구재가 지난 다음에 쓰는 봉투니까 절대로 틀리면 안 돼. 어서 지금 바로 메모해둬. 봉투는 어차피 버릴 거니까 100엔 숍에서 사도 충분해. 그거랑은 별개로, 하얀 봉투에 '연회 음식비'라고 쓰고 1만 엔짜리를 한 장 넣어 와. 남자한테는 말해도 바로 잊어버리잖아.

그래서 신지보다 올케한테 말하는 편이 확실할 것 같거든. 자, 그럼 부탁해.

미쓰요 형님은 언제나 에둘러서 말하는 법이 없다. 정확히 지시해주니까 편하긴 하다. 오랫동안 나를 겪으면서 남동생의 처에게는 상식이 없다는 것을 눈치채고 가급적 정확하게 말해줘야 한다고 생각했을 것이다. 변명을 하자면, 나는 상식이 없는 것이 아니라 상식에 연연해하지 않을 뿐이다. 뭐, 그런 말을 해봤자 형님은 코웃음만 칠 테니 절대 입에 담지는 않지만.

연회 음식의 코스 메뉴는 금세 정해졌다고 형님은 말했다. 지역에서 연회 음식을 하는 곳은 한 군데뿐인데다 그마저도 3천 엔과 5천 엔의 코스 두 종류밖에 없는 모양이다. 허세 부리기를 좋아하는 시아버지가 저렴한 쪽을 선택할 리가 없으니 시간 낭비하지 않고 바로 정했다면서 형님은 전화 너머로 웃었다. 하지만 나는 웃을 수 없었다. 부부 두 사람 몫이면 1만 엔이나 되는데, 사실 부담스럽다. 우리 부부만이라도 3천 엔 코스로 변경해달라고 할 수는 없을까.

그런 생각에 마음이 뒤숭숭해 있는데 남편의 핸드폰이 울렸다.

"아, 누나 전화다. 분명 어머니 사십구재 때문일 거야."

남편이 그렇게 말하면서 핸드폰을 귀에 댄 채 옆방으로 들어갔다. 내가 수공예 프로그램을 열심히 보고 있는 줄 알고 방해하지 않으려 배려해준 것 같다.

"누나, 진심이야? 아무래도 좀 이상해."

열린 문틈으로 남편의 말소리가 새어 나왔다. 목소리 상태로 보아 남편은 얼굴을 찡그리고 있을 것이다.

도대체 무슨 이야기를 하는 걸까. 다음 달로 다가온 납골식 일이라면 분명 간단히 내용만 전달하면 끝난다. 형님과 남편이 옥신각신할 이유가 무엇 하나 떠오르지 않았다.

나는 재빨리 바닥에 있는 리모컨을 엄지발가락으로 끌어당겨 손으로 잡고 녹화 버튼을 눌렀다. 음소거 버튼도 누른 뒤 옆 방에서 나는 소리에 귀를 기울였다. 사람들이 말다툼하거나 욕을 퍼붓는 소리를 들으면 두근거림을 억누를 수가 없다.

설마 사십구재가 취소되었다든가?

에이, 그건 아니겠지. 니가타행 신칸센 열차표는 바로 어젯밤에 온라인으로 예약했다. 취소 수수료가 발생하면 어떻게 하냐고요.

남편은 삼 남매 중 막내다. 아주버니는 우리처럼 도쿄에 살고 있지만 미쓰요 형님은 고향으로 시집을 가서 친정에 행사가 있을 때마다 일을 맡아 처리해준다. 형님은 믿음직스러운 사람이고, 무엇보다 지역에서만 통하는 상식이나 풍습을 잘 알고 있어서 가족 모두가 의지하고 있다.

"그래서, 아버지는 뭐라고 하셔? 뭐? 아직 아버지한테는 알리지도 않았어? 아무리 말하기 어려워도 그렇지 누나…… 응, 뭐, 그래. 말할 수 없을 것 같긴 해."

시아버지에게 말하기 어려운 일이 대체 뭐지? 점점 더 무슨 일인지 모르겠다. 미쓰요 형님은 시아버지가 아주 예뻐하시는 데 말이다. 영화를 좋아한다는 공통점도 있어서 어릴 때부터 부녀 둘이서만 시내에 있는 영화관까지 자주 외출했다고 들었다. 돌아오는 길에는 항상 소프트아이스크림을 사 먹어서 남편은 '누나만 사주다니 나빠!' 하고 화를 내며 울었다나 뭐라나.

아버지에게 이쁨을 받고 자라서인지 형님은 본인의 시집에서도 시아버지를 잘 모셔서 식구들이 좋아했다고 한다. 보이지 않는 곳에서 살뜰히 뒷바라지하면서 절대로 남자를 밀쳐내고 앞에 나서지 않았다. 모두 아버지의 교육 덕분일까. 나처럼 가정환경이 좋지 못한 막돼먹은 여자와는 차원이 다르다.

"형한테는 말했어? 그래서, 형은 뭐라고 해? 바로 대답했다고? 흠, 형도 여전하네."

무슨 일인지 모르지만, 아주버니는 바로 대답한 모양이다. 그렇다면 별일 아닌가?

……시시하군.

미쓰요 형님은 항상 미리미리 만반의 준비를 하는 사람이다. 요전에 통화할 때 연회 음식도 예약했고 절과 석재업체와도 이미 상의가 끝났다고 했다.

뭐지? 그렇다면 새삼스레 뭘 옥신각신하는 거지?

혹시 절 본당에 앉는 자리 순서 때문인가? 아니면 지난달 시어머니의 장례식 때처럼 또 분향하는 순서로 싸움이 벌어지는 건가?

그런 아무래도 상관없는 일에 진심으로 화를 내는 사람이 언제나 존재한다. 그 싸움을 멀리서 바라보는 것이 나는 무엇보다 재밌었다.

자리에 앉는 순서도, 분향 순서도, 처음에는 친족부터라서 순조롭게 결정됐다. 친족 이외의 참석자가 문제였다. 형님 말로는 고인과 얼마나 친했는지로 결정되는 부분과 사회적 지위로 결정되는 부분이 있다고 했다. 예를 들면 여러 명의 시의원이 분향하러 방문할 때는 당선 횟수를 조사해둬야 하는 모양이다.

—왜 저 녀석이 나보다 먼저야!

그런 말을 하면서 진짜로 화를 내는 어리석은 사람이 있었다. 대부분은 남자인데 가끔 여자도 있다. 지난달 시어머니의 장례식에서 화장실 창문으로 내가 직접 목격한 것이다. 장례식

장의 뒤편에서 시고모가 서슬 퍼런 얼굴로 시아버지에게 따지는 것도 봤다.

—아니, 이치로. 왜 내가 보낸 화환은 잘 보이지도 않는 저 구석에 있는 거야? 2만 엔이나 줬다고. 다른 화환은 모두 1만 2천 엔짜리 싸구려야. 한눈에 보기에도 꽃의 고급스러움이 다르잖아. 내 화환을 더 눈에 띄는 곳으로 옮겨줘. 당장!

자기가 보낸 화환보다 다른 사람의 화환이 눈에 띄는 자리에 있다면서 목에 핏대를 세우고 있었다. 아내를 잃은 지 얼마되지 않은 시아버지가 의기소침해 있는 모습을 시고모는 눈치채지 못한듯했다. 그도 그럴 것이, 시고모 본인이 남편을 잃었을 때는 분명 마음속으로 후련해했을 테니까. 배우자를 잃은 슬픔에 빠진 사람이 이 세상에 존재한다는 사실을 상상조차 못하는 것이다. 아무리 그래도 아흔 살이나 되셨는데 그렇게 열불을 낼 힘이 있다니, 아마도 시고모는 오래오래 사실 것 같다.

장례식이나 쓰야[1]에 갈 때마다 다양한 말다툼을 보게 되는데, 그때마다 나는 웃음을 참느라 여간 힘든 게 아니었다. 다음엔 대체 어떤 일이 일어나려나. 어쩌면 더 재밌는 그 지역만의 색다른 관습이 있을지도 모른다. 상상만 해도 정말 설렌다. 결혼하고 나서 시댁에 갈 때마다 매번 이렇게 재미있는 장면을

---

1 일본에서 장례식 전날에 가족이나 지인이 밤새 고인의 곁을 지키는 불교식 장례 의식

목격해왔다. 그걸 생각하면 이번 사십구재도 절대 빠질 수 없다. 지금부터 컨디션을 조절해야겠다.

그런 여러 가지 생각을 하고 있을 때였다. 옆방에서 남편의 목소리가 크게 울렸다.

"누나, 왜 수목장이야?"

뭐, 수목장이라고?

설마, 지금 유행하는 그 수목장을 말하는 건가?

그렇게 훌륭한 묘가 있는데?

시아버지는 이치로[2]라는 이름이 말해주듯이 장남이다. 몇 년 전에 시아버지는 '마쓰오 가문의 묘'라고 새겨진 가족묘 옆에 아주 눈에 띄는 멋진 묘지(墓誌)를 세웠다. 널빤지꼴의 대리석에 조상의 법명[3]과 속명[4], 그 아래에는 사망한 연월일과 향년이 새겨져 있다. 게다가 묘지 둘레까지 대리석 울타리로 둘러서 총 2백만 엔이 넘게 들었다고 한다.

관공서에서 근무하던 시아버지는 자신은 출세해서 부시장까지 올랐으니 친족 가운데 가장 출세한 사람이라며 만나는 사람마다 넉살 좋게 자랑하면서 호탕하게 웃는 팔불출이다. 그리

---

2 일본에서 흔히 첫째 아들에게 붙이는 이름
3 불교에서 죽은 사람에게 붙이는 이름
4 고인이 생전에 쓰던 이름

고 작년 연말에는 역시 자화자찬하는 자기 역사만 잔뜩 늘어놓은 책을 1백5십만 엔이나 들여 자비로 출판해서 친척들과 이웃들에게 뿌리기도 했다.

"난감하게 됐어."

드디어! 전화를 마친 남편이 거실로 돌아왔다.

"뭘 옥신각신한 거야? 사십구재 때문이지? 그런데 수목장이라니 무슨 말이야?"

얼른 알고 싶은 마음에 연이어 물었다.

"수목장이란 말이지, 예를 들면 벚나무 아래 같은 곳에……."

"잠깐 당신, 그런 건 누구나 다 알아. 그게 아니라 마쓰오 집안에는 신분에도 맞지 않는 으리으리한 묘가 있는데 시어머니를 그 묘에 모시지 않고 수목장으로 한다고 하니 어떻게 된 거냐고 묻는 거야."

"이봐, 신분에 맞지 않는다는 표현은…… 뭐, 됐어. 맞아, 그렇다니까. 누나가 말하길 어머니가 수목장으로 해달라고 유언을 남기셨대."

"왜?"

"응, 그게 말이야…… 그러니까, 그 전에 커피 내릴게. 왠지 지쳤거든. 당신도 마실래?"

"내가 내려줄게."

"아, 그래? 고마워. 당신, 오늘따라 다정하네."

그게 아니라 내가 더 빨라서 그래. 어서 뒷이야기를 듣고 싶어서 그런 거라고.

빠른 걸음으로(그래봤자 다섯 걸음 정도지만) 부엌에 들어서자, 남편이 뒤따라왔다.

"누나 말로는 말이지."

커피를 내리고 나서 이야기한다고 해놓고도 남편은 빨리 말하고 싶어 안달이 난 모양이다.

"어머니가 병원에 누워계실 때 이런 말씀을 하셨대. 마쓰오 가문의 묘에는 죽어도 들어가고 싶지 않다고."

"죽어도라니…… 죽지 않고 들어가면 생매장 사건이 되잖아."

"뭐? 아, 그러네. 아니, 그보다, 그런 이야기가 아니라고. 농담하지 마."

"미안……."

나도 모르게 목이 잠겼다.

충격적이었다.

그렇게나 완벽한 현모양처로 보이던 시어머니가 실은 시아버지를 아주 싫어했다는 거잖아? 몇십 년 동안이나 한을 품고 살았다는 거잖아?

사람은 어째서 그렇게 하고 싶은 말을 하나도 하지 못하고 참고 사는 걸까. 시어머니의 마음을 헤아려보고 있자니 가슴이 조이는 것 같았다.

시어머니는 기모노가 어울리는 기품있는 사람이었다. 그랬던 분의 이미지와 방금 들은 이야기는 너무나 차이가 커서 멍하니 커피 그라인더의 스위치를 켰다.

아아, 시어머니와 좀 더 사이좋게 지낼 걸 그랬다.

설마 시어머니에게 친밀감을 느끼는 순간이 오리라고는 상상도 못 했다. 시어머니의 고뇌를 알았다면 나도 미력하게나마 도움이 되지 않았을까. 한 달에 한 번 정도는 우리 집에 오셔서 묵으시라고 했으면 좋았을걸. 그 정도만으로도 재충전이 되었을 것이다.

분쇄된 원두를 종이필터에 담고 뜨거운 물을 부었다.

그래, 그랬구나. 싫어했을 줄이야. 아니, 정말이지 나는 전혀 눈치채지 못했다.

분쇄된 원두가 조금씩 부풀어 올랐다.

깜짝 놀랐다. 그런 시어머니를 나는 전혀 몰랐구나. 그것도 시아버지와 같은 묘에 들어가고 싶지 않다는 생각까지 하고 있었다니…… 시아버지의 어디가 그렇게나 싫었을까. 그 세대의 남자치고는 깨어있는 편인 것 같고 시어머니를 막 대하는 모습도 본 적이 없다. 명랑한 단세포라서 음흉한 구석도 없다.

설마 바람이라도 피운 건가? 아니, 그건 아닐 거다. 그런 촌구석에서는 금방 소문이 나니까 부시장은 될 수 없었을 것이다. 그럼, 혹시 낭비벽? 그러고 보니 쓸데없는 자비 출판도 그렇고 거창한 묘도 그렇고…… 하지만 그걸로 파산했다든가 생활고에 시달리는 것 같지는 않으니, 여유는 있었을 것이다.

어쩐지 그런 이유는 아닐 것 같다.

인간은 그렇게 단순하지 않다.

중매결혼이었다고 듣기도 했고, 원래는 남이었던 두 사람이 한 지붕 아래에서 수십 년을 함께 살았으니, 성격이 맞지 않아 스트레스가 쌓이는 것도 당연하다.

"그치만 지금 와서 수목장이라니……"

"그러게. 형님 말로는 절하고 음식점하고 석재업체하고도 이미 이야기가 다 끝났다고 했는데."

"그러니까 말이야. 그런데도 누나가 막판에 와서 어머니의 유언이라며 말을 꺼냈으니까. 이미 날짜도 촉박하다고 누나가 굉장히 초조해했어."

미쓰요 형님은 수목장에 관해서 아무에게도 말을 꺼내지 못하고 있었던 모양이다. 그러는 사이에 절에서는 날은 언제로 잡을지 연락이 왔고, 음식점에서도 연회 요리의 팸플릿을 보내왔다고 한다.

그런 상황 속에서 미쓰요 형님도 퍽 괴로웠을 것이다. 연로한 아버지가 상처받는 것을 보고 싶지 않다, 어머니의 유언을 모른 척해도 될까, 과연 나는 아무에게도 말하지 않고 가슴에 묻어둔 채 무덤까지 가져갈 수 있을까, 지금 말하지 않으면 평생 후회하지 않을까. 그렇게 자문자답하느라 밤에도 잠을 잘 수 없게 되었다고 한다.

그러다 더는 견딜 수 없어서 오빠와 동생에게 급히 상의하게 된 것이다.

2.
마쓰오 시호 32세

카페에서는 경쾌한 재즈가 흘러나오고 있었다.

"저기, 사토루. 결혼하면 성씨는 어떻게 할 거야?"

"어떻게 할 거냐니, 뭘?"

나카바야시 사토루는 아이스티의 빨대를 입에 문 채 멀뚱멀뚱 나를 쳐다봤다. 연기가 아니라 정말로 무슨 말인지 모르는 것 같았다.

"그러니까 우리 성씨 말이야. 나카바야시로 할지 마쓰오로 할지."

다음 순간 사토루가 숨을 죽였다.

"거기에 대해서 사토루는 어떻게 생각해?"

분명 생각해본 적도 없을 것이다. 여자인 내가 사토루의 성을 따르는 게 당연하다고 생각할 것이다. 아니, 그런 것을 고민하거나 의식해본 적조차 없겠지. 결혼하면 여자가 남자의 성으로 바꾸는 것이 당연한 세상이니까.

하지만 세상 남자들이 어떻든 간에 사토루만은 다르지 않을까. 사토루만은 제대로 된 의식을 가진 남자이길 바라는, 그런 엷은 기대가 마음속 깊이 있었다. 사토루는 성희롱 뉴스를 들을 때마다 몹시 화를 냈으니까 말이다.

—일본 남자가 모두 나처럼 진정한 페미니스트가 된다면 서구에서 봐도 부끄럽지 않은 나라가 될 수 있을 텐데 말이야.

사토루를 좋아하게 된 이유는 여성에 대해 공정한 면이 있기 때문이었다. 하지만 결혼이 정해진 이후로 우리 둘 사이 힘의 관계가 미묘하게 변하기 시작한 느낌이 들었다. 어딘지 모르게 사토루는 거드름을 피우는듯했다. 그러나 제발 나만의 착각이길 바랐다. 나 혼자만의 결혼 전 우울증이길 바랐다. 그렇게 기도하는 듯한 날들이 이어졌다.

"응? 말해봐. 사토루는 어떻게 생각해?"

대답을 재촉하며 사토루를 똑바로 바라보았다. 표정 하나도 놓치고 싶지 않았다.

"그게 난…… 외동아들이고…….”

사토루의 눈동자가 흔들렸다.

"우리 집도 자매 둘뿐이고, 친가에 훌륭한 묘가 있어서 이어받아야 해."

"하지만 시호의 언니는 평생 독신으로 살겠다고 선언하지 않았어?"

"응, 그래서?"

"그럼, 언니는 마쓰오 성을 계속 쓸 테니까 바뀌지 않잖아."

"뭐? 그럼, 언니 대에서 끝나잖아. 게다가 애초에 언니는 마쓰오 집안과 혈연관계도 아닌데 묘를 떠맡길 수는 없어."

마키바 언니는 엄마의 의붓딸이다. 엄마가 처음 결혼한 남자는 아내와 자식에게 주먹을 휘두르는 쓰레기였고, 엄마는 어린 언니를 데리고 도망 다니다가 겨우 이혼했다. 그리고 몇 년 후에 내 아버지와 만나 재혼했고, 나를 낳았다.

"시호의 언니는 서른여덟 살이지? 젊었을 때는 분명히 인기가 많았을 거야."

"젊었을 때는, 이라니…… 언니는 지금도 인기가 많아."

언니는 엄마와 별로 닮지 않았다. 닮은 것은 귀의 형태 정도다. 언니의 아버지가 어떤 사람이었는지 나는 사진조차 본 적이 없지만, 언니는 분명 친아버지를 닮았을 것이다. 그렇지 않고서는 그런 이목구비가 또렷한 미인이 밋밋한 얼굴의 엄마한테서 태어날 리가 없다. 엄마는 젊었을 적에 틀림없이 연인의 얼굴을 꽤 따지는 사람이었을 것이다.

물론 언니에게도 결혼 문턱까지 갔던 연인이 있었다. 언니가 좋아했던 사람의 이름은 스즈키 데쓰야였다. 언니 친아버지의 성도 '스즈키'였기 때문에 언니는 어린 시절 '마쓰오 마키바'가 아니라 '스즈키 마키바'라는 이름을 썼었다.

성인이 된 지금도 아버지에 대한 증오심은 사라지지 않았고, 같은 성을 쓰면 악몽의 세월을 떠올리며 괴로워할 것이 눈에 선하다며 언니는 데쓰야에게 호소했다. 하지만 데쓰야가 성씨만은 절대로 양보할 수 없다고 고집해서 결국 파혼했다. 데쓰야는 삼 형제라서 남동생이 둘이나 있는데도 "나는 장남이고 묘를 지켜야 하니까 절대로 양보할 수 없어"라며 어느 쪽 성으로 할지 고민하는 기색조차 보이지 않았다고 했다.

언니 친아버지의 성씨가 좀 더 드문 성이었다면 좋았을 텐데 '스즈키'는 발에 챌 정도로 많다.

"성씨에 집착하는 건 글쎄. 이름은 단지 꼬리표 같은 거니까 좀 더 가볍게 생각해도 좋지 않을까? 정체성이 어쩌고저쩌고 하는 여성이 많아지는 것 같은데 그런 건 나는 딱히 잘 모르겠어. 나도 '나카바야시'라는 성에 애착이 있는 건 아니거든."

"그러니까 사토루한테 성은 꼬리표 같은 거니까 집착하지 않는다는 거지? 그럼, 가위바위보로 결정해도 괜찮겠네? 가위바위보 해서 사토루가 지면 '나카바야시 사토루'에서 '마쓰오 사토루'가 돼도 괜찮은 거지?"

"시호, 오늘따라 왜 이래. 왠지 무섭네."

그렇게 말하면서 사토루는 쓴웃음을 지어 보였다. 어떻게든 이 자리를 농담으로 얼버무려서 끝내려고 하고 있다.

나는 속으로 경악을 하고 있었다.

내가 이런 비겁한 남자를 진심으로 좋아했다니.

하지만 나는 사토루를, 결혼을, 절대로 포기하고 싶지 않았다.

현재 서른두 살. 이제 곧 서른셋.

이제 이쯤에서 결정하지 않으면 미래가 불투명하다. 이제와 새삼 다른 남자를 찾아서 처음부터 사귀기 시작한다는 것은 생각만 해도 정신이 아찔하다.

사귄다고 해도 서로 결혼하고 싶다는 생각이 들 확률은 낮고 결혼을 결심하기까지 기나긴 날들을 보내야 한다고 상상하니 그 멀고도 번거로운 여정에 한숨이 새어 나왔다.

"성을 바꾸면 남자의 체면을 구긴다고 생각하는 거야?"

가벼운 말투로 물으면서도 내 마음이 사토루에게서 아주 빠르게 멀어지는 것을 느꼈고, 불안감에 휩싸였다. 똑바로 직진해서 갈 예정이었던 인생이 다른 쪽으로 방향을 틀어버렸다.

신혼집으로 마음에 드는 아파트를 정했기 때문에 오늘은 전 시장에서 미리 커튼을 보기 위해 롯폰기까지 왔다. 조금 전까지만 해도 커튼 무늬를 떠올리며 즐거운 기분에 젖어있었다. 무늬가 없는 게 좋을까, 꽃무늬가 좋을까, 밝은색이 좋을까, 차분한 색이 좋을까…… 그러나 어젯밤부터 이어지던 행복한 기분은 어느새 흔적도 없이 산산이 흩어졌다.

스스로 페미니스트를 자처하는 사토루조차 이렇다. 성씨 때문에 매번 헤어진다면 누구와도 결혼할 수 없을 것 같다.

그 여름날…… 그때까지만 해도 성씨 같은 것은 생각조차 해본 적도 없었다. 어릴 때는 여자는 결혼하면 성이 바뀌는 게 당연하다고 믿어 의심치 않았다.

그건 아마 초등학교 6학년 여름방학이었을 것이다. 매년 추석이 되면 가족 넷이 친가가 있는 니가타에 성묘하러 가는 일이 연례행사였다.

—신지네 집은 딸만 있어서 전혀 쓸모가 없어.

저녁 식사 때 웬일인지 술에 취한 할아버지가 갑자기 말을 꺼냈다.

—이대로 가다가는 묘를 물려받을 사람이 없어질 거야. 조상님 뵐 면목이 없다고. 사쓰키는 몸이 튼튼해 보여서 아들을 낳을 때까지 몇이라도 더 낳을 거라고 믿었는데.

식탁의 분위기가 찬물을 끼얹은듯 조용해졌다. 처음으로 여자로 태어난 내가 가치 없는 인간처럼 느껴졌다. 그 자리에 있는 것이 참을 수 없을 만큼 힘들었고 지금도 문득문득 생각날 때가 있다.

할아버지에게는 자식이 셋 있다. 위에서부터 차례로 아키히코, 미쓰요, 그리고 우리 아빠인 신지. 큰아버지 아키히코는 장남이지만 젊은 나이에 서둘러 데릴사위로 가버려서 마쓰오 성씨를 잇는 사람은 우리 아빠뿐이다.

―사랑에 눈이 멀면 그야말로 무섭다니까. 아이도 안 낳고 대체 무슨 생각을 하는 건지.

할아버지는 그 자리에 없는 큰아버지를 원망했다. 연상의 미인에게 홀딱 빠졌는데 "나와 결혼하고 싶으면 데릴사위가 되어줘"라며 큰어머니가 다그쳤다고 들었다. 큰어머니는 칠십대가 된 지금도 검은 생머리에 여전히 소녀 같은 분위기다. 결혼 초부터 아이는 낳지 않는 주의였다는데 지금도 도심의 가장 비싼 땅에서 부부 둘이 우아하게 살고 있다.

―미쓰요네 집은 아들이 둘 있지만, 미쓰요는 시집가서 성이 바뀌었으니 말할 필요도 없지.

그날 술에 취한 할아버지의 분노는 점점 커졌다. 할머니는 여느 때처럼 부엌과 거실을 분주하게 오가며 잠시도 자리에 앉아서 쉬지 않았다. 할아버지의 목소리가 들릴 만도 한데 할아버지를 말리지도 않았다.

—계집아이는 아무짝에도 쓸모없어. 전혀 도움이 안 돼.

그렇게 말한 할아버지는 증오에 찬 표정으로 고등학교 3학년이었던 언니와 초등학교 6학년이었던 나를 눈에 쌍심지를 켜고 번갈아 노려봤다. 그 눈빛은 어린 마음에 충격이었고 지금도 뇌리에 박혀있다. 그리고 그 말에 한마디도 반론하지 않은 아빠를 처음으로 불신하게 된 순간이기도 했다.

다음 날이 되자 할아버지는 "하하하, 미안하구나"라며 해맑게 사과했다.

—너무 많이 취했었나 보다.

할아버지는 아무것도 기억나지 않는다는 둥, 농담이었다는 둥 거듭 변명을 늘어놓았지만, 그날을 마지막으로 나와 언니가 니가타에 성묘하러 가는 일은 없었다.

하지만 엄마는 그 후에도 매년 추석이 되면 아빠의 귀성길에 함께했다. 그런 말을 들었는데도 엄마는 아무렇지 않은 걸까? 엄마는 항상 포커페이스여서 도무지 무슨 생각을 하는지 딸인 나조차 알 수 없었다.

엄마는 요코스카 출신으로 니가타에 가봤자 소꿉친구가 있는 것도 아니고 시어머니의 눈치를 살필 뿐이니 일부러 피곤해

지려고 가는 거나 마찬가지였다.

"시호의 친가는 니카타 아니었나? 지금 와서 묘에 대해 말해도 나는 니가타에는 가본 적도 없잖아."

사토루가 그렇게 말하고 빨대로 아이스티를 쭉 들이켰다.

나도 솔직히 말하면 니가타에 있는 묘에 특별한 애정은 없다.

"우리 가문의 묘는 가고시마에 있어"라고 사토루가 말했다.

"가고시마에는 누가 살고 있어? 할아버지도 할머니도 돌아가시지 않았어?"

"지금은 아무도 살지 않아. 우리 큰고모에게 집의 환기를 부탁하던 시절도 있었지만 이제 큰고모도 나이가 드셨고, 낡은 덧문이 덜컹거려서 큰고모 혼자 힘으로는 열 수 없게 된 모양이야. 그래서 지금은 현지에 있는 부동산회사와 관리계약을 했어. 아무도 살지 않는데 돈이 든다고 아버지가 속상해하셔."

"사토루는 가끔 성묘하러 귀성해?"

"초등학생 때는 매년 여름이 되면 놀러 갔었어. 마지막으로 간 건 할머니 장례식 때였나? 벌써 10년도 더 됐어."

"사토루의 아버님은 그 집과 마을을 아직 고향으로 느끼셔?"

"글쎄. 매년 성묘하러 가는 것도 아니고 최근에는 3년에 한 번 정도 가니까 마음이 점점 옅어지고 있는지도 모르지."

"사토루는 어떤데?"

"나는 도쿄에서 태어나서 가고시마가 고향이라는 느낌은 전혀 들지 않아. 여름방학의 추억이 그립긴 해. 그래도 아무튼 묘는 내가 이어받기로 되어 있으니까."

바꿀 수 없는 결정사항이라는 듯이 말하는 사토루에게서 무심코 눈을 돌렸다. 그리고 나는 거짓말을 했다.

"실은 나도 니가타의 묘를 지키라는 말을 들었어."

"아, 그랬어?"

사토루는 작은 한숨을 쉬더니 남은 아이스티를 모조리 마셨다.

"그건…… 몰랐어. 그러면 나도 성씨를 어떻게 할지 생각해볼게."

사토루는 눈을 마주치지 않은 채 그렇게 말했다.

"어, 정말? 생각해본다고?"

"응, 뭐, 일단은……."

"고마워. 역시 사토루야."

"고맙다는 말은 아직 일러. 생각해보겠다고 말한 것뿐이니까."

그 잘난척하는 듯한 말투는 마치 사토루에게 결정권이 있다는 것처럼 들렸다. 하지만 그런 것조차 사토루는 분명 눈치채지 못할 것이다. 평소에 페미니스트라고 선언한 체면도 있으니, 여자의 의견을 무시할 수 없다고 생각한 걸까. 아니면 단순한 시간 끌기 작전일까.

그런데 그런 계산적인 전략을 쓸 수 있는 남자였던가. 혹시 내가 아직 모르는 면이 있는 걸까.

처음으로 사토루에 대한 의구심에 사로잡혔다.

"그럼, 내가 생각해본 결과, 역시 성씨는 양보할 수 없다고 하면 시호는 어떻게 할 거야? 역시 화내겠지?"

"어?"

아마 화가 나서 며칠 동안은 말하지 않을 거라고, 이 문제는 고작 그 정도의 일이라고 생각하고 있구나. 어째서 남자는 여자를 이렇게까지 우습게 보는 걸까.

내 마음이 점점 사토루에게서 멀어진다. 그 정도가 아니라 절망으로 변해간다.

아니, 그런 수준이 아니다.

……싫어질 것 같다.

이제 곧 서른셋이 되는데.

"시호의 성격이라면 분명히 토라지겠지."

이 말에 내 분노가 극에 달했다.

"토라진다고? 사람을 무시해도 유분수지! 나 지금 정말 진지하다고. 나 그럼 사토루랑은 결혼 안 할래!"

큰 소리를 내고 싶지 않았지만, 결국 소리지르고 말았다. 옆에 있던 남자 손님이 나를 힐끗 쳐다보는 모습이 눈에 들어왔다.

"농담하지 마. 우리가 사귄 지 2년이나 됐고 양가 부모님께도 소개했잖아. 약혼반지도 말이지, 우리 아버지가 아는 보석상에게 아주 좋은 물건을 싸게 소개받기로 되어있다고."

막상 결혼하려고 하면 '사소한 일'로 싸우다가 파혼하는 일이 적지 않다고 잡지인가 어딘가에서 읽은 적이 있다. 결혼식 준비나 신혼집을 결정할 때 양가의 부모나 친척이 끼어들기 때문이라고 나와있었다. 하지만 사실은 '사소한 일'에서 상대의 본심이 드러나기 때문이 아닐까.

남자가 약혼자보다 자기 부모나 집안을 우선시한다는 사실을 알게 되었을 때 여자의 마음에는 불신이 싹튼다. 사토루 같은 남자를 효심이 깊고 착한 사람이라고 생각하는 '아량이 넓은 여자'도 세상에는 있다지만, 그렇다면 여자 쪽의 부모님은 어찌 되어도 좋단 말인가.

"내가 약혼반지 같은 건 필요 없다고 몇 번이나 말했지?"

"그런 식으로 말하지 마. 우리 아버지가 좋은 뜻으로 모처럼 준비해주신 거니까."

"이왕 사주시는 거라면 다이아몬드 말고 평소에도 끼고 다닐 수 있는 루비가 좋다고. 내가 분명 말했잖아?"

"루비 같은 건 안 돼. 보석상을 하는 지인에게 비웃음을 사고 망신당했다고 아버지가 화내시더라."

처음 듣는 얘기였다. 아버님은 자상해 보였는데 뒤에서는 망신당했다느니 그런 말씀을 하시는구나.

형언할 수 없는 불안감에 휩싸였다. '결혼한다'기보다 '시집간다'는 표현이 더 정확했다. 나는 사토루와 결혼하고 싶었을 뿐, 결코 나카바야시 집안의 일원이 되고 싶은 것은 아니었다.

약혼반지조차 내가 원하는 대로 되지 않는다. 아직 결혼생활은 시작도 안 했는데 사토루 부모님의 의견을 들어드려야 한다. 반지를 끼는 당사자는 나인데, 내가 참아야 한다.

"애초에 보석상이 대체 뭐야? 텔레비전 드라마에서 본 적이 있긴 한데 007가방 같은 것을 딱 열고 그 안에서 고르는, 뭐 그런 거지?"

"글쎄, 그건 모르겠어."

"나는 피부가 약해서 반지는 거의 끼지 않아. 그래서 필요 없다고 한 거야. 하지만 그건 도저히 찜찜해서 안 되겠다고 한다면 제대로 된 가게에 가서 큰 진열장에 다양하게 진열된 반지 중에 직접 고르고 싶어. 꼭 긴자의 백화점이나 브랜드숍 같은 곳이 아니라도 좋아. 오카치마치[5]의 도매상 거리로도 충분하니까."

"지금 와서 그런 말 해도……."

"지금 와서고 뭐고 처음부터 몇 번이나 얘기했잖아. 게다가 사토루, 우리 엄마도 반지에 관해서 얘기했잖아?"

예상대로 사토루는 불쾌한 표정을 지으며 입을 다물었다.

나 역시 서른두 살이나 되어서 엄마의 의견까지 들먹이고 싶진 않았다. 하지만 사토루가 자기 부모님만을 생각하는 모습을 보고 있자니 나도 모르게 튀어나왔다.

사토루는 우리 엄마를 싫어한다. 소위 '어머니'라는 틀에서 벗어나있고 애초에 상식이 없는 건 사실이다. 겉모습만큼은 평범한 중년 여성인데 입만 열면 아무렇지도 않게 폭탄 발언을 한다. 어렸을 때부터 친구들에게 엄마를 소개하는 것이 부끄러웠다.

그리고 사토루를 처음 만나던 날, 엄마는 이런 말을 하며 코웃음을 쳤다.

—사토루 씨는 허세가 있네. 사람들에 대한 체면 따위는 아무래도 상관없잖아. 바보 같아. 시호 본인이 반지는 필요 없다

---

5 도쿄 우에노의 오카치마치 지역에는 우리나라의 종로3가 거리처럼 보석 가공업체들이 밀집해 있는 거리가 있다.

고 하니까 안 사도 돼. 이혼 후에도 시호가 생활에 지장이 없을 정도로 큰 다이아몬드 반지를 준다면 이야기가 다르지만 말이야.

나는 식은 커피를 꿀꺽 마시고 심호흡을 하면서 냉정함을 되찾고 다시 원래 화제로 돌렸다.

"반지보다도, 성씨에 관한 건데 말이지."

"아무리 생각해도 안 되겠어. 내가 나카바야시에서 마쓰오로 성을 바꾸기라도 하면 아버지는 충격으로 몸져눕게 될 거야. 어머니는 기절할지도 몰라."

이 마당에 농담으로 끝내고 싶은 모양이었다. 조금 전에 "생각해볼게"라고 한 말도 잊은 걸까. 사토루는 농담이었을지 모르지만, 나에겐 협박으로 들렸다. 그 사실을 왜 모를까. 다정했던 사토루는 어디로 사라진 거지.

"그러면 성씨를 따로 쓸래?"라고 제안했다.

"그럼, 호적에 안 올리겠다는 거야?" 하며 사토루는 불안한 눈빛으로 물었다.

"그렇게 되겠지. 부부가 다른 성을 쓰는 게 허용되지 않는 나라는 지구상에 일본뿐인 것 같더라."

"나는 싫어. 제대로 결혼이라는 형태를 갖추고 싶어."

성씨는 양보할 수 없지만, 호적에는 올리고 싶다. 말하자면 그런 얘기인 모양이다.

……속 좁은 인간.

사토루, 너, 그릇이 작아.

물론 나도 속 좁은 인간이고 사토루와 같은 부류겠지. 하지만 그래도 괜히 화가 나서 참을 수 없었다.

"사토루는 뭐랄까…… 남자답지 못하네."

"어? 남자답지 못하다고? 그런 말은 페미니스트에게는 금기시되는 말이잖아. 그리고 그 반대야. 남자가 여자의 성씨가 되는 게 훨씬 남자답지 못한 거지."

"그렇지 않아. 남자다운 사람은 포용력이 있어서 더 유연하게 받아들인다고 생각해. 그리고 정작 중요한 일이 있을 때는 약한 입장인 여자에게 양보하는 게 진짜 남자지."

남자답다느니 여자답다느니 하는 말을 난 정말 싫어해서 지금까지 단 한 번도 사용한 적이 없었다. 하지만 지금은 그 말 말고는 달리 적절한 말을 찾지 못했다. 그리고 사토루에게 더 말해봤자 소용없다는 생각이 들었다.

"아, 벌써 시간이 이렇게 됐네. 시호, 슬슬 나가자. 커튼 보러 가야지."

"커튼? 아, 그랬지. 그런데……."

"그런데, 왜 그래?"

일어나려던 사토루가 걱정스럽게 내 얼굴을 들여다봤다.

"미안. 미안하지만 오늘은 이만 갈게."

"왜 그러는 거야. 시호……."

사토루가 무언가 말하려던 것을 가로막고 나는 뒤도 돌아보지 않고 재빨리 가게를 나왔다.

3.
마쓰오 사쓰키 61세

미쓰요 형님이 급히 상경하기로 했다.

삼 남매가 모여서 시어머니의 묘에 대해 의논하기로 한 모양이다. 피를 나눈 남매가 자기들끼리, 그것도 아버지는 빼고 이야기를 나누는 일에 고작 차남의 처인 나를 끼워줄 리가 없었다.

그 사실은 잘 알고 있지만, 그래도 어떻게 해서든 나는 그 자리에 꼭 있고 싶었다. 방 한구석에서 쥐죽은듯이 있어도 좋으니 어떻게든 끼어들 방법이 없을까.

시어머니가 실제로는 어떤 여성이었는지, 시아버지를 어떻게 생각했는지. 지금까지 줄곧 현모양처의 거울이라고 여겨온 시어머니의 진짜 얼굴을 알고 싶었다.

60년이 넘는 긴 세월 동안 인내를 거듭한 결혼생활이었을까. 좀 더 일찍 어떻게 할 수는 없었을까. 왜 하필 돌아가시기 직전에 수목장을 말씀하셨을까. 의문점이 꼬리에 꼬리를 물고 떠올랐다.

나는 묘에는 전혀 흥미가 없다. 조상뿐만 아니라 나 자신도 어디에 묻히든 아무 상관이 없는 사람이다. 심지어 무연묘[6]로 하든 산이나 강에 뿌리든 나에겐 과분할 정도다. 비난을 살 것을 알기에 누구에게도 말한 적은 없지만, 본심을 말하자면 내 유골 따위 쓰레기통에 버려도 괜찮다고 생각한다. 왜냐면 사후 세계 같은 것은 전혀 믿지 않으니까. 유골은 단지 칼슘 아닌가. 생선 뼈와 뭐가 다르지.

애초에 이 과학의 시대에 아직도 영혼의 세계를 믿는 사람이 있다는 사실이 놀랍다. 묘비도 그저 돌일 뿐이다. 그 성스러운 불단[7]마저 이미 구청의 대형폐기물 목록의 요금표에 나와 있을 정도다.

"형님한테 우리 집에서 주무시라고 하면 어떨까?"

나는 선심 쓰듯 남편에게 제안했다.

---

6 연고자가 없는 묘
7 일본에는 집마다 작은 가정용 불단이 있어 불상이나 조상의 위패를 모신다.

"아, 여기서?"

"여자 혼자 도쿄의 호텔에 묵는 건 아무래도 불안할 것 같아."

"그런가? 요즘은 그런 걸 즐기는 여자들도 많잖아."

"그건 도시에 익숙한 사람들 얘기야. 도쿄는 사람도 많고 지하철은 복잡하고 이상해서 아무리 똑 부러진 형님이라도 당연히 불안해할 거라고."

시댁이 JR 니가타역에서 가까운 곳에 있다면 모를까, 특급 열차로 갈아타고도 2시간 가까이 걸리는 논밭이 펼쳐지는 지역에 있다. 동네를 사람이 걷는 모습보다 사슴이 걷는 모습을 더 자주 볼 정도였다.

"듣고 보니 그럴 수도 있겠네. 도쿄에는 20년 만에 오는 거라고 했으니까."

"형님한테 전화해볼래? '집사람이 꼭 우리 집에서 주무시래요' 하고 말이야. 응? 그러면 당신도 형님이랑 여유롭게 옛 추억 이야기도 할 수 있잖아."

그렇게 말하자 남편의 눈이 반짝 빛난듯 보였다.

"실은 나, 어머니가 돌아가시고 나서 어릴 적의 일이 많이 생각나더라고. 형하고 누나도 나랑 같은 추억을 갖고 있는지 종종 물어보고 싶었어. 하지만 장례식 때는 정신이 없어서 제대로 이야기를 나눌 겨를이 없었거든."

남편은 곧바로 전화를 걸었고 미쓰요 형님의 환호성이 수화기 밖으로 새어 나왔다.

전화를 끊은 남편은 함박웃음을 지었다.

"저녁은 역 앞에 있는 중국집의 개인실에서 먹는 게 어떨까."

고급 식당이라 그런지 남편은 내 안색을 살폈다. 형님이 도쿄에 오는 일은 흔치 않고 이 기회에 체면을 차리려고 큰맘 먹고 좋은 곳으로 가고 싶은 마음도 이해가 간다.

"형에게도 반은 내라고 할 생각이지만, 코스 요리 3인분이면 얼마 정도 나올까?"라고 남편이 물었다.

3인분이구나……. 역시 나는 그 숫자에 포함되지 않은 모양이다. 이대로라면 엿들을 수 있는 흔치 않은 기회를 놓치고 만다.

"모처럼인데 우리 집에서 식사하는 게 어때? 초밥을 시켜서. 아, 당연히 가장 좋은 것으로 주문할 거야. 그리고 내가 훈제 연어나 아보카도를 얹은 고급스러운 샐러드도 만들게. 거기다 튀김이나 조림도 많이 준비하고. 집에서라면 돈이 얼마 나올지 신경 쓰지 않고 얼마든지 술을 마실 수 있잖아."

"그것도 좋네. 하지만 형은 건강 덕후가 되고 나서 거의 술을 마시지 않는 눈치던데."

"그래도 나나 형님의 눈길이 닿지 않는 곳이라면 고삐가 풀려서 마실지도 몰라."

나나는 아주버니의 부인 이름이다. 칠십 대 여성 중에 '나나'라는 화려한 이름을 가진 사람을 나는 형님 말고는 본 적이 없다. 미나토구에 있는 궁궐 같은 저택에서 외동딸로 태어나 자랐고, 부모님이 돌아가신 후에도 그곳에서 아주버니와 단둘이 살고 있다.

"뭐? 설마 아니겠지. 형이 형수의 눈치를 보느라고 술을 못 마실 리 없잖아."

이 남자는 그런 것조차 눈치채지 못하는 걸까.

"게다가 우리 누나는 술을 한 방울도 마시지 않아. 체질적으로는 강하지만 써서 싫다고 어린애처럼 말하더라."

"그럼, 미쓰요 형님을 위해서 식사 후에 커피와 케이크도 준비할게. 집에서는 녹차든 홍차든 몇 잔이고 자유롭게 마실 수 있잖아. 이참에 메종 마르세이유의 몽블랑하고 주린도의 화과자까지 함께 준비해놓을게, 어때?"

비싼 만큼 제값을 한다고 동네에 소문이 자자한 가게의 이름을 꺼내봤다.

"응, 좋네. 시골에서 올라온 누나라면 격식을 차린 레스토랑보다 집이 훨씬 편할 거야. 게다가……."

말하다 말고 남편은 눈썹을 치켜세웠다.

"게다가, 뭐?"

"식당에서는 계산할 때 형이 전부 다 내버릴지도 모르니까."

"그게 왜 싫어? 형제 중에 형이 제일 돈이 많으니까 계산해주면 좋잖아."

살림을 책임지는 아내로서는 대환영이다.

"왠지 그런 태도가 마음에 안 들어. 우리처럼 죽을 둥 살 둥 일하는 느낌이 전혀 아니란 말이지. 애초에 처가가 부자인 덕을 보는 것뿐인데."

"하지만 지금도 일하시지 않아?"

"그런 걸 일한다고 할 수 있을까? 처가의 고미술상을 물려받았을 뿐이라고."

"그건 그렇지만……."

고미술상이 되고 감정가가 되기까지 나름대로 고생도 하지 않았을까, 그런 생각이 들었지만 야근이 많은 직장인으로 오랜 세월 열심히 일한 남편에 비하면 시간적인 자유도는 높다. 남편은 그런 형의 삶이 부럽고 억울하기도 하겠지.

"하긴, 당신은 누구보다 이 악물고 열심히 살아왔으니까. 한 회사에서 정년까지 근무하다니 정말 대단하다고 생각해."

"그런가? 그래, 맞아. 나 정말 열심히 했어."

나는 결혼하고 줄곧 남편을 격려하는 역할에 충실했다.

남편과 결혼하기 전까지 내 인생은 고난의 연속이었다. 내가 스스로 '저는 힘들게 살아왔어요'라고 말하면 가난이나 고생을 자랑한다고 할까 봐 누구에게도 말한 적은 없지만, 아무리 생각해도 나는 남들보다 더 힘든 인생을 살았음이 분명하다.

특히 첫 번째 결혼이 비참했다. 그런 경험도 있기에 지금의 삶이 더 행복하게 느껴지는지도 모르겠다. 처음부터 지금의 남편과 결혼했더라면 이렇게 감사한 마음을 갖지 못했을 것이다. 오히려 불평불만이 많았을지도 모른다.

남편이 매일 아침 일어나 꼬박꼬박 성실하게 회사에 출근하다니. 게다가 정년퇴임한 지금도 촉탁직[8]으로 일한다. 그런 걸 다 떠나더라도, 적어도 아내에게 주먹을 휘두르지 않는 것만으로도 나는 그저 만족할 따름이다.

첫 번째 남편은 내 말의 이면의 이면을 캐려는 의심 많은 남자였다. 그에 비하면 지금의 남편은 단세포라고 해도 좋을 정도고, 게다가 온순하고 밝다. 어딜 가나 빈축을 사는 비상식적인 여자인 나를 재미있어한다. 그리고 무엇보다 니가타의 시부모님이 애 딸린 이혼녀와의 결혼은 말도 안 된다며 완강히 반대하셨을 때, 남편은 '허락해주지 않으면 둘이 도망치겠다'는 말까지 해준 사람이다.

---

8 정년이 지난 근로자가 계약직으로 일하는 것

그로부터 일주일 후, 남편의 형제가 우리 집 거실에 모였다.

예순다섯인 아키히코 아주버니와 예순셋인 미쓰요 형님, 그리고 예순둘인 우리 남편이다.

아키히코 아주버니는 예순다섯 살이나 되었는데 찢어진 청바지 차림으로 나타났다. 청바지가 늘씬하게 뻗은 긴 다리에 잘 어울렸고 여전히 세상과 동떨어진 분위기를 풍겼다. 장례식 때는 역시 상복을 입고 있어서 이런 평상복 차림을 보는 것은 오랜만이었다.

"제수 씨, 오늘 신경 써줘서 고마워. 이거, 별거 아니지만……."

아주버니는 속삭이듯 작은 소리로 말하고는 현관으로 마중 나온 내게 작은 봉투를 슬쩍 건넸다.

미쓰요 형님은 헬스장에서 돌아오는 듯한 차림새였다. 상경할 땐 신축성 있는 옷이 가장 편하다고 생각했는지 위아래 모두 운동복 회사의 로고가 박혀있었다. 뒷모습만 보면 작고 통통한 중학생 같았다.

"올케, 미안하지만 신세 좀 질게. 도시에 있는 호텔에서 혼자 머무는 건 사실 무서웠거든."

역시 생각했던 대로였다.

"형님, 멀리서 오시느라 고생하셨어요. 이쪽 방을 쓰세요."

그렇게 말하고 우리 집의 방 세 개 중 가장 햇볕이 잘 드는 방으로 안내했다. 큰딸이 독립하고 나서 내가 작업실로 쓰는 방인데 오늘을 위해 재봉틀 주변이나 바닥에 널려있던 재료들을 서둘러 치웠다.

나는 몇 년 전부터 같은 아파트의 꼭대기 층에 사는 야스코와 함께 동업을 하고 있다. 온라인의 프리마켓 사이트에서 판매할 상품을 둘이 차례차례 기획해서 제작 판매하는 일이다. 지난달에는 무려 1인당 12만 엔이나 벌었다.

처음 계기는 야스코가 기모노의 처분을 상의한 일이었다.

—혼수품으로 친정에서 준비해준 귀한 옷인데, 그동안 입을 기회가 없었어. 값나가는 편이라 버리기엔 아깝고 돌아가신 어머니에게도 미안하고. 그렇다고 헌옷가게에 팔면 한 벌에 5백 엔밖에 안 된다고 하더라고.

그때 나는 야스코의 기모노 허리띠의 아름다움에 매료되어 숨이 멎을 정도였다. 나는 부모님을 사고로 일찍 여읜 탓에 어머니가 준비해준 혼수품 같은 것도 없고, 기모노는 한 벌도 가지고 있지 않아서 성년식[9]에도 참석하지 않았다. 내 딸들의 성년식 때에는 의상을 대여해서 입혔다. 사서 입혀도 좋았겠지만, 자리를 꽤 차지할 테고, 깨끗한 상태로 보관하는 지식도 없

9 일본은 1월 둘째 주 월요일이 성년의 날이며 각 지자체에서 행사를 여는데 특히 여성들은 소매가 긴 '후리소데'라는 화려한 기모노를 입고 꽃단장을 하고 참석한다.

어 그렇게 한 것이다.

―저기, 야스코. 괜찮다면 이 허리띠, 내게 주지 않을래?

야스코의 성격에 공짜일 리가 없으니 확실하게 1천5백 엔을 냈다. 그 허리띠를 가지고 돌아와서 옷걸이에 걸어 족자처럼 방에 장식해놓고 감상하며 즐기곤 했다.

얼마 뒤, 딸 시호가 겨울옷을 가지러 집에 들렀을 때의 일이다. 딸 역시 고급스러운 직물의 아름다움에 감동해 "엄마, 이 허리띠로 노트북 커버를 만들어줘"라고 말하는 것이다. 기모노를 입을 기회는 없지만, 노트북 커버라면 언제든 감상할 수 있고, 일하면서도 힐링이 될 거라고 했다.

그 허리띠 하나로 노트북 커버를 다섯 개나 만들 수 있었고, 하나는 시호에게 주고 다른 하나는 내가 사용했다. 야스코에게 보여줬더니 갖고 싶다고 해서 5백 엔에 팔았다. 사진을 찍어서 첫째 딸 마키바에게 문자를 보냈더니 "필요 없어"라는 무뚝뚝한 답장이 돌아왔고, 시호의 약혼자인 나카바야시 사토루가 우리 집에 왔을 때 선물하려고 건넸더니 "아마 안 쓸 것 같지만 모처럼 주셨으니 받아둘게요"라고 하기에 "그런 식으로 말할 거면 안 받아도 돼"라고 말하고 다시 돌려받았다. 사토루는 그저 성실함만이 장점인 상식적인 사람으로, 도대체 어디에 매력이 있는지 나는 도무지 이해할 수 없다.

어쨌든 이렇게 해서 노트북 커버가 두 개 남았다. 옷장 안에 넣어두려고 했는데 시호가 프리마켓 사이트에 시험 삼아 팔아 보는 게 어떠냐며 권했다. 반신반의하며 1천 엔에 올려놓았더니 순식간에 팔려서 놀랐다. 남은 하나를 주뼛주뼛 2천 엔에 내놓았더니 그것도 당일에 팔렸다. 그 사실을 야스코에게 알려주자, 야스코는 눈을 반짝이면서 자기도 만들겠다며 벽장에 잠들어 있던 재봉틀을 꺼냈다.

그 후로 우리 둘은 아침부터 밤까지 재봉틀을 밟는 생활을 하게 되었다. 2천 엔에서 2천5백 엔, 3천 엔으로 가격을 올려도 금세 팔려나갔다. 영어로 거래하는 경우도 많았다. 익명 배송이라서 어느 나라의 어떤 사람인지는 알 수 없지만, 외국인이 즐겨 샀다. 열심히 하면 열심히 한 만큼 돈을 버는 재미를 알아버린 우리는 사이좋게 슈퍼마켓의 계산대 일을 그만뒀다. 지금으로서는 이제 두 번 다시 시급을 받는 일로는 돌아갈 수 없을 것 같다.

그 몇 달 후에 미쓰요 형님의 둘째 아들 결혼식에 참석했을 때의 일이다. 허리띠로 만든 노트북 커버 이야기를 형님에게 했더니 그다음 주부터 택배로 니가타에서 허리띠를 속속 보내왔다. 형님이 동네에 아는 사람에게 필요 없는 허리띠를 받아서 모았다고 했다. 공짜로 받는 것이 마음에 걸려서 그 보답으로 허리띠 일부를 사용해서 토트백을 만들어 기증해주신 분께 선물하는 방식이 정착되었다. 원단이 정말 아름답고 가벼워서 어르신들에게 인기가 좋다고 한다.

그것 말고도 나와 야스코는 요리 유튜버이기도 하다. 촬영할 때는 서로 도와주는데 둘 다 구독자 수가 전혀 늘지 않고 있다. 음식을 만들면서 과거의 비참했던 고생담을 이야기하면 구독자 수가 늘어난다는 사실 정도는 알고 있다. 하지만 아무리 얼굴을 드러내지 않는다고 해도 과거의 일은 떠올리고 싶지도 않고, 돈을 벌기 위해서라도 마키바의 트라우마를 생각하면 그런 이야기까지는 차마 하고 싶지 않았다. 마키바는 친아버지에게 맞아 코가 부러진 적이 있다. 이제 코는 나았고 실제 아픔은 사라졌지만 마음의 고통은 지금도 계속되고 있을 것이다.

그런 작업을 하는 공간이지만, 오늘은 미쓰요 형님이 묵기 때문에 이런저런 도구를 상자에 담아 옷장에 밀어 넣었다. 옷장에 다 들어가지 않는 것은 어젯밤에 야스코 집에 맡겼다.

미쓰요 형님은 고급 브랜드 따위에는 관심이 없고 소탈한 성격이기 때문에 나도 부담스럽지 않다. 하지만 아키히코 아주버니의 부인인 나나 형님은 달랐다. 아주버니보다 일곱 살이나 많지만, 나이를 가늠할 수 없는 '소녀' 그대로다. 지난달 시어머니의 장례식에서 오랜만에 만났는데 칠순을 훌쩍 넘겼는데도 할머니는커녕 아줌마라고 부르기도 민망한 분위기를 풍기고 있었다. 여전히 어깨 위까지 내려오는 단발 생머리로, 검은 눈동자가 크고 매력적인 눈망울은 젊었을 때와 변함없었다.

그래서인지 상복은 나와 미쓰요 형님을 실제 나이보다 더 늙어 보이게 했지만, 나나 형님은 세련된 차림으로 보여서 꼭 마성의 여인 같기도 했다. 나나 형님의 상복은 이탈리아의 고급 브랜드라고 아주버니가 말해주었다. 양판점에서 할인가에 산 미쓰요 형님과 나의 상복과는 애초에 격이 달랐다.

—나이를 먹어도 미인은 유리해. 새언니가 나보다 열 살 가까이 위라는 게 믿기지 않아.

그때 미쓰요 형님은 그렇게 말하며 한숨을 내쉬었었다.

나는 부엌에서 차를 준비하며 세 남매의 모습을 관찰했다.

"뭐, 굳이 미쓰요가 상경하지 않아도 나는 화상 회의로 충분하다고 생각했는데."

"오빠, 그렇게 말해도 난 컴퓨터 같은 건 못 쓴다니까."

"좀 배우라니까. 시골에 사는 사람일수록 사용할 줄 알면 편리해."

아주버니가 이쪽에 등을 지고 있는 것을 확인하고 나서 아까 현관 앞에서 받은 봉투를 슬쩍 들여다봤다.

어, 3만 엔이나?

기뻐서 나도 모르게 소리를 지를 뻔했다. 조금 전까지만 해도 초밥이나 고급 식자재를 산 돈이면 며칠 분의 재봉질벌이가 날아가 버린다고 안타까워했는데 갑자기 기분이 좋아졌다. 역시 특선 초밥으로 고르길 잘했다. 아주버니는 미식가라서 어쭙잖은 음식은 낼 수 없다.

—쓸 때는 아낌없이 써라. 언젠가 반드시 네게 돌아온다.

친정아버지의 가르침은 옳았다.

아버지는 사십 대 중반에 세상을 떠났다. 그때의 아버지 나이를 나는 이미 오래전에 넘어섰다. 그런 생각을 하면 슬퍼져서 평소에는 생각하지 않으려고 한다. 그런데 오늘은 왠지 모르게 마음이 느슨해진 것 같다.

아직 오후 3시라서 저녁 준비는 천천히 해도 된다고 생각해 차만 내기로 했다. 역 앞의 '조시마루'[10]의 초밥은 신선하고 맛있으니, 모두 배를 비워두었으면 했다.

"그런 것쯤은 나도 안다고!"

갑자기 미쓰요 형님의 큰 목소리가 울려 퍼졌다. 아직 차도 내지 않았는데 벌써 본론으로 들어갔나 보군.

"세상 사람들은 다들 그렇게 말하겠지. 그런 훌륭한 묘가 있는데 수목장이라니 이상하다고 말이야. 하지만 어쩔 수 없잖

---

10 일본의 유명 초밥 체인점

아. 엄마의 간절한 바람이니까."

찻잔 세 개를 쟁반에 담아 조용히 거실로 나왔다. 이 맛있는 차는 야스코에게 받은 것이다. 친척이 차 농가를 하고 있는데 정기적으로 보내온다면서 매년 나눠준다.

"수목장 얘기, 아직 아버지에게 말 안 했다며?"라고 아주버니가 묻고 있는 참이었다.

"엄마가 돌아가시고 나서 어깨가 축 처져있으니까 도저히 말할 수 있는 분위기가 아니야."

"아내를 먼저 보낸 남편은 오래 살지 못한다고 하니까. 아버지도 얼마 안 남았을지도 몰라."

"오빠, 불길한 소리 하지 마."

"하지만 누나, 아무리 그래도 수목장이라는 건……."

"그러면 하나 물어볼게. 신지, 넌 엄마의 단 하나뿐인 소원을 모른 척할 수 있어?"

"그건……."

남편은 대답하지 못했다.

"나는 엄마의 마음을 모른 척할 수 없어. 돌아가시기 석 달 전부터 계속 말했어. 죽음의 문턱에서도 내 손을 잡고 말이야. 두 손으로 꼭 잡았다고, 꽉 말이지. 마지막 힘을 쥐어짠 거야. 쉰 목소리로 '절대로 아버지와 같은 묘에 넣지 않겠다고 약속해줘' 하고 말이지."

"미쓰요, 그때 너는 뭐라고 대답했어?"

"엄마를 안심시키려고 '알았어. 꼭 수목장으로 해줄 테니까 안심해'라고 말했지. 그거 말고 다른 좋은 대답이 없잖아."

나는 천천히 세 사람 앞에 차를 내려놓고 조용히 부엌으로 돌아왔다.

슬쩍 곁눈질해 보니 미쓰요 형님은 찻잔에 입술을 대고 있었다. 입에 맞으시려나? 남편도 마시기 시작했지만, 아주버니만은 찻잔을 바라볼 뿐 손대려고 하지 않았다.

그때였다.

"저기, 제수 씨"라고 아주버니가 고개를 돌려 나를 바라보며 말했다.

"미안한데, 뭐 시원한 음료수 없을까?"

"아, 눈치가 없어서 죄송해요. 지금 바로 맥주를."

"그게 아니라 제수 씨, 나 콜라 마시고 싶어. 목을 시원하게 캬~ 하고 싶거든."

"네?"

아주버니, 지금 장난하세요? 콜라 같은 건 일반 가정집에 항상 구비돼 있지 않다고요. 편의점까지 사러 가면 그사이에 남매의 대화를 놓치게 되는데.

아니면 설마, 아주버니 집의 냉장고에는 항상 차가운 콜라가 진열되어 있나요?

그래, 그럴지도 모르지. 그 나이에 찢어진 청바지를 입을 정도니까. 분명 죽을 때까지 청춘을 만끽하는 부부겠지. 우리 부부 같이 나이에 걸맞게 늙어가는 일에 거부감을 느끼지 않는 중년 부부와는 전혀 다른 세상에서 살고 있을 것이다.

"잠깐만 올케, 일부러 콜라 같은 건 사러 갈 필요 없어. 오빠 말은 그냥 무시해. 있잖아, 오빠는 비상식적이라니까. 올케한테 실례잖아. 주부가 얼마나 힘든데. 손님이 온다고 하면 장도 봐야 하고 온 집 안을 청소하고 음식도 만들어야 한다고. 애당초 이렇게 맛있는 차를 내어줬는데 콜라가 뭐야."

미쓰요 형님이 자기 일처럼 화를 내줘서 내 분노는 한순간에 가라앉았다.

"형님, 감사해요. 하지만 괜찮아요. 저 잠깐 편의점에 다녀올게요."

편의점은 그다지 가깝지 않지만 그렇게 말할 수밖에 없었다.

이들의 대화를 녹음이라도 할 수 없을까? 부엌에 놓아둔 핸드폰으로는 조금 거리가 있어서 녹음이 안 될지도 모른다.

지갑이 든 가방을 선반에서 막 꺼내려던 때였다. 핸드폰에 문자 알림이 뜨는 것이 보였다.

「남편의 형제들, 왔어?」

야스코의 문자다. 나는 지금이 기회라는 생각에 재빨리 답장했다.

「야스코, 당장 콜라 좀 사다줘. 시원한 걸로.」

「페트병 하나면 돼?」

일일이 사정을 묻지 않는 게 야스코다. 그래서 마음이 맞는다.

「가능한 많이.」

대화가 길어져서 아주버니가 아침까지 돌아가지 않을 가능성도 있다. 그렇게 되면 아주버니는 뒤집어쓸 정도로 콜라를 마실지도 모른다.

「수고비는?」

「한 병당 2십 엔.」

「너무 싸서 맡을 수 없음.」

아아, 흥정을 하다니.

하지만…… 아주버니에게 3만 엔도 받았으니.

「그럼, 3십 엔.」

「그 각오, 맘에 들어! 5분 후에 현관 앞 배달.」

문자로 주고받은 연락은 단 몇 초 만에 끝났다.

나와 야스코는 학력 콤플렉스로 맺어진 인연이다. 눈앞에 있는 사람이 고등학교 중퇴라는 사실을 알게 된 순간부터 갑자기 얕잡아보는 사람이 많다. 나는 늘 그런 굴욕적인 삶을 살아왔다. 하지만 우리 둘 다 웬만한 여자들보다 머리 회전이 빠르다고 자부한다. 지금의 문자만 봐도 그렇다. 야스코가 아니라면 '갑자기 왜 콜라가 필요해?'라는 질문부터 시작해서 분명 계속 긴 문자가 이어졌을 것이다. 두 딸에게 보여주면 분명 육십대 여자 두 사람 사이에 오간 문자라고는 생각되지 않는다며 늘 그렇듯 틀림없이 큰 웃음을 터뜨렸을 것이다.

"어머니가 그렇게까지 아버지를 싫어했어?"

남편의 침울한 목소리가 들려왔다.

"그야 그렇지."

"그럼, 누나는 눈치채고 있었던 거야? 언제부터?"

"초등학생 때부터인가."

"아아, 충격인데. 형은 언제, 알고 있었어?"

"아니, 전혀."

"하긴, 형은 형수랑 만난 후로는 본가에 관심이 없었지."

"그래, 맞아. 오빠의 마음은 항상 새언니로 가득하지."

아주버니는 특별히 인정하거나 부인하지도 않고 시치미를 뗀 얼굴로 방 안을 천천히 둘러보고 있다.

"아버지가 특별히 나쁜 남편은 아니었다고 생각해."

미쓰요 형님이 말을 이었다.

"오히려 같은 세대의 남자 중에서는 그나마 나은 편이었을 거야."

"그치만 누나, 그렇다면 왜 수목장인데?"

"엄마는 그동안 자신의 인생이란 대체 뭐였을까 하고 생각하니 화가 나서 참을 수가 없었대."

"아버지도 가족을 위해서 열심히 일했잖아."

남편은 계속 반박하고 있었다.

"신지, 그런 얘기가 아니야."

"그럼, 대체 무슨 얘기야?"

그때 내 핸드폰에 다시 문자 알림이 떴다.

「현관 앞 콜라 10병. 자판기 1천3백 엔+수고비 3백 엔=합계 1천6백 엔. 돈 주는 거 잊지 말 것.」

현관문을 열자, 비닐봉지가 놓여있다. 봉투를 들여다보니 물방울이 맺힌 콜라 외에 밀폐 용기도 하나 들어있었다. 오이 누카즈케[11]였다. 야스코는 요리도 잘한다. 특별히 신경을 써준 건지 그대로 손님에게 내놔도 괜찮은 앙증맞은 꽃무늬 밀폐 용기에 담겨있었다. 어슷하게 썬 오이가 보기 좋게 가지런히 들어있었고 이쑤시개도 세 개 꽂혀있었다.

"드세요."

---

11 쌀겨 섞인 소금으로 채소를 절여 만든 음식

콜라를 페트병 채 아주버니 앞에 놓고, 오이 누카즈케도 용기째로 거실 테이블 가운데에 놓았다. 그러자 아주버니가 갑자기 "우와!" 하고 큰 소리를 냈다.

"뭐야, 제수 씨! 누카즈케가 있으면 있다고 처음부터 말했어야지."

"네?"

"알았다면 나도 그냥 차 마셔도 됐는데."

그렇게 말하면서 아주버니는 누카즈케를 아삭아삭 소리까지 내며 맛있게 먹기 시작했다.

"맛있네. 제수 씨, 미안하지만 나, 흰 쌀밥이 먹고 싶어."

"어, 지금…… 당장이요?"

"이 누카즈케에는 따끈따끈한 흰 쌀밥이 제격이거든."

"그…… 그렇지요. 알겠…… 어요. 금방 준비할게요."

밥은 미리 한 공기씩 소분해 랩으로 싸서 냉동해놓았다. 곧 있으면 비싸고 맛있는 특선 초밥이 도착하지만, 아주버니는 이런 사람이라 어쩔 수 없다. 오히려 나보다 더 비상식적인 사람이 이 세상에 또 있다는 것만으로도 나는 안도감에 휩싸였다.

"아버지는 어머니에게 잘난 체하는 말투로 말하지도 않았을 거야. 장을 보러 가도 무거운 물건은 들어주는 남자였다고."

남편이 하는 말이 들렸다.

"혹시 아버지가 젊었을 때 바람이라도 피운 거 아니야?"라고 아주버니가 대수롭지 않게 말했다.

"나도 그렇게 생각해서 엄마한테 물어봤는데 그건 아닌 거 같았어."

"그런 촌구석에서 바람을 어떻게 피워. 동네방네 소문나서 유명해질걸"하고 남편이 말했다.

"그건 그러네."

아주버니는 깨끗하게 물러났고, 내가 밥을 가져가자 "밥알이 서있네. 반짝반짝 빛나"라며 함박웃음을 지었다.

"지금 있는 묘에 모셔도 괜찮잖아. 그렇게 하자. 나도 죽으면 그 묘에 들어간다고. 그때 묘 안에 어머니가 없고 아버지만 계시는 거잖아. 그건 싫어"라고 남편이 말했다. 하지만 미쓰요 형님은 단호했다.

"나는 엄마의 유언을 모른 척할 수 없어."

"바람도 빚도 폭력도 폭언도 없었잖아. 성실하게 정년까지 근무해서 부사장까지 지냈어. 도대체 엄만 뭐가 불만이었던 거야?"

남편이 그렇게 묻자 미쓰요 형님은 부엌에 있던 나한테까지 들릴 정도로 큰 한숨을 내쉬었다.

"역시 남자는 말해도 모른다니까. 생각했던 대로야."

"그럼 누나, 좀 더 알기 쉽게 설명해줘."

"그러니까 죽은 뒤만큼은 자유로워지고 싶다는 거야."

"마치 죽기 전에는 자유롭지 못한 삶을 살았던 것 같잖아."

"당연하잖아. 엄마의 삶 어디에 자유가 있었는데? 저기, 괜찮다면 올케도 이쪽으로 오지 않을래? 이 멍청한 남자들에게 여자의 입장이 어떤 건지 설명 좀 해줘."

이 얼마나 훌륭한 형님인가!

나는 곧바로 "네에"라고 대답하고 선반에서 내 스누피 머그잔을 꺼내 서둘러 차를 따랐다. 천천히 오래오래 이야기에 참여하고 싶었기 때문에 집에 있는 컵 중에 가장 큰 컵으로 골랐다.

"제수 씨, 밥 한 그릇 더 있을까?"

그때 아주버니의 느긋한 목소리가 들려와 고개를 돌려 보니, 싹 비운 밥그릇을 높이 치켜들고 있었다.

"참 딱하네, 데릴사위도 고생이 많아."

미쓰요 형님이 기막히다는듯이 말했다.

"누나, 지금 그게 무슨 뜻이야? 형이 집에서는 밥도 더 못 먹는단 말이야?"라고 남편이 물었다.

"설마. 밥이야 더 먹을 수 있겠지. 하지만 오빠네 집에서는 누카즈케 같은 건 못 먹어. 실은 정말 좋아하는데 말이야."

"어째서?"

"넌 여전히 둔하구나. 나나 언니가 누카즈케를 만들 수 있을 것 같니?"

젊었을 때 아주버니 부부의 식사는 프렌치나 이탈리안 위주라는 말을 들은 적이 있지만, 지금도 여전히 그런 걸까. 나나 형님이 와인과 치즈를 즐긴다는 것은 예전부터 친척들 사이에서 유명하긴 했다.

"형수가 만들지 않아도 마트에서 팔잖아?"

우리 남편은 아직도 이해가 가지 않는지 계속 말을 이어갔다.

"형수한테 말하면 되잖아. 가끔은 누카즈케와 흰 쌀밥이 먹고 싶다고 말이야."

"말할 수 있었다면 진작 했겠지. 그렇지, 오빠?"

"엇, 형은 형수한테 그런 말조차도 못 한다는 거야?"

남편은 진심으로 놀란 모양이다. 눈을 동그랗게 뜨고 침묵하는 아주버니의 옆모습을 바라보고 있다. 그래도 역시 형수를 나쁘게 이야기하는 것은 피하는 게 낫다고 생각했는지, "멋지게 사는 것도 꽤 힘들구나"라고 덧붙이는 데에서 이야기를 끝냈다.

사실 나도 놀랐다. 영화 속 세계에 사는듯한 부부로, 도심이라고는 믿기지 않는 넓은 정원을 바라보며 방에서 와인을 마시고, 문학이나 음악 이야기를 나누는 우아한 삶. 나나 형님뿐만 아니라 아주버니도 그런 생활 방식을 선호하는 줄로만 알았다. 그런데 만약 나나 형님이 오늘 모임에 왔었다면 아주버니는 누카즈케를 걸신들린 듯 먹어치우는 일은 하지 못했을까. 남편이 술을 많이 마시는 것을 싫어하는 부인은 많지만, 남편이 일식을 먹고 싶어 하는 것을 싫어하는 부인은 들어본 적도 없다. 도대체 어떤 부부관계일까.

아주버니는 동생들의 목소리가 들릴 텐데도 아랑곳하지 않고 맛있게 누카즈케를 먹고 있었다. 보고 있자니 왠지 가엾어졌다.

"아주버니, 밥은 얼마든지 있으니까 부담 갖지 말고 말씀하세요. 원하시면 김 쓰쿠다니[12]도 있어요."

아주버니는 분명 배가 불러서 저녁은 먹지 못할 것이다. 그렇다고 해도 상관없다. 남은 초밥은 통에 담아 야스코를 불러 가져가라고 하자. 누카즈케의 답례다.

"게다가 엄마는 말이야, 할아버지와 할머니가 계신 묘는 절대로 싫다고 했어."

나는 미쓰요 형님의 말을 들으며 아주버니가 더 달라고 한 밥과 내가 쓸 스누피 머그잔을 쟁반에 담아 남편 옆에 앉았다.

"솔직히 나, 충격받았어."

---

12 김, 다시마, 조개 같은 해산물 등에 간장과 설탕 등을 넣고 달게 졸인 일본식 간장 조림

남편이 계속해서 말했다.

"왜냐면 할머니는 자상한 분이었고 할아버지도 유머가 있는 분이셨잖아. 그 세대치고는 며느리로서 지내기 수월했다고 생각하는데 말이야."

"그 세대치고는, 이잖니. 그런 말이 위로된다고 생각하는 건 남자들뿐이야."

그렇게 말하더니 미쓰요 형님은 다시 큰 한숨을 내쉬며 말을 이어갔다.

"엄마는 말이야, 설마 아버지보다 자기가 먼저 죽을 거라곤 생각하지 못했던 거야. 아버지가 세상을 떠난 후에 인생을 즐기려고 꾹 참고 살았어."

"그러니까 누나, 도대체 뭘 참은 거야? 아버지는 난폭한 남자가 아니었잖아?"

"난폭하지 않아도 싫은 거야. 여자는 자유를 원해. 현모양처의 역할에서 벗어나서 본래의 자신으로 돌아가고 싶었던 거지. 표현은 좀 그렇지만, 아버지가 돌아가시길 이제나저제나 기다렸어. 그러다 정작 자신이 시한부 선고를 받은 거지. 정말 불쌍하게도 말이야."

"아무리 그래도 누나, 돌아가시길 기다리다니. 아버지도 불쌍하잖아."

"그런 식으로 살면 안 돼."

아주버니가 단호하게 말했다.

"미래가 아니라 바로 지금 이 순간을 즐겨야지. 인생은 순간의 연속이니까."

하지만 아주버니……. 아주버니 부부는 마음만 먹으면 바로 피렌체로 가극을 보러 간다든가, 기분 전환을 하러 마추픽추의 유적을 보러 간다든가 하겠죠. 하지만 그런 일은 우리 서민에게는 그림의 떡이에요. 항상 미래를 위해 절약하면서 대비하고 있거든요. 저도 이미 노후라고 해도 좋을 나이지만 그래도 아직 앞날을 걱정하며 절약에 힘쓰고 있답니다. 이 상태로 가다가는 분명 칠십 대가 되고 팔십 대가 돼도 절약하며 살 것 같지만요. 그게 나쁜 일일까요? 저는 나쁘다고 생각하지 않아요. 서민의 방어책이니까요. 그러니까 지금을 즐기라고 해도 말이죠, 사람에 따라서는 여러 가지 제약이 있어요.

"바보 같은 엄마…… 가여워."

미쓰요 형님이 중얼거렸다.

남매끼리의 대화라서 혈연관계가 아닌 나는 결코 참견해서는 안 된다. 유산 상속만 해도 배우자가 참견하니까 복잡한 일이 벌어지는 거라고 여성잡지에서 읽은 적이 있다. 그래서 오늘은 식사만 챙기고 잠자코 있자고 오늘 아침부터 굳게 마음

먹고 있었는데, 이놈의 궁금증을 주체하지 못하고 나도 모르게 묻고 말았다.

"저기, 어머니가 수목장으로 해달라고 하셨을 때 형님은 그 자리에서 승낙하신 거죠?"

"당연하지. 꼭 수목장으로 해줄 테니까 안심하라고 몇 번이나 말했어."

"그럼 그걸로 충분하지 않을까요?"

그렇게 말하자 세 사람은 일제히 나를 쳐다봤다.

어? 나는 또 빈축을 살 만한 말을 내뱉은 걸까? 평소에도 딸들에게 '빈축녀'라고 핀잔을 듣는 일이 많다. 하지만 이미 말을 해버렸으니 어쩔 수 없다.

"왜냐면 죽으면 인간은 '무(無)'니까요. 그 후의 일은 이쪽 사정에 맞게 하면 되지 않을까요?"

"이쪽 사정이라니?"

미쓰요 형님이 물었다.

"가장 돈이 들지 않는 합리적인 방법으로요. 그렇다면 역시 지금 있는 묘에 모시는 것이 좋지 않을까요?"

"하지만 그러면 엄마가 불쌍하잖아."

"형님은 사후세계를 믿으세요?"

"설마. 안 믿어. 어릴 때부터 과학으로 증명할 수 없는 일은 믿지 말라고 아버지한테 들으면서 자랐어. 하지만 역시, 그렇게나 엄마가 애원했는데 나도 마음이 아파서…… 죽은 후에도 아버지와 함께라니 정말로 싫대. 엄마의 필사적인 눈빛이 잊히지 않아. 굳이 내게 부탁한 것도 나를 신뢰해서라고 생각해."

어머니는 그렇게까지 시아버지를 싫어했구나. 바람이나 폭력이나 빚이라는 큰 사건이 있었던 것은 아닌 모양이다. 하지만 오랜 세월에 걸쳐 시어머니는 견뎌왔다고 한다.

"실은 수목장이 아니라 외갓집 묘에 들어가고 싶었나 봐. 하지만 성씨도 다르고 큰아버지가 집안의 대를 이으니까 이제 와서 안 될 거라고 눈에 눈물까지 고였었어."

"알겠어. 그럼, 수목장으로 하자."

아주버니가 아주 간단하게 결론을 내렸다.

"왜냐면 그렇게 하지 않으면 미쓰요가 죄책감을 안고 살아가게 되잖아. 난 지금 살아있는 사람이 가장 중요하다고 생각해."

"아아, 그럼 나는 아버지밖에 없는 묘에 들어가는 거야?"

남편은 불만스러운 모양이다.

"할아버지와 할머니가 계시잖아. 그 이전 대도 말이야."

아주버니가 말을 이었다.

"신지, 너는 사후세계를 믿어?"

"설마, 안 믿지. 하지만 왠지 느낌으로……."

"묘가 마지막 안식처라는 시대는 끝났어. 마지막 안식처로 삼으려면 그 묘를 돌볼 사람을 확보해야 하잖아. 세상은 저출산이 진행 중이고 결혼해서 아이를 낳아도 딸이거나, 아들이 있어도 미덥지 않은 녀석이거나 해서 후계자 확보가 쉽지 않다고."

아이가 없는 아주버니가 말했다.

"그래서?"

미쓰요 형님이 재촉했다.

"요즘은 무연묘가 되는 속도가 빨라지고 있다고 텔레비전에서도 말하더라. 지금이 아마 과도기인 것 같아. 묘의 존재 방식이 바뀌고 있는 거야. 묘를 지켜나갈 수 있는 아들, 그것도 어느 정도 착실하고 상식도 돈도 있는 아들이 있어야 해."

"형, 그게 어머니의 수목장과 무슨 상관이야?"

"그러니까 묘는 자유롭게 선택해도 된다는 거야. 어차피 영원히 지속되는 게 아니니까. 그 증거로 신지네 집은 딸밖에 없으니까 어차피 니가타의 묘는 네 대에서 끝이잖아."

"그래서 결국, 형은 어떻게 하면 좋을 것 같아? 어머니 묘 말이야."

"다수결로 결정됐잖아. 나와 미쓰요는 수목장으로 하자고 했으니까 2대 1이야. 이제 미쓰요가 니가타로 돌아가서 아버지를 설득할 차례지."

"어, 나 혼자 아버지를 설득하라고?"

"아버지는 내 의견은 듣지 않으시잖아. 멋대로 데릴사위로 갔다고 아직도 화가 나 있고, 신지는 아버지보다는 어머니를 잘 따랐으니까. 역시 미쓰요가 적임자야. 자, 이제 끝."

그렇게 말하고 아주버니는 벽에 걸린 시계를 보더니 자리에서 일어섰다.

"어, 형. 벌써 가려고?"

"나나와 영화 보러 가기로 약속했거든. 제수 씨, 정말 맛있게 잘 먹었어."

맛있다고 하신 그 누카즈케는 사실 야스코가 만든 거지만요.

아주버니가 돌아간 뒤, 집 안은 찬물을 끼얹은 듯한 분위기에 휩싸였다.

"벌써 가다니…… 믿기지 않네."

미쓰요 형님은 슬픈 눈을 하고 말했다.

"형 말이 맞을지도 몰라. 누나만 고향에서 살고 있고, 역시 누나의 마음을 편하게 해주는 게 좋겠지? 그래."

"올케는 어느 묘에 들어갈 생각이야? 아무런 상관도 없는 니가타의 시골 묘에 들어가는 건 솔직히 말해서 싫지 않아?"

"어? 당신, 그래? 싫은 거야?"

남편은 눈을 동그랗게 뜨고 나를 봤다.

"형님, 저는 싫지 않아요. 오히려 니가타에 훌륭한 묘가 있어서 고맙게 생각하고 있어요."

왜냐면 묘를 새로 만드는 데도 돈이 들잖아요. 애초에 죽고 나면 제 뼈가 어떻게 되든 전혀 관심이 없으니, 차라리 합리적인 장소가 있어 마음이 편하답니다.

"그나저나 형이 형수의 눈치를 보고 살다니, 충격적이야. 형이 저렇게 보이긴 해도 고생하는구나."

물론 눈치도 보긴 하겠지만, 그 과하게 멋 부린 생활을 아주 버니 자신도 유지하고 싶은 것이 아닐는지. 죽을 때까지 청춘의 한가운데에 있고 싶은 거겠지.

"데릴사위라는 게 참 힘들구나. 역시 남자는 성씨를 바꾸면 안 돼. 만약 내가 형의 입장이라면 진작에 마음이 병들었을 것 같아."

남편이 그렇게 말했을 때 미쓰요 형님은 남편의 옆모습을 날카로운 눈빛으로 노려봤다.

미쓰요 형님의 그런 표정은 처음 봤다.

4.
나카바야시 사토루 37세

그날은 롯폰기의 쇼룸에서 커튼을 볼 예정이었다. 그리고 그 후에는 시호의 아파트에 묵을 예정이었다. 토요일은 매주 그래왔다.

그런데 시호가 성씨에 관한 이야기를 꺼낸 탓에 카페에서 분위기가 험악해졌다. 그전에도 싸운 적은 있었지만, 이번에는 표정이 달랐던 것 같다. 분노도 아니고 슬픔도 아닌 묘하게 냉랭한 표정이었다.

"사토루, 멍하니 서있지 말고 젓가락이라도 놓으렴."

오늘 저녁은 생선회와 돼지고기 감자조림이다.

"그렇게 눈치가 없으면 시호도 고생할 거다."

엄마의 잔소리가 계속된다는 것은 엄마가 피곤하다는 신호다. 오늘은 아침부터 날씨가 맑아서 의욕적으로 온 집 안의 이불 홑청을 빨아 마당에 널었다.

"오늘은 정말 힘들었어. 젖은 홑청은 꽤 무겁거든."

"아빠한테 부탁하면 되잖아."

"당연히 부탁했지. 그런데 '나중에 널어줄 테니까 놔둬'라고 해놓고는, 결국 그대로 내버려뒀지 뭐야. 진절머리 난다니까. 사토루도 결혼하면 집안일을 도와야 해. 지금은 그런 시대야."

—'돕는다'라는 말 자체가 열 받는다니까.

며칠 전 우연히 구내식당에서 옆자리에 앉은 후배 여직원이 이야기하는 소리가 들렸다. '돕는다'라는 말이 금기어라는 것은 익히 들어 알고 있었다. 게다가 비정규직 중장년 여성들이 모이면 열리는 남편의 험담 대회도 자주 들어 익숙하다. 하지만 그 후배 여직원은 아직 이십 대에 신혼이고, 얌전하고 아담하고 귀여운 여자 같은 인상이었기에 그 거친 말투에 깜짝 놀라고 말았다. 그때 나는 다짐했다. 시호 앞에서 '돕는다'라는 말은 금물이다.

하지만 그런 요즘 맞벌이 부부의 사정을 엄마에게 설명해봤자 세대가 다르니 분명 이해하지 못할 것이다.

"얼마 전 네가 인스턴트 라면에 달걀과 배추를 넣는 것을 보고 엄마는 조금 안심했단다. 컵라면으로 대충 때우는 남자들도 많다고 들었거든."

"그 정도로는 안 돼."

목소리가 들려 뒤를 돌아보니 아버지가 한 손에 신문을 들고 거실로 들어오는 참이었다.

"라면 정도로는 안 돼. 앞으로 남자는 잘하는 요리가 몇 가지는 있어야 해. 맞벌이니까 사토루도 집안일을 잘 도와야지. 안 그럼 시호가 정나미가 떨어진다고 할 거야. 그리고……."

"사토루, 된장국 좀 옮겨주렴."

엄마는 아빠의 말을 가로막았다.

―자기는 손가락 하나 까딱 안 하면서 뭐 그리 잘난 척인지.

엄마 얼굴에 그렇게 쓰여있다. 엄마도 계속 파트타임 일을 했지만, 아빠는 파트타임 일을 제대로 된 일로 인정하지 않고 용돈벌이 정도로 가볍게 여겼다. 엄마는 아빠의 그런 태도도 늘 못마땅하게 생각해왔다.

"자, 다 됐다. 어서 먹자꾸나."

나는 대학을 졸업하고 취직과 동시에 아파트를 얻어 혼자 살기 시작했다. 야근이 많아 매일 밤 편의점 도시락으로 끼니를 때우다 보니 컨디션이 나빠지기 일쑤였고, 엄마의 강력한 권유도 있어서 3년 전에 본가로 돌아왔다. 혼자 사는 쪽이 편하고 적성에 맞지만, 건강과는 바꿀 수 없다. 월세가 들어가지 않는 덕에 결혼 비용도 모을 수 있었고 언젠가 마련할 아파트를 위한 저축도 조금씩 쌓이고 있다.

"약혼반지 말인데, 제법 값어치가 있는 귀한 물건을 찾았다고 하더라."

아빠는 의욕이 넘쳤다. 지금까지 죽어라 일만 하는 직장인으로 가정을 돌보지 않았던 만큼 정년퇴임 후에는 가정에 신경을 쓰게 되었다. 그래서 이것저것 참견을 했다.

시호는 싫다고 했지만, 이것이 아빠의 선의인 것이다. 감사하게 생각해야 한다.

"엘리자베스 여왕의 반지에 비할 바는 아니지만."

재미없는 농담을 하는 아버지의 눈은 진지함 그 자체였다.

—네 아빠는 최선을 다하고 있단다. 너는 결혼하면 집을 나갈 거잖아. 지금이 부자지간의 정을 되찾을 수 있는 마지막 기회라고 생각하는 것 같아. 그래서 네 결혼식과 신혼집 준비를 적극적으로 하고 싶어 하서. 그러니까 지난번처럼 반지는 필요 없다고 냉정하게 말하지 말렴. 아빠는 가정을 소홀히 한 것을 굉장히 후회하고 있어. 여기서 만회해야겠다고 생각하고 있지.

그렇게 말하면서 엄마가 간곡히 부탁했다.

"사토루, 결혼식장은 어떻게 됐니? 벌써 정했니?"

엄마는 의자에서 일어나 엉거주춤한 자세로 생선회를 덜어 먹을 앞접시에 간장을 부으며 물었다.

"예식장은 아직 안 정했어."

"서두르지 않으면 제때 못하는 거 아니냐?"

아빠가 자기 일처럼 마음을 졸이고 있는 것이 그 미간의 주름에서 느껴졌다.

"혹시, 그 스몰웨딩 같은 거냐?"

"응, 아마 그럴 것 같아."

"맙소사, 정말 스몰웨딩이야? 아쉽네."

"혹시 예식 비용이 부담이라면, 피로연 비용은 반 정도는 내 줄 수 있어."

아빠가 말하자 엄마가 고개를 저었다.

"분명 그런 문제가 아닐 거야. 시호가 스몰웨딩으로 하고 싶다는 거겠지. 그렇다면 어쩔 수 없지만."

"왜 어쩔 수 없지?"

"어머, 여보. 둔하기는. 결혼식은 여자를 위해 있는 거야."

"아, 그렇구나. 하긴 그러네. 여자에게는 인생에서 가장 중요한 무대니까. 뭐, 그것도 일생에 한 번뿐이었던 시대의 얘기고, 지금은 3분의 1이 이혼한다고 하던데 말이야."

"여보, 좀. 이제 결혼하려는 애 앞에서 불길한 말 하지 마. 그나저나 친척들한테는 뭐라고 하지…… 아니야, 괜찮아. 본인들이 좋다면야. 응, 그래. 그게 정답이야. 지금 시대는 말이지."

엄마는 스스로에게 타이르듯이 말했다. 사실은 하나부터 열까지 참견하고 싶지만, 꾹 참고 있는 게 분명했다. 내가 허락만하면 참견은커녕 앞장서서 지휘하고 싶은 마음이 굴뚝 같을 것이다. 하지만 엄마는 상식도 있고 자제할 줄도 안다.

지난번에 시호가 우리 집에 왔을 때도…….

—젊은 사람들 마음대로 하렴. 부모의 의견은 생각하지 않아도 괜찮단다.

그렇게 말하면서 시호에게 웃어줬다. 자상하고 자연스러운 미소였다. 우리 엄마지만 연기파라고 감탄했는데, 그런 점은 안타깝게도 내게 전혀 물려주지 않았다.

"아냐, 네 엄마 말대로 시골의 친척들에게 뭐라고 변명해야 좋을지 모르겠구나. 결혼식 피로연에는 꼭 부르겠다고 말했거든. 그 김에 도쿄 구경도 시켜주려고 했는데"라며 아빠가 포기할 수 없다는듯이 말했다.

미안한 마음이 들기 시작했다. 키워주신 은혜도 있다. 부모님에게 반항하던 어린 시절도 있었지만, 텔레비전을 켜면 아동

학대 뉴스가 쏟아지고 서점에 가면 '독친'[13]이라고 적힌 책들이 즐비하다. 그에 비하면 내가 얼마나 풍족한 환경에서 자랐고 얼마나 괜찮은 부모 밑에서 태어났는지 새삼 느끼게 된다.

　―결혼은 둘만의 문제가 아니라고 생각하거든.

　사실 시호에게 그렇게 말하고 싶었다. 그런데 시호의 집에 갔을 때…….

　―부모나 친척의 의견 따위는 신경 쓰지 마. 너희 둘이 수긍하는 게 가장 중요한 거니까.

　시호의 어머니가 말하는 내용은 우리 엄마와 같았지만, 우리 엄마와 다르게 연기가 아닌 것 같았다. 그 증거로 시호의 어머니는 웃지도 않았고 눈빛이 무섭기도 했다.

　딸의 약혼자가 방문했는데도 시호의 어머니는 차를 내온 후에는 거실 바닥에 펼친 기모노의 허리띠를 재단하는 일에 몰두했다. 두 번째 방문이었지만 그때마다 항상 부업의 손길을 멈추지 않았다. 나를 얕보는 것이다.

　시호는 언제나 예의 바르고 단정하고 깔끔한 옷차림을 선호한다. 다시 말해, 어디에 내놓아도 부끄럽지 않은 여자다. 그런 시호와는 조금도 닮지 않은 어머니였다.

　시호의 어머니가 고등학교 중퇴라는 사실은 최근에서야 알

---

13 毒親, 자식에게 독이 되는 해로운 부모

왔다. 학력으로 사람을 차별할 마음은 추호도 없었지만, 고등학교 중퇴라는 사실을 알게 된 순간, '역시나'라는 생각이 들었다. 젊었을 때 불량했을 것 같은 분위기가 중년이 된 지금도 그 행동거지에서 드러나는 것만 같았다. 내 어머니는 전문대 유아교육학과를 나왔으니 아마 어머니들끼리는 이야기의 수준이 맞지 않으리라.

—시호의 어머니가 고등학교 중퇴라는 사실을 나는 전혀 신경 쓰지 않지만, 되도록 우리 부모님께는 알리지 않았으면 좋겠어.

그 말을 했을 때 시호는 말없이 나를 쳐다봤다. 무표정이라서 무슨 생각을 하는지 알 수 없었다.

분명하게 화를 낸다든가, 경멸한다든가, 이해한다든가, 무엇이든 좋으니 반응해주길 바랐다. 시호는 그날 말수가 적었다. 시호는 평소에도 "우리 엄마는 상식적이지 않아서 남 앞에 내세울 수 없어"라며 어머니를 부끄러워했다. 그래서 이 정도는 부탁해도 괜찮겠다고 생각했는데 내가 뭔가 잘못한 걸까.

"그러고 보니 사토루, 커튼은 결정하고 온 거야?"

"아니, 그게……."

"아직 신혼집 계약은 안 끝났지? 창문 크기는 벌써 쟀고?"

예전의 아빠는 이런 집안의 사소한 일에는 전혀 관심을 보이지 않았다. 하지만 최근에는 점점 아줌마처럼 되어가고 있다. 아줌마처럼 된다는 말도 젠더프리[14]에 걸리기 때문에 시호 앞에서는 할 수 없지만 말이다.

"사토루, 오늘 왠지 이상하네. 자꾸 멍하게 있고 말야."

"……그게, 실은, 시호가 성을 바꾸고 싶지 않다고 하더라고."

"뭐? 그 말은 그러니까, 역시 결혼하고 싶지 않다는 거야?"

그렇게 묻는 엄마의 표정이 미묘하게 기뻐 보이는 것은 착각일까. 게다가 엄마에게 여성이 성씨를 바꾸지 않는 것은 결혼하지 않는 것과 마찬가지인 모양이다.

"그게 아니라 우리 성씨를 나카바야시가 아니라 마쓰오로 하고 싶대."

"뭐라고, 농담이지? 어떻게 그럴 수가 있어?"

엄마는 눈이 삼각형이 되었다가 깊은 한숨을 내뱉으며 "역시 그렇구나"라고 중얼거렸다.

"엄마, '역시 그렇구나'라니 무슨 뜻이야?"

"시호의 어머니가 별나잖니. 딸이 영향을 받지 않았을 리가 없지."

"그런 식으로 말하지 마. 남자의 성씨로 바꿔야 한다는 법은

---

14 성별에 의한 역할 분담에 제약을 두거나 차별을 하지 않는 것

어디에도 없으니까."

"그런 건 누구나 알지."

"네가 나카바야시 사토루에서 마쓰오 사토루가 된다고? 말도 안 된다. 절대로 성씨만은 양보하지 마라. 알고 있겠지?"

조금 전까지만 해도 아줌마 같은 느낌이었는데 갑자기 위압적인 예전의 아빠로 돌아왔다.

"가령 그쪽 집안이 큰 회사를 경영하고 있어서 그걸 네게 물려주려는 이유라면 생각해볼 수도 있겠지만, 평범한 직장인 가정인데 말도 안 되지."

"맞아, 사토루는 외아들이니까."

"아니. 형제가 몇이든 상관없어. 내 남동생 둘 다 나카바야시 성을 쓰고 있잖아. 뭐가 모자라서 마누라 성을 써야 하는 거냐? 남자로서 자존심도 없어?"

아빠의 분노에 찬 표정을 보고 있자니 시호가 말한 "남자답지 못하네"라는 의미를 알 것 같았다. 평생 너를 지켜줄 테니 결혼해달라면서 청혼했는데 결혼 전부터 시호를 불행에 빠트렸다. 나는 남자니까 결혼 후에도 성은 바꾸지 않겠다며 내 멋대로만 하려고 하고 있다. 결국, 나는 나만 소중한 것이다. 그리고 시호는 한순간에 그 사실을 알아차렸다. 내가 말로만 페미니스트일 뿐이고 속은 가부장적인 옛날 남자와 다를 바 없다는 것을 말이다. 시호의 눈빛은 바로 그런 뜻이었구나.

"어쨌든 네가 더 정신을 똑바로 차려야 해."

"여보, 좀 진정해. 난 도대체 무슨 의미인지 모르겠어. 네가 외아들이라는 건 시호도 알고 있을 텐데 말이지."

"시호네도 자매 둘뿐이라서 성씨를 이을 사람이 없어."

"아무리 그렇다고 해도……. 그런데 정작 너는 어떻게 생각하니? 나카바야시에서 마쓰오 사토루가 되어도 괜찮다고 생각해?"

"아니, 그건……."

"그럼 양보할 수 없다고 확실히 말하면 되잖아."

"…… 응. 하지만 성이 바뀌는 게 싫은 건 시호도 마찬가지일 테니까."

"참 내, 이상한 여잘세"라며 아빠가 내뱉듯이 말했다.

"분명 너를 진심으로 좋아하지 않는 거야. 정말 좋아하면 여자는 기꺼이 성을 바꾸는 법이라고."

"그래, 사토루는 시호에게 이용당하고 있는 거야."

"이용한다고? 나를? 나를 이용해서 무슨 득이 되는데?"

"사토루는 좋은 대학을 나왔잖아."

"시호가 좀 더 좋은 대학이야."

"그랬……었나. 하지만 너는 좋은 회사에 다니잖아."

"몇 번이나 말했지만, 여자는 취업이 더 힘들어."

"저쪽은 결혼식을 소박하게 하고 싶다고 했지? 이쪽은 성대하게 피로연을 하고 싶은데도 꾹 참는 거니까 성씨 정도는 양보해줘야지."

"아빠, 소박한 결혼인지 성대한 결혼인지 하는 작은 문제하고, 성씨를 어느 쪽으로 할지 같은 큰 문제를 어떻게 비교해."

"저기, 사토루. 시호는 그만두는 게 낫지 않겠냐?"

아빠의 의견에 모두 숨을 죽였다.

"그래. 좀 더 괜찮은 집 아가씨를 찾아보렴. 넌 아직 젊으니까."

"나, 이제 젊지 않아."

"아직 삼십 대잖아. 좀 더 평범한 여자를 사귀어봐."

"뭐야, 그 '평범'이란 건. 시호도 평범해."

"이 세상에 여자는 많잖니. 너라면 얼마든지 다음 짝을 찾을 수 있어."

"그런 걸 부모의 욕심이라고 하는 거야. 나는 여자한테 인기가 없다고."

큰 소리로 자랑할 일은 아니지만, 사실이다. 나는 말이 통하지 않는 부모님을 보면서 반쯤 망연자실한 상태가 되었다.

"너는 일이 너무 바빠서 만날 기회가 없었을 뿐이야."

그렇지 않다. 설령 시간이 남아돌더라도 인기 없는 남자는 인기가 없고, 데이트할 시간이 없을 정도로 바쁘더라도 인기 있는 남자는 인기가 있다. 하지만 그런 사실을 말해서 굳이 나 자신을 깎아내릴 필요는 없으니 그냥 입을 다물었다. 말하면 비참한 기분이 드니까.

"사토루는 나를 닮아서 눈은 또렷하고 얼굴이 동글동글하고 귀여우니까."

"동글동글 귀엽다니…… 아기도 아니고."

"연봉도 5백만 엔이 넘잖아."

"그 돈으로는 결혼생활이 어렵다니까."

"하지만 연봉 5백만 엔이 넘는 사람은 일본인 남성의 40퍼센트뿐이라고 텔레비전에서 말하더라."

"몇 퍼센트든 상관없어. 5백만 엔에서 세금이랑 건강보험료, 연금보험료가 빠지고, 노동조합비랑 생명보험 같은 잡다한 것을 빼면 손에 남는 건 3백만 엔 대야. 신혼살림도 원룸에서 시작할 수는 없으니까 돈이 든다고."

"그렇긴 하지. 출퇴근에 편리한 지역이면 월세가 15만 엔은 할 거야."

아빠는 허공을 쳐다보며 말을 이었다.

"월세만 해도 1년에 2백만 엔 가까이 드니까…… 응, 확실히 맞벌이가 아니면 먹고살기 어렵겠어."

요즘 아빠는 온라인으로 집값까지 알아보는 모양이다.

"세상의 젊은 부부들은 용케 다들 잘도 살고 있구나. 부모의 도움이라도 받는 걸까? 하지만 맞벌이라고 해서 그렇게 남자가 양보하고 여자의 성을 쓸 필요는 없잖아."

"그리고 정 원한다면, 요즘은 직장 안에서 결혼 전의 성씨를 쓰는 여자들도 있다고 들었다. 게다가 언젠가는 시호도 아이가 생기면 일을 할 수 없게 될지도 모르고. 그러면 네가 처자식을 먹여 살리게 되니까."

즉, 부양하는 쪽이 더 잘났으니, 성을 그대로 쓸 권리가 있다. 아빠는 그렇게 말하고 싶은 건가.

"시호가 일할 수 없게 되면 곤란해. 애는 어린이집에 맡기고서라도 계속 일해야 해."

"아무리 그래도 사토루, 그렇게까지 무리하지 않아도……."

"그럼, 어떻게 먹고 살란 말이야."

"어쨌든 성씨 때문에 다퉜다는 얘기는 절대로 가고시마의 친척들 귀에 들어가지 않도록 해라. 규슈 남자[15]의 자존심은 어디에 내다 버렸냐고 난리 칠 테니까."

"아빠, 그건 오히려 내가 할 소리야. 시호 앞에서 실수로라도

_____

15 일본에서 규슈지역 출신의 남자는 상남자라는 이미지가 있다.

규슈 남자 같은 소리는 하면 안 돼. 바로 차일 테니까."

"무슨 소리야? 정말 한심하네. 좀 차이면 어떠니? 지금까지는 말하지 않았지만, 솔직히 엄마는 좀 더 순하고 부드러운 여자랑 결혼하길 바란단다."

"그만해. 엄마, 진짜……."

시호를 놓치면 나는 평생 결혼을 못 할지도 모른다. 이미 서른일곱이다. 처음이자 마지막 기회를 절대 놓치고 싶지 않다.

"나도 네 엄마랑 같은 생각이다. 그 아이로는 가고시마의 친척들한테 소개 못 하겠다."

"어째서? 옷차림도 말투도 얌전하고 친척들 앞에 내놓아도 부끄럽지 않은 여자야."

"하지만 온순하지 않잖아. 여자가 기가 너무 세."

"뭐? 아빠까지 그런 말을……."

여성에 관한 생각이 이렇게까지 세대 차이가 날 줄은 꿈에도 몰랐다.

"다무라(田村)도 금, 다니(谷)도 금[16]이라는 말이 있잖아."

"당신, 그게 무슨 얘기야?"

"그러니까, 제아무리 유명한 올림픽 선수라도 결혼하면 순

---

16 일본의 유명한 여성 유도선수인 다니 료코가 한 말로, 무조건 금메달을 따겠다는 결기를 보여주는 말이며, 결혼 전 성이 '다무라'이고 결혼 후에 남편 성을 따라 '다니'가 되었다.

순히 남편의 성을 따른다는 말이야."

"어쨌든 시호는 가고시마에 데리고 가지 않을래. 어차피 나도 도쿄에서 태어났고. 아빠의 출신지랑 시호는 상관없잖아."

"그 말 진심이냐? 너는 네 신붓감을 삼촌이나 숙모, 사촌들에게 소개하지 않을 셈이야?"

"그럴 필요 없잖아. 애초에 관혼상제 때만 만나는 사이면서."

"무슨 바보 같은 소리야? 너는 묘를 지켜야 할 사람이야."

"어휴, 정말……. 아, 그나저나 묘를 도쿄로 이장한다는 얘기는 어떻게 되어가고 있어?"

"절차가 복잡하더라고. 그리고 생각보다 비용도 많이 들어."

엄마 말로는 이단료[17], 혼 빼기[18], 혼 넣기[19], 비석 업체에 내는 비용, 운송비 등등으로 꽤 비용이 많이 든다고 한다. 게다가 가고시마가 있는 서일본[20] 지역의 묘는 도자기로 된 유골함에 유골을 넣는 것이 아니라 천으로 된 주머니에 담아 직접 묘 아래의 흙에 뿌리는 방식이라서 선조들의 유골을 흙 속에서 찾아내야 한다고 했다.

"이장하면 도쿄에서 묘를 사야 하는데 시골하고는 다르게

---

17 절에 있는 묘를 처분하고 단가를 그만둘 때 내는 비용
18 묘에서 유골을 꺼낼 때 하는 의식
19 고인의 혼을 새 묘에 깃들게 하기 위한 의식
20 일본을 크게 둘로 나눌 때 사용하는 말로 동일본과 서일본이 있다.

비싸단다."

"요즘 텔레비전에서 많이 홍보하는 납골당으로 하면 어때?"

"네 아빠가 납골당은 무미건조하다고 반대해. 그렇지, 당신?"

"그것도 그거고. 이장하면 지금까지 신세 진 가고시마의 주지 스님한테 미안하기도 해. 도쿄에 묘가 있으면 가고시마에 갈 일도 없게 되고."

"그렇긴 하지. 묘가 없어지면 더 이상 고향에는 안 가겠지."

"그러면 고향이 없어지는 것 같아서 좀 뭐랄까, 선조들의 혼백이 도쿄는 싫어할지도 모르고."

혼백이라는 말이 아빠의 입에서 튀어나올 줄은 몰랐다. 아빠는 바이오 기술로 성장한 도쿄바이오 주식회사에서 정년까지 근무했다. 과학의 최첨단을 달리는 일에 종사한 사람이다.

"아무튼, 시호를 한번 데리고 가고시마에 있는 본가를 방문하는 게 좋겠다. 그러면 시호의 생각도 분명히 바뀔 거야."

아빠는 자신 있는듯 말했다.

"좋은 생각이야. 엄마도 그렇게 생각해. 집은 낡았지만 좋은 목재로 지었다고 들었어. 그런 훌륭한 집과 묘를 보면 나카바야시 집안의 일원이 되는 일에 자부심이 생기게 될 거야. 그러면 성을 바꾸고 싶지 않다는 생각도 하지 않게 될 거다."

"그 집이 그렇게 훌륭하다는 생각은 안 드는데. 묘도 그 정도의 크기는 시골에서는 보통이잖아. 주변의 묘도 그 정도 크기였던 것 같은데."

"그래도 이 엄마는 유서 깊은 나카바야시 집안의 일원이 된다고 생각하니 결혼할 때 기뻤단다."

"유서가 깊다고?"

"몇 번이나 말했잖니. 사쓰마번[21]과 약간 관계가 있었던 것 같다고."

"그게 뭐야, '약간 관계'라니. 당시엔 누구나 번과 관계가 있었을 거 아니야. 관계가 없이는 아무도 살 수 없었잖아. 일개 농민도 번과는 관계가 있었을 거라고."

"사토루는 금세 억지를 부린다니까."

그때 나는 결심했다. 어서 본가에서 나와야겠다고.

역시 나이 들어서까지 부모님과 같이 사는 게 아니었다. 심지어 어머니가 속옷까지 빨아주는 남자라니. 좀 한심해 보일지도.

역시 나가야겠다. 엄마가 외롭다며 붙잡아도, 반드시 나가자.

하지만…… 진짜 문제는 그게 아니었다. 부모님의 반대를 꺾을 수 있는지 없는지 그런 문제는 큰 걸림돌은 아니었다. 진짜 문제는 바로 나였다.

___

21 현재의 가고시마현으로 일본의 에도시대 행정구역

내가 절대로 성을 바꾸고 싶지 않다는 것이다. 내 성이 바뀌다니, 지금까지 살아오면서 상상해본 적도 없다. 어째서 내가 나카바야시를 버리고 마쓰오라는 성을 써야 하는가.

"역시 부부가 다른 성을 쓸 수밖에 없나……."

나도 모르게 중얼거리자 엄마가 화들짝 놀랐다.

"무슨 소리야, 그 말은 사실혼이라는 거잖아?"

"그런 건 그냥 동거잖아. 아이가 태어나면 아이의 호적은 어떻게 하려고?"

"그래, 아이가 불쌍해."

"……응, 역시, 그렇긴 하지."

예전부터 선택적 부부 별성제도[22]에는 찬성이었다. 이미 30년도 훨씬 전부터 국가 법제 심의위원회에 의제로 올라온 것이었고, 강제가 아니라 어디까지나 선택제인데도 강경하게 반대하는 국회의원이 있다는 사실이 내겐 믿기 어려운 일이었다.

그들이야말로 일본의 암적인 존재다, 그들이 일본의 성 격차 지수[23]를 끌어내리는 것이다. 그런 생각으로 지금까지 계속 화가 났다.

하지만…… 그 일이 나 자신에게 닥칠 줄은 생각지도 못했다.

---

22 결혼할 당사자들이 동성으로 할지 다른 성으로 할지 선택할 수 있는 제도
23 성별 간의 차이를 통해 성평등 수준을 파악하는 지수

5.
다케무라 미쓰요 63세

고향으로 돌아오니 마음이 놓인다.

나이가 들어서인지 오랜만의 도쿄행은 생각보다 피곤했다. 너무 많은 사람에 치여 심신이 지쳤다. 그래도 남동생의 집에서 묵을 수 있어서 기뻤다. 대도시의 낯선 호텔에서 혼자 묵는 것은 불안했기 때문에 올케인 사쓰키에게 가장 고마웠다.

사쓰키 올케와는 벌써 오랜 인연이다. 처음에는 그 행동과 말투 때문에 이상한 사람이라고 생각했고, 초혼인 신지가 하필이면 애 딸린 이혼녀와 결혼하는 것이 불만이었고, 신지는 순진해서 교묘한 꼬임에 넘어간 거라고 나도 부모님과 마찬가지로 걱정이 태산이었다. 하지만 시간이 지나면서 조금씩 올케의 성격을 알게 되자 안도감으로 바뀌었다.

올케는 빈말하지 않는 스타일로 정직하고 소박한 사람이었다. 나는 그녀의 말의 이면을 헤아릴 필요가 없어 편하게 지낼 수 있었다.

그렇다고 해도 이번에는 너무 단호한 태도에 당황스러웠다.

—어머니가 수목장으로 해달라고 하셨을 때 형님은 그 자리에서 승낙하신 거죠?

—그럼 그걸로 충분하지 않을까요?

—왜냐면 죽으면 인간은 '무(無)'니까요.

—형님은 사후세계를 믿으세요?

올케의 그런 여러 가지 말을 들으면서 묘는 무엇을 위해 존재하는지 다시 한번 생각하게 되었다.

올케의 말은 하나하나 다 맞는 말이었고 영혼의 세계 따위는 믿지도 않는데, 수목장이라는 엄마의 소원을 들어주고 싶다고 생각한 것은 왜일까.

마지막까지 엄마, 고마워, 엄마, 정말 사랑해 같은 말은 부끄러워서 하지 못했다. 그건 분명 나만 그렇지는 않을 것이다. 일본인이라면 대개 말을 못 하지 않을까. 그리고 돌아가시고 난 뒤에야 후회한다. 그런 후회가 공양에 대한 열정이 되고 고인과의 인연을 어떻게든 형태로 남기려고 장례식과 위패와 묘에 힘을 쏟는 것은 아닐까.

앞으로 어떤 고민이 생기거나 인생의 벽에 부딪혔을 때 나는 묘 앞에 서서 마음속으로 엄마에게 말을 걸 것이다.

—엄마, 이런 일이 있었어. 어떻게 하면 좋을까? 엄마는 어떻게 생각해?

그렇게 물어볼 때 엄마가 절대로 들어가고 싶지 않던 '마쓰오 가문의 묘'에서는 불가능하다. 엄마와의 약속을 깨놓고 엄마에게 응석을 부릴 수는 없으니 말이다. 엄마에게 말을 걸어봤자 '마쓰오 가문의 묘' 속에서 원망 섞인 눈으로 나를 노려볼 것 같다.

—형님은 사후세계를 믿으세요?

그게 아니야, 올케. 그런 게 아니라고.

하지만 이 마음을 어떻게 표현해야 할지 모르겠다.

오빠나 남동생과 상의할 필요도 없었다. 아무래도 나는 누가 뭐래도 수목장을 양보할 생각은 추호도 없었던 모양이다. 오빠가 빨리 다수결로 결정해주어서 다행이다.

그날 밤, 신지와 천천히 추억담을 나눌 수 있었지만, 오빠가 서둘러 돌아가버려서 정말 실망했다. 나나 언니와 영화 약속이 있다고는 했지만, 영화는 언제든 보러 갈 수 있잖아. 니가타에서 일부러 올라온 친동생인 나보다 나나 언니와의 영화가 더 중요하다니……. 오빠의 매정함에 서운함을 느꼈다.

어쨌든 마음이 무겁다. 엄마의 유언을 나 혼자 아버지에게 전해야 한다니.

나는 초등학교 때부터 사람들의 의견을 잘 모았다. 지금도 반상회나 부녀회 모임에 나가면 어느새 의견을 정리하는 역할을 하고 있다. 하지만 이번만큼은 자신이 없다.

내가 그런 역할을 하게 되는 이유는 아마도 아버지가 동네 모임 등에 갈 때 어린 나를 항상 데리고 다녔기 때문일 것이다. 거기에는 논의라고는 할 수 없는 분위기가 있었다. 계속해서 세간의 소문이나 잡담이 끼어드는 바람에 정작 의논해야 할 사항이 좀처럼 결정이 나지 않았다.

당시 초등학교에서 학급회장을 맡고 있던 나는, 돌아오는 길에 아버지에게 항의한 적이 있다.

—그냥 빨리 다수결로 결정해버리면 되잖아요. 왜 그렇게 안 해요?

—다수결은 원한이 남거든. 미쓰요는 시간이 아깝다고 생각할지 모르지만 이런 걸 '가스 빼기'[24]라고 한다.

두런두런 잡담을 나누는 동안 분위기가 화기애애해지고 그러는 사이에 서로 조금씩 양보해서 결정하는 것이 가장 현명

---

24 집단 내의 불만 등을 억제하기 위한 것

한 방법이라는 것이 아버지의 지론이었다. 그때 나는 어린아이
였기 때문에 어른들의 세계란 그런 것이구나 하고 납득했지만,
시간이 지나고 나니 그 속사정이 보이기 시작했다.

어른들은 겉으로는 만장일치라는 형태를 취하고 싶었던 것
이다. 시간이 지체되고 모두가 논의에 지칠 때쯤, 시간이 다 돼
서 어쩔 수 없다는 이유로 결정을 내린다. 승자도 패자도 만들
지 않고 마지못해 모두가 동의한 모양새를 갖춘다. 그렇게 하
면 실패해도 아무도 책임을 지지 않아도 된다. 모두의 책임이기
때문이다. 그것이 작은 마을에서 잘 살아가는 지혜일 것이다.

"안녕히 주무셨어요, 아버지. 안에 계세요?"

오늘은 마음을 먹고 도쿄에서 산 선물을 가지고 친정을 방
문했다.

엄마가 돌아가시고 나서 아버지는 혼자 살지만, 집 안은 깨
끗이 정리되어 있었다. 엄마의 입원이 길었던 탓도 있을 것이
다. 그전까지 집안일이라고는 전혀 하지 않던 아버지였지만 막
상 닥치니 청소도 쓰레기 버리는 일도 하게 되었다. 딸인 내게
폐가 되지 않게 신경 쓰는 것이 보였다.

"실은 저, 도쿄에 다녀왔어요."

"도쿄? 뭐 하러 갔는데? 히로토에게 무슨 일 있는 거니? 아
니면 유키한테?"

아버지는 불안한듯 내 아들들의 이름을 나열했다.

"애들은 둘 다 건강하게 잘 지내요. 그게 아니라 오빠랑 신지를 만나러 갔어요. 엄마가 저한테 유언을 남겼거든요."

어젯밤 수 차례나 고민해봤지만 아무리 돌려서 말하려고 해도, 아버지에게 상처 주지 않고는 이야기를 할 수 없었다.

"유언? 요시코가 내가 모르는 유언을 남겼어?"

"사실, 엄마는…… 마쓰오 가문의 묘에는 들어가고 싶지 않다고 했어요."

"호오, 그렇군. 그런 거라면…… 좋아, 알았어."

"네?"

"그런 경우는 분골[25]하면 돼."

아버지는 별일도 아니라는듯 마쓰오 가문의 묘와 엄마의 친정 묘에 분골하자고 제안했다.

"일단 시집을 왔으면 마쓰오 가문의 사람이지만 그런 각오도 없이 시집오는 여자도 있겠지. 네 엄마는 그런 수준 낮은 여자는 아니었지만, 그래도 친정 부모님과 같은 묘에 들어가고 싶은 마음은 당연할 거야. 옛날 같으면 용서받지 못할 일이지만."

──죽어도 네 아버지랑 같은 묘에는 들어가고 싶지 않아. 시부모님도 정말 싫었다.

---

25 유골을 나누어 안치하는 것

엄마는 병원 침대에서 숨을 가쁘게 몰아쉬며 그렇게 말했다.

"아버지, 그런 게 아니에요. 엄마는 수목장으로 해달라고 했어요."

"허허, 수목장 말이군. 요시코는 자연을 좋아했으니까. 그러고 보니 요시코는 텔레비전에서 방영한 수목장 묘지 특집을 열심히 봤었지. 하지만 안 돼. 우리 집에는 훌륭한 묘가 있으니까."

"아버지, 그게 아니라요……."

"뭐냐, 미쓰요. 바른대로 말해보렴."

"그럼…… 분명하게 말할게요"라고 말하고 나서 나는 크게 숨을 들이쉬었다.

"엄마는 절대로 아버지와 같은 묘에 들어가고 싶지 않다고 했어요."

"……뭐? 요시코가 그런 말을 할 리가 없다. 네가 잘못 들은 거 아니냐?"

목소리에 힘을 주어 되묻는 아버지의 얼굴은 일그러져 있었다. 내 떨리는 목소리에서 내가 거짓말을 하지 않았다는 사실은 알았을 것이다.

"흠, 그래. 요시코가 그런 말을 했단 말이지."

아버지의 옆모습은 분노로 새빨갛게 달아올라 있었다.

"그렇게 매정한 여자인 줄은 몰랐구나."

"아니…… 매정하다뇨."

"나는 가족을 먹여 살리려고 열심히 일했어. 출세도 가족을 위한 거였다."

"네, 알아요. 아버지는 정말 대단한 사람이에요."

"그랬는데도 네 엄마가 수목장을 운운하다니, 용서가 안 되는구나. 묘를 멋지게 만들 때도 반대하지 않았으면서."

아버지가 큰 묘지(墓誌)를 만들고 주변을 대리석으로 둘러싼 일을 두고 허세라고 비아냥거리는 사람도 있었지만 나는 그렇게 생각하지 않았다. 묘를 잘 가꾸는 일은 아버지에게는 살아 있다는 증거였으며 조상님에 대한 감사이기도 했다.

"아버지는 어떻게 생각하세요? 엄마의 유골을 수목장으로 하는 것 말이에요."

만약 아버지가 완강하게 반대한다면 엄마의 유골은 어디에도 매장하지 않고 내가 보관할 작정이었다. 아버지가 돌아가신 후에 수목장으로 하면 된다.

"수목장이라니 절대 반대다. 있을 수 없는 일이야. 세상 사람들이 비웃을 거다."

아버지는 그렇게 말하더니 내 쪽에 등을 돌리고 텔레비전을 켰다. 그 야윈 등이 이제 그만 돌아가라고, 혼자 있고 싶다고 말하는 것 같았다. 더 이상 무슨 말을 해도 소용없을 것이다. 오늘은 이만 돌아가는 편이 좋을 것 같았다.

"아버지, 다시 올게요."

엄마의 사십구재가 다가오고 있었다. 만약 납골식을 취소하게 되면 절과 연회 음식 업체뿐만 아니라 친척들에게도 연락해야 한다. 아버지가 엄마의 유골을 내가 보관하는 것도 허락하지 않으면 일단 가문의 묘에 모셨다가 아버지가 돌아가신 후에 유골함을 통째로 꺼내서 다시 수목장으로 모시는 방법밖에 없다. 귀찮고 돈도 든다. 피곤하다. 나도 이제 젊지 않은데.

"아버지, 냉장고 안에 고등어 된장조림 넣어뒀으니 드세요."

대답이 없었다.

"오늘은 이만 가볼게요. 그럼 또 올게요."

그러나 아버지는 텔레비전에서 한 번도 시선을 떼지 않았다.

차를 타고 고양이 한 마리도 다니지 않는 시골길을 천천히 달렸다. 엄마가 수목장을 원한 것을 계기로 나는 처음으로 나 자신의 묘를 진지하게 생각하게 되었다. 그때까지만 해도 남편 가문의 묘에 들어간다는 사실에 의구심을 품은 적이 없고, 다른 선택지가 있을 거라고 생각조차 한 적이 없다. 하지만 요즘은 좀 더 자유롭게 생각해도 된다고 엄마한테서 힌트를 받은 기분이다.

엄마의 유골을 수목장으로 한다면 바로 옆 구획을 내가 들어갈 용도로 몰래 사두면 어떨까. 도쿄에서 돌아오는 신칸센 안에서 그런 생각을 했었다. 처음에는 그저 스쳐 지나가는 생각이었지만 지금은 강한 소망으로 바뀌고 있다.

나는 결혼하자마자 시댁에 들어가 살았다. 시어머니도 시아버지도 모두 잘해주셨고 넓은 집의 2층 방 네 개를 전부 신혼인 우리 부부에게 내어주셨다. 식사는 함께였지만 2층에는 화장실뿐만 아니라 작은 부엌도 있어서 밤에는 2층에서 커피를 마시기도 하고, 이십 대 때는 한밤중에 둘이 컵라면을 끓여 먹기도 했다.

이렇게 잘해주는데 어찌 불만이 있겠는가. 그렇게 스스로를 타이르며 살아왔다. 하지만 친구 중에 시부모님과 함께 사는 사람은 거의 없었다. 니가타역 주변의 번화한 곳에서 부부 둘만의 자유로운 생활을 하는 친구들이 사실 부러웠다. 비록 허름하고 좁은 아파트라고 해도 그곳은 누구의 눈치도 보지 않고 편히 쉴 수 있는 부부만의 공간이었다. 시부모님의 보는 눈이 없어서인지 서로 이름을 부르는 친구 같은 느낌의 부부도 있었다.

첫째 아들 출산을 계기로 그동안 일하던 유치원도 그만두고 집에 있게 되었다. 어딜 가나 야무지고 좋은 며느리라는 칭찬을 들었다. 집에서 가장 우선되어야 하는 사람은 시아버지이고 그다음은 남편, 시어머니, 아이들 순이고 마지막이 며느리 자신이라는, 가정 안에서의 확고한 서열을 당연하게 따랐다. 아이가 둘 다 남자라서 그런지 시간이 지날수록 아들들의 순위는 올라갔고 어느덧 시어머니보다 높아졌다. 5년 전에 시아버지가 돌아가시고 작년 말에는 시어머니가 돌아가셨다. 노인 시설에는 들어가시지 않고 마지막까지 집에서 모셨다.

지금 생각하면 알게 모르게 친정어머니의 뒷모습을 본받았던 것 같다. 자신을 희생하고 가족을 위해 헌신하는 자세는 분명 엄마한테 물려받은 것이다.

엄마의 삶의 방식이 옳다고 생각했기에, 나는 지금까지 해 올 수 있었다.

그런데 이제 와서 수목장이라니.

있잖아, 엄마. 내 신념이 뿌리부터 흔들리게 되었잖아.

엄마의 유언 때문에 지금까지 내가 관습의 굴레에 얽매여 있다는 것을 깨달았고 거기서 벗어날 자유가 있다는 것도 알았다. 나도 죽고 난 뒤에는 자유로워지고 싶다. 그런 말을 하면 분명 사쓰키 올케는 '형님, 역시 사후세계를 믿으시는군요'라고 말하면서 웃겠지만 말이다.

저 너머로 우리 집이 보이기 시작했다. 도로가 비어있어서 그런지 15분 만에 도착했다.

"어땠어? 수목장이라니, 장인어른이 충격받으셨을 텐데."

쉬는 날이라 집에 있던 남편이 재빨리 물어봤다.

호기심 가득한 눈빛을 보니 혐오감이 느껴진다. 엄마가 수목장이라는 말을 꺼내기 전과 후로, 남편에 대한 느낌마저 달라져버렸다.

"왜 웃어?"

"어, 나? 안 웃었어."

살짝 웃고 있는 것을 나는 놓치지 않았다.

"왜냐면 장인어른이 불쌍하잖아. 먼저 간 아내한테 버림받다니."

완전히 거짓말도 아닌 것 같았다. 동정심도 들기는 하겠지.

하지만, 한편으로는…….

—나는 그렇게 되지는 않는다. 우리 집은 부부 사이가 원만하니까.

분명히 남편은 그렇게 확신하고 있다. 그리고 스스로도 느끼지 못하는 사이 내 아버지를 얕보고 있다.

그때 뱃속에서부터 심술궂은 마음이 격하게 치밀어 올랐다. 이런 감정은 결혼 이후 처음 겪는 것이었다.

시부모님이 돌아가시고 집에는 남편과 단둘이만 있으니 이제 누구의 눈치도 안 봐도 되고 누구도 듣는 사람이 없다.

남편에게는 결코 말할 수 없었지만, 시어머니가 돌아가셨을 때는 하늘을 날듯한 해방감을 느꼈었다. 앞으로는 주저 없이 남편에게 화를 내도 괜찮다는 허락을 받은 기분이었다.

"당신은 좋겠어. 자기 부모와 함께 묘에 들어갈 수 있으니까."

"어? 그게…… 무슨 소리야?"

남편은 멍하니 나를 쳐다봤다.

남편의 부모나 조상은 나와는 같은 핏줄이 아니다. 남편의 조부모라면 사진으로 본 적이 있지만, 그 이전의 대는 이름조차 모른다. 그런 생면부지의 선조들에게 둘러싸여 묘에 잠들어 있는 내 모습을 상상하니 내가 너무 불쌍했다. 죽어서도 며느리의 위치에서 벗어날 수 없는 것일까.

누구나 자기 부모나 조부모가 잠들어 있는 묘가 좋은 법이다. 어째서 그런 단순한 사실을 남자들은 모르는 걸까.

─자기밖에 몰라서 그래요.

사쓰키 올케라면 간단히 그렇게 대답할 것 같다.

이런저런 생각이 머리에 떠오른 순간, 나는 결정했다. 엄마가 묻힐 수목장 자리의 바로 옆을 내 용도로 사두기로.

조사한 바에 따르면 납골 방식은 개별로 안치하는 방식과 유골함에서 유골을 꺼내 합장하는 방식이 있다고 한다. 합리적인 사쓰키 올케라면 가계를 먼저 생각해서 망설임 없이 합장을 선택할 것이다. 하지만 나는 엄마의 유골이 어디에 묻혔는지 확실히 알고 싶기에 개별형을 선택하고 싶다. 그것을 나란히 두 자리 사두면 된다.

그래, 그렇게 하자. 이 일은 아버지와 남편에게는 절대로 비밀이다.

"누구나 자기 부모와 같은 묘에 묻히고 싶은 게 당연하잖아."

과감하게 그렇게 말하자 남편은 허공의 한 점을 바라보았다.

"미쓰요는 사후세계 따위는 믿지 않는다고 했잖아."

"그렇게 말했을지도 몰라. 그런 비과학적인 것은 바보 같다고 생각하니까. 하지만 환갑이 지나고 나니까 죽을 날도 그리 멀지 않았고, 여러 가지 생각을 하게 됐어."

"여러 가지라니?"

"친정의 묘와 시댁의 묘 중 하나를 자유롭게 선택할 수 있다면, 누구나 친정의 묘를 선택할 거라는 거지."

"세상에는 친정과 사이가 좋지 않은 사람도 있잖아."

교묘하게 화제를 돌리려고 한다. 하지만 이제 그 수법에는 넘어가지 않는다.

"지금 일반론을 얘기하면 어떻게 해? 난 친정 부모님과 사이가 틀어진 적 없어."

"그래도 나는 당신 마음이 전혀 이해가 안 가."

"당신이라면 어떻게 하겠어? 다케무라 집안과 마쓰오 집안

중에 어느 쪽 묘에 들어가고 싶어?"

"들어가고 싶은지 아닌지, 그런 문제가 아니야. 묘란 것은 그런 게 아니라고. 예를 들어 내가 데릴사위라고 치면 나는 망설임 없이 마쓰오 가문의 묘에 들어갈 거야. 그게 규칙이야. 사회는 규칙에 의해 성립되는 거니까."

남편은 현립고등학교의 사회과 교사를 거쳐 정년을 앞두고 2년 동안 교장을 지냈다. 달변가에 지적인 사람이라고 생각한 것은 결혼 후 몇 년 정도까지였을까.

"그 말은 우리가 결혼할 때 내 결혼 전의 성인 마쓰오를 우리 둘의 성씨로 선택했다면 그렇다는 거지?"

"응, 그런 거지. 민법에서는 어느 쪽을 선택해도 괜찮다고 하니까."

무표정한 얼굴로 말하는 남편을 봤다. 살의가 느껴지는 것은 바로 이런 때다.

"결혼할 때 만약 내가 외동이고 당신이 차남이었다면, 당신은 다케무라 마사노리에서 마쓰오 마사노리가 되어도 괜찮았다고 생각한다는 거야?"

"어? 응, 뭐, 그런 의미……랄까."

지금 저는 거짓말을 하고 있습니다, 하고 남편의 얼굴에 쓰여있다.

어째서 남자란 종족은 여자의 입장에서는 생각할 수 없는 것일까. 게다가 거짓말이 쉽게 들통나는 것도 모르고 있다. 평생의 수수께끼다.

결혼이란 정말 골치 아픈 일이다. 그때 나는 스물네 살, 세상 물정 모르는 애송이였다. 결혼의 뒤편에 숨어있는 남편 가족의 일 따위는 꿈에도 생각하지 못했다. 좋아하니까 결혼한다, 단지 그것뿐이었다.

그 당시에는 여자는 크리스마스 케이크와 같아서 스물네 살까지는 팔리지만, 스물다섯 살을 넘기면 팔리지 않는다는 말이 있었다. 그래서 조바심이 났다.

—집 있고, 차 있고, 할머니는 빼고.

이 말은 1960년대에 유행하던 말이라고 엄마한테 들은 적이 있다. 결혼할 남자는 집과 차가 있고 시어머니와 함께 살지 않아도 되는 차남이 이상적이라는 의미라고 한다.

그 말처럼 미래의 남편을 계산적으로 품평하는 여자도 어쩌면 세상에는 있었을지 모른다. 하지만 적어도 내 주위에 조건 좋은 남자와 결혼한 사람들은 어쩌다 보니 좋아하게 된 남자가 그런 환경이었다는 우연에 의한 것이다. 게다가 이런 시골에서는 조건이 좋다고 해봤자 뻔하다. 나도 친구들도 좋게 말하면 순진했고 나쁘게 말하면 미래를 진지하게 고민하지 않았다.

아, 이제 그만하자. 남편에게는 무슨 말을 해도 통하지 않는다. 여기서 자세히 설명해봤자 여자의 마음을 이해하는 것은 앞으로도 영원히 불가능할 것이다.

나도 모르게 큰 한숨을 내쉬었다.

남편이 내 옆모습을 쳐다보는 것이 눈에 들어왔다.

—오늘 아내는 왠지 기분이 안 좋은 모양이군. 부딪히지 않는 게 좋겠어.

분명 그 정도로 생각하고 있을 게 뻔하다. 늘 그래왔다.

이런 일은 결혼하고 나서 셀 수 없을 만큼 많았다. 남자는 말해주지 않으면 모른다고 하는데, 사실 말해줘도 모른다. 미국에서는 백인 남성보다 흑인 남성이 여성이 놓인 상황을 더 잘 이해한다고 들은 적이 있다. 그럴 것 같다. 서로 차별을 당하는 입장이기 때문이다. 이 세상에서 가장 싫은 것이 뭐냐면, 내 인생을 남이 마음대로 결정하는 것이다. 누구나 그런 입장이 되어보지 않으면 모를 것이다.

남편과 서로 이해하지 못하는 관계로 죽어간다고 생각하면 이제까지의 결혼생활은 대체 뭐였냐며 허무하게 생각하는 사람도 많겠지만, 나는 그렇게는 생각하지 않는다. 제도이다. 그래, 남편이 말한 대로 단순히 규칙일 뿐이다. 아이를 낳고 가정을 꾸리는 방법은 내 시대에는 이것밖에 없었다. 지금도 대부분 일본인이 그렇듯 말이다.

이런 생각을 사쓰키 올케에게 털어놓으면 뭐라고 말할까. 사쓰키 올케는 묘하게 달관한 사람이다. 규칙 같은 건 자신의 인생에서 아무래도 좋다는 사실을 알고 있다.

그것은 아마도 올케의 부모님이 교통사고로 안타깝게 돌아가신 일과 관련이 있을 것이다. 그 당시 사쓰키 올케는 고등학생이었다고 한다. 그 외로움에서 벗어나기 위해 첫 번째 결혼은 급하게 했다. 그리고 아주 끔찍한 일을 당하고 허둥지둥 도망쳤다. 이혼을 하기까지 몇 년이나 걸렸다고 했다.

여성의 임금이 낮게 책정된 일본에서 아이를 키우며 혼자 살아가기란 쉽지 않다. 어떻게 해야 할지 고민한 끝에 그 절충안이 해를 끼칠 것 같지 않은 신지와의 결혼이 아니었을까, 라고 나는 생각한다.

단순한 성격으로 보이지만 사실은 그리 호락호락하지 않은 여자일지도 모른다.

6.
마쓰오 사쓰키 61세

엘리베이터를 타고 최고층인 11층 버튼을 눌렀다.

야스코의 집도 우리 집과 똑같이 방이 세 개인 구조이다. 두 아들은 독립했고 지금은 부부 둘이 살고 있는데 야스코의 남편은 다섯 살 연하여서 아직 현역으로 회사에 다니고 있다.

시호가 초등학교에 입학했을 때 야스코의 둘째 아들과 같은 반이 되었다. 그걸 계기로 친해졌다. 게다가 '야스다 야스코'라는 이름이 기억하기 쉬웠던 것도 있다.

학부모회 활동을 하면서 둘 다 수공예를 좋아하고 게다가 동갑이라는 것을 알게 되었다. 이야기도 잘 통하고 체격이 작고 통통하다는 점까지 똑같았다. 하지만 중학생 때 나는 노구

치 고로의 열렬한 팬이었는데 야스코는 사이조 히데키의 열광
적인 팬이었다고 한다.[26]

　—미쓰요네 아파트 꼭대기 층이 매물로 나와있어. 전망이
좋아서 마음에 드는데 그 집을 사도 될까? 스토커 같아서 싫다
고 하면 다른 집을 찾아볼게.

　야스코에게 그런 전화가 걸려온 것은 시호가 중학교에 진학
하기 직전이었다. 싫어할 이유가 없었다. 그 이후로 서로의 집
을 오가고 있다.

　서로의 남편이 평범한 직장인이라는 공통점도 있었다. 둘
중 어느 한쪽이라도 부잣집 사모님이었다면 사이좋게 지내지
못했을지도 모른다.

　온라인 프리마켓에 눈을 뜨기 전까지는 같은 슈퍼마켓의 계
산대에서 일했다. 오래 서서 일하다 보니 허리 통증에 시달렸
지만, 그 이상으로 괴로웠던 것은 손님들의 클레임이었다. 억
지를 부리며 집요하게 따지는, 동네에서 유명한 진상 할아버지
에게 걸리는 날에는 몹시 우울해졌다. 고개를 숙이고 '죄송합
니다'를 반복해서 그 자리를 모면하면 된다는 사실을 파트타임
동료들은 모두 머리로는 알고 있었다. 하지만 비수 같은 말로
여자를 무시하고 깔보는 할아버지의 말 한마디 한마디가 가슴

---

26 노구치 고로와 사이조 히데키는 1970년대 일본 가요계를 풍미한 아이돌 스타이다.

에 꽂히고, 왜 이런 놈에게 머리를 조아려야 하는지 폭발할 것 같은 분노를 억지로 참아야 해서 스트레스가 쌓여 미쳐버릴 것 같았다. 그럴 때마다 퇴근길에 야스코와 카페에 들러 케이크 세트를 먹는 습관이 생겼다. 그 당시에는 둘 다 주택담보대출과 아이들 학비가 부담스러웠기 때문에 9백5십 엔짜리 케이크 세트야말로 인생 최대의 사치처럼 느껴졌다. 그렇기에 스트레스가 조금은 풀렸다고도 할 수 있다.

경영진이 무인 계산대를 증설하겠다고 통보해온 것은 1년 전이었다. 이번 효율화 과정에서 누가 해고될까, 역시 나이가 많은 순이겠지, 그렇다면 우리가 타깃이겠군. 그렇게 야스코와 이야기를 나누며 한참 침울해했다. 하지만 의외로 아무도 해고되지 않았고 그 대신에 파트타임을 하는 모두의 근무 시간이 단축되었다.

경영진의 배려인 줄 알았더니 시간 단축과 동시에 모두가 사회보험에서 제외되었다.

딱 그 무렵이었다. 고급 비단으로 된 허리끈으로 노트북의 커버를 만든 것은 말이다. 그때부터 우리 둘은 광꾼[27]으로 변했다. 광꾼이라는 말을 사용하기 시작한 사람은 야스코다. 사기꾼보다는 낫지 않느냐고 말했다. 우리처럼 평범한 여자들이

---

27 광산에서 광물을 캐는 사람

좋아하는 수공예로 이렇게나 쉽게 3천 엔을 벌 수 있다는 것이 믿기지 않았다. 꼭 우리가 사기꾼이 된 것 같은 기분이 들 때도 있었다. 하지만 품질이 좋다고 니가타에서도 평판이 좋았다.

시급으로 돈을 버는 방법이 더 확실하지만, 아이디어로 돈을 버는 방법이 몇 배 재미있었고, 원래 손으로 만드는 일을 좋아하기도 해서 푹 빠져들었다. 둘 다 육십 대지만 마치 중학생 때처럼 밝은 미래가 기다리고 있는듯한 기분이 들었다.

그전까지 우리는 매일매일 서로 한탄만 하고 있었다.

─이제 나이 들었어. 왠지 매일 피곤해.

─알아, 알아. 나도 기운이 없어.

쉰 살이 되었을 때 둘이 엔딩노트[28]를 만든 적이 있다. 그 노트는 가끔 업데이트해야 하지만 육십 대에 접어들면서부터 기력이 쇠약해져서 내가 죽고 난 다음 일은 아무래도 상관없다고 생각하게 되었다.

하지만 광꾼이 된 후의 우리는 갑자기 젊어졌다. 늘 맨얼굴로 다니던 야스코가 동네에 물건을 사러 나가는 정도로 눈썹을 그리기 시작했다. 아직 아름답고 싶다는 말을 야스코가 했을 때는 놀랐다. 뭐, '나름대로'라는 뜻일 테지만.

그리고 내년에는 치매 예방을 위해 한자능력검정시험에 도

───────────────

28 자신이 죽었을 때 사후 절차를 위해 재산, 장례, 유언 등 필요한 정보를 남기는 노트

전해보자고 둘이서 얘기하고 있다. 둘 다 십 대 시절에는 공부와 담을 쌓고 살아서인지 지금은 지식을 쌓는 일 자체에 기쁨과 즐거움을 느낀다.

11층 야스코의 집에 도착한 나는 식탁에 앉아 '사업계획 노트'를 펼쳤다. 다음 달 매출 목표를 세우기 위해서다. 논의 결과 각자의 목표액은 15만 엔씩으로 정했고, 나는 변함없이 잠자는 시간을 아껴 기모노 허리띠로 노트북 커버를 만들기로 했다. 지금으로서는 잘 팔리고 있지만, 슬슬 살 만한 사람은 다 샀을 것이다. 그러니 다음 상품을 미리 생각해둬야 한다.

"잠깐 쉬자. 차 끓일게."

야스코는 차를 잘 우린다. 나는 집에서 가져온 사사단고[29]와 가키노타네[30]를 테이블 위에 꺼내 놓았다. 모두 미쓰요 형님이 니가타에서 가져온 선물이다.

"시어머니의 수목장은 어떻게 됐어?"

야스코가 물었다.

"그게 말이야, 며느리인 나도 대화에 끼워줬어."

나는 아주버니와 형님이 우리 집에 왔을 때의 상황을 자세히 들려주었다.

---

29 대나무 잎으로 싼 쑥떡으로 니가타 지역 특산물
30 감의 씨앗 모양을 한 쌀과자

"고향에 사는 형님이 하고 싶은 대로 하는 게 좋을 텐데."

"역시 그렇겠지. 그런데 야스코네 묘는 어디에 있어?"

"오사카의 시텐노지[31]에 있어."

"와! 굉장해. 그런 유명한 절에 묘가 있다니."

"아, 묘는 따로 없어."

"엇, 그게 무슨 말이야?"

"교토나 오사카에서는 본산[32]에 납골하는 관습이 있거든. 유골을 본산의 납골당에 안치하는 사람이 많아."

야스코의 설명에 따르면 교토·오사카·고베에는 각 종파의 본산이 많이 있고, 본산에는 그 종파를 처음 만든 사람, 즉 교조가 안치되어 있어서 죽은 후에도 교조와 함께하고 싶은 신자들은 유골을 본산의 납골당에 안치하는 모양이다. 유골을 전부 납골하면 5만 엔, 일부는 3만 엔이 시세라고 한다.

"꽤 저렴하네."

"시댁은 오사카의 시텐노지에 납골해. 그 근처에서는 가장 저렴한 모양이야. 쇼토쿠 태자[33]가 창건했다고 알려졌는데 그런 것치고 1만5천 엔이면 꽤 괜찮은 가격이지."

---

31 일본에서 가장 오래된 절

32 종파의 중심이 되는 큰 절

33 불교를 기반으로 정치를 펼친 고대 일본의 정치가로, 일본 지폐에 그의 초상화가 쓰였다.

"쇼토쿠 태자라······."

옛날의 1만 엔짜리 지폐가 떠올랐다.

"시댁에도 원래는 평범한 묘가 있었어. 그런데 시할머니가 메이지 시대에 태어난 신여성이었고 히라쓰카 라이초[34]의 영향을 받았대. 그도 그럴 것이 시아버지가 워낙 성미가 급한 사람이라서 나오는 대로 말하고 제멋대로 행동해서 상당히 고생시켰다나 봐. 그래서 절대로 시아버지와 같은 묘에 안치하지 말라고 유언을 남겨서 본산에다 납골한 거야. 그 이후에는 그 방식이 이어지고 있어. 어차피 간편하고 저렴하게 치를 수 있으니까 그냥 그대로 하는 모양이야."

"세상은 참 각양각색이네. 그런 건 처음 알았어."

"원래 동일본과 서일본에서는 유골함의 크기부터가 달라."

야스코가 말하기를 동일본에서는 화장장에서 대부분의 유골을 수습해서 유골함에 담지만, 서일본에서는 3분의 1이나 4분의 1만 담기 때문에 유골함이 꽤 작고, 남은 유골은 합장한다고 한다. 게다가 동일본에서는 납골할 때 유골함에 넣은 채 납골하고, 묘 밑에 있는 납골 공간은 석조로 만들어져 있어 흙으로 돌아갈 수 없다고 했다.

"그리고 서일본에서는 납골 공간의 옆부분을 열 수 있어서

---

34 1886~1971, 여성 해방 운동가이자 작가

거기서 뼈를 뿌리면 돼. 일부러 석재업체를 부를 필요도 없어."

"그래? 몰랐네. 그래서 야스코의 친정 묘는?"

"친정 묘는 사이타마의 산림공원 근처에 있어. 산을 깎아 만든 아주 넓은 추모공원이야."

"성묘하러 가?"

"전혀 안 가."

"왜?"

"너무 멀어. 집에서 2시간 가까이 걸리는 데다 역에서도 멀어. 왕복 교통비도 만만치 않고, 너무 피곤해. 처음 묘지를 샀을 때는 부모님이 넓고 시원시원하다고 했지만 성묘하러 가는 자식들 생각도 좀 해줬으면 좋겠다니. 게다가 2년 전에 나이 차가 많이 나는 오빠가 세상을 떠난 뒤로는 친정집이 새언니 것이 되어버렸기 때문에 이미 친정과는 연이 끊어진 느낌이 들어서……."

야스코의 옆모습이 쓸쓸해 보였다.

"지금은 새언니가 성묘하러 가주려나?"

"그 사람은 아마 안 갈 거야. 부부 사이도 별로 좋지 않았던 것 같고 새언니는 우리 부모님을 좋아하지 않았으니까."

"아이는 있어?"

"오빠네는 딸 하나만 있어. 오래전에 결혼해서 성도 바뀌었기 때문에 묘를 물려받을 수도 없어. 새언니의 성격이라면 편법을 쓸 거야."

"편법이라니?"

"관리비를 내지 않고 방치할 작정인 거 같아, 분명."

야스코가 말하기를, 정식으로 파묘를 하려면 큰돈이 든다고 했다. 혼 빼기에는 주지 스님의 보시와 차비가 들고, 묘를 해체해서 철거하는 데는 산업폐기물 처리업자를 불러야 하며, 그곳에서 유골을 꺼낸 다음 다시 아무것도 없는 공터로 만드는 비용, 마지막으로 유골을 합장하는 비용 등이 든다.

그런 비용을 내고 싶지 않은 사람들은 관리비를 체납하고 독촉장이 와도 응하지 않는다. 그렇게 1년 정도 지나면 무연묘로 인정된다고 한다.

무연묘가 되면 구매자를 바로 찾을 수 있는 입지가 좋은 도심 속의 추모공원에서는 관리자가 묘비를 철거하고 공터로 만들지만, 그렇지 않은 곳에서는 황폐해질 때까지 그냥 놔둔다.

"야스코는 그래도 괜찮아? 부모님이 잠들어 계시잖아?"

"어쩔 수 없지. 이미 오래전에 친정과는 연이 끊겼다고 생각해. 어차피 오빠네 가족들이 같이 살기 시작한 시점부터 친정집이라는 생각이 들지 않았어. 엄마를 만나러 갔다가도 부담 없이 머물 수 있는 분위기가 아니기도 했고."

부모님이 돌아가신 순간, 사람은 고향을 잃는 것일지도 모른다고 그때 생각했다.

딸 시호가 불쑥 찾아온 것은 금요일 밤 9시도 넘은 무렵이었다. 퇴근하고 왔다고 했다.

"오늘 자고 가도 돼?"

"당연하지."

"고마워."

시호는 억지로 밝은 척했다. 하지만 기분이 밑바닥까지 가라앉아 있다는 것을 나는 얼굴만 보고 바로 알았다.

"아빠는?" 하고 물으면서 시호는 거실을 둘러봤다.

"방금 목욕하러 들어갔어."

"흐음."

"시호, 무슨 일이야? 사토루하고 무슨 일 있었어?"

"응, 조금. 결혼 후에 성씨를 어느 쪽으로 할지 가지고 다퉜어."

"뭐? 어휴, 정말. 우리 집 딸들은 하나 같이 성씨 따위로 무슨 생각을 하는 건지. 마키바라면 이해하지만, 너까지 왜 그러니? 도대체 이유를 모르겠네. 성 같은 거 아무러면 어때."

그때 야스코의 일이 떠올랐다. 야스코의 결혼 전 성씨는 혼

다였다. 혼다 야스코가 결혼하고 나니 야스다 야스코가 되어 버렸다. 부모가 고민해서 딸에게 야스코라는 이름을 지어줬는데 결혼 때문에 성과 이름의 균형이 무너졌다.

"엄마 세대는 내 마음을 이해하지 못할 거야."

"그런 말 하지 말고 제대로 설명해봐."

어차피 자기 기분을 들어달라고 집에 온 걸 테니까.

"응, 있잖아……."

시호의 자초지종을 듣고 놀랐다.

시작은 시호가 초등학교 6학년 때 니가타에서 시아버지가 "신지네 집은 딸만 있어서 전혀 쓸모가 없어"라는 사려 깊지 못한 말을 한 것이었다고 했다. 시아버지도 참 애한테 못 할 말을 했다.

"마침 잘됐네. 묘는 이제 신경 쓸 필요 없어."

갑자기 내 말이 빨라졌다. 남편이 목욕을 마치고 나오기 전에 얼른 얘기해야겠다고 생각했기 때문이다. 내가 욕실 쪽을 슬쩍 보고 목소리를 낮추자 시호도 알아차렸는지, "그게 무슨 말이야?"라며 얼굴을 가까이 들이댔다.

"니가타의 할머니가 수목장으로 해달라고 유언을 남기셨나봐."

"어째서? 그렇게 훌륭한 묘가 있는데? 그럼 그 묘는 어떻게 되는 거야?"

시호까지 덩달아 말이 빨라졌다.

"그러니까 시호가 묘를 물려받아야 한다는 생각은 하지 않
아도 돼. 할아버지가 머지않아 돌아가시고 그다음에 아빠가 세
상을 떠나면 파묘해버리면 되니까."

"엄마, 그거 진심으로 하는 말이야?"

"당연히 진심이지. 아니, 만약에 아빠가 20년 후에 죽는다고
치고 그러면 그때 나는 팔십 대야. 그 묘지에 가려면 신칸센을
타고 또 다른 열차로 갈아타고, 묘지에서 가장 가까운 역에서
내려서 30분이나 흔들리는 버스를 타야 하잖아. 게다가 그 버
스는 편수가 적어서 시간을 못 맞추면 택시를 타야 해. 택시비
는 5천 엔이 넘어. 난 팔십 대가 넘어서 혼자 그 멀리까지 성묘
하러 갈 자신이 없어. 그리고 내가 세상을 떠난 후에 마키바와
시호는 니가타까지 성묘하러 와줄 거야?"

"아마…… 안 갈 것 같아."

"거봐. 그렇다면 빨리 파묘하는 편이 좋잖아."

"그 말은 도쿄에 묘지를 사서 이장하는 게 아니라 완전히 없
애버린다는 거야?"

"맞아, 그 말이야. 유골은 지금 묘지를 관리하는 절에 합장해
달라고 할 거야. 도쿄에 있는 묘는 비싸서 살 수도 없고, 그런

일에 중요한 노후자금을 쓰면 안 된다고 생각하거든."

"응, 그건 그러네."

"더군다나 니가타의 묘를 남겨두면 시호는 마쓰오와 나카바야시 양가의 묘를 모두 돌봐야 하는 처지가 되니까."

"그렇구나."

"요즘은 혼자 여러 묘를 돌보는 경우가 많아져서 고생한다고 들었어."

"모두 형제가 적으니까. 오늘 집에 오길 잘했네. 묘는 좀 더 유연하게 생각해도 괜찮겠네."

"맞아. 살아있는 사람이 더 중요해. 이제 니가타의 묘는 걱정하지 않아도 되니까 시호는 성씨 같은 건 신경 쓰지 말고 그냥 결혼하면 돼."

"근데…… 그게 꼭 그렇지만도 않아. 성씨로 싸우다 보니 사토루의 본성이 드러난 거 같아서."

"본성이라니?"

"성씨는 양보할 수 없다면서 나보다 자기 부모님의 기분을 먼저 생각하더라. 사토루와 결혼하는 게 아니라, 나카바야시 집안에 며느리로 들어가는 느낌이 더 강하게 들어서 섬뜩해."

"그런 말을 하면 누구와도 결혼할 수 없어. 게다가 사토루의 본성을 봤다고 하지만, 그렇게 나쁜 사람은 아닐 거야."

"그야 그럴지도 모르지만, 내 미래가 그쪽 가족에게 얽매일 것 같아서 싫어."

"그럼 얽매이지 않게 하면 되잖아."

"어떻게? 그 집에서는 약혼반지 하나도 내 뜻대로 해주지 않아. 회사 동료한테 말했더니 그런 작은 일 정도는 그쪽에 양보하면 된다든가, 시아버지에게 꽃을 선물하라고 하더라고. 아무도 내 마음을 몰라준다고."

"반지 같은 건 그냥 얌전하게 받아두면 되잖아. 마음에 안 들면 옷장 깊숙이 넣어 놓으면 되고."

"엄마까지 그런 말을 할 줄은 몰랐네. 실망이야. 더군다나 내가 태어났을 때 이름 지어주면서 성이랑 어감이 괜찮은지, 부르기 쉬운지, 엄마랑 아빠랑 열심히 생각해서 지은 거 아니었어? 그런 이름인데 결혼하면 나카바야시 시호가 된다고."

"음, 그게 무슨 뜻이야?"

"나, 카, 바, 야, 시, 시, 호, 라니까. 시가 두 번이나 이어진다고."

"그게 뭐 어쨌다고? 11층에 사는 야스코 씨는 야스, 다, 야스, 코, 야. 그래도 야스코 씨는 불평 따위는 하지 않아. 만담꾼 같아서 재밌다고 웃어넘기더라."

"그야…… 사람마다 다를지도 모르지."

"시호, 너 참 그릇이 작은 사람이구나."

그 말을 듣자마자 시호는 얼굴색이 바뀌었다.

"어, 그래. 그릇이 작아서 미안해."

그렇게 말하더니 벌떡 일어나 가방을 어깨에 걸쳤다.

"엇, 자고 가는 거 아니었어?"

"아니, 갈래. 이런 집, 다시는 안 올 거야!"

말릴 새도 없이 시호는 좀 전에 들어온 현관을 서둘러 나가 버렸다.

평소의 온화한 성격은 어디로 갔는지. 시호는 짜증이 나있었다. 내가 생각하는 것보다 훨씬 정신적으로 힘든 모양이었다.

7.
마쓰오 마키바 38세

「아직도 독신인가요?」

스즈키 데쓰야에게 온 문자를 알아차린 것은 점심시간이었다.

이제 와서 뭐지?

내가 지금도 독신이라면 그게 뭐 어쨌다는 거야?

데쓰야와 만나지 않은 지 벌써 9년이 지났다.

"마키바 선배, 누구한테 온 문자예요?"

후배인 나나코가 맞은편 자리에서 나를 들여다보듯 물었다. 왠지 히죽거리고 있다.

오늘 점심은 늘 먹는 구내식당이 아니라 외부로 나갔다. 주

중반이 되면 스트레스도 피로도 쌓이기 때문에 적어도 점심 정도는 건물 밖으로 나가는 것이 매주 수요일 습관이 되었다.

오늘은 베이커리를 겸하는 레스토랑인데 이곳의 샌드위치 런치는 여자들에게 인기가 많다. 세트로 나오는 샐러드가 푸짐하고 제철 포타주[35]가 맛있다.

"저기, 누구한테 온 문자야?" 하고 이번에는 옆자리에 앉은 동기 유미가 내 스마트폰을 들여다봤다.

"왜 그렇게 신경을 써?"

두 사람이나 관심을 갖는 게 이상하고 신기해서 되물었다.

"마키바가 정말 행복해 보이니까."

"어, 내가?"

"맞아요, 마키바 선배가 그렇게 밝은 표정 짓는 거, 오랜만에 봤어요."

"뭐? 그럴 리가. 애초에 전혀 기쁘지도 않은데."

"마키바, 뭘 그렇게 예민하게 굴어?"

"딱히. 예민이라니, 난……."

그때 식사가 나왔다.

"오래 기다리셨습니다."

"맛있겠다."

---

35 걸쭉한 수프

"오늘의 수프는 누에콩으로 만든 포타주입니다."

"신난다."

"내가 제일 좋아하는 거야."

모두의 시선이 음식으로 향한 순간을 놓치지 않고 "잘 먹겠습니다"라고 힘차게 말한 뒤 어린잎채소를 입에 넣었다.

스즈키 데쓰야와 헤어진 직후에는 정말 힘들었다. 매일 식욕이 없어서 억지로 수프를 목구멍으로 넘겼다. 따뜻한 포타주를 먹으며 너무 성급하게 결론을 내린 것은 아닌가 후회만 하던 시절이 떠올랐다.

지금까지 최대한 데쓰야를 떠올리지 않으려고 애쓰며 살아왔다. 생각이 날 것 같은 때는 순간적으로 다른 생각을 하는 훈련을 했고, 그 덕에 점차 생각나는 횟수가 줄어들었다. 비로소 마음이 편해졌다.

성씨 하나로 인생이 엉망진창이 되었다. 생각해보면 우스꽝스러운 일이다. 스즈키라는 성씨는 일본에서 사토 다음인 두 번째로 많다. 성과 친아버지의 모습을 연결 짓는 것 자체가 어리석은 일이었다. 젊은 객기라고 비웃는 사람도 있을지 모르지만 삼십 대 후반이 된 지금도 스즈키라는 성이 되는 게 싫기는 마찬가지다.

그리고 성씨의 문제가 계기가 되어 그때까지 데쓰야가 보여

췄던 성실함과 다정함마저 근본적으로 의심하게 되었다. 내가 어릴 때부터 가지고 있던 트라우마를 호소해도 그는 성씨를 바꾸려고 하지 않았다.

"이 포타주, 내 취향이야."

"응, 나도. 그리고 이 샌드위치 빵도 쫄깃쫄깃해."

"맛있어."

나는 모두와 보조를 맞추면서도 데쓰야의 문자의 의미를 계속 생각했다.

그 이후로 쭉 남자를 사귀지 못했다. 접근하는 남자들은 많았지만, 데쓰야 때문에 남자라는 생물 전체를 의심의 눈초리로 바라보게 되었다.

세상에는 인종차별을 비롯해 여러 가지 차별이 있지만, 차별의식이 있는지 없는지는 결혼을 계기로 드러난다고 어딘가에서 읽은 적이 있다. 평상시에는 평등주의자처럼 행세하다가도 막상 친인척의 결혼 앞에서는 본심이 나오는 것이다. 결혼은 '십자가 밟기'[36]라고도 할 수 있다.

며칠 전에 엄마한테 전화가 왔다. 그때 엄마는 여동생 시호의 결혼에 대해 상의했다. 성씨 문제로 파혼할 것 같다고 해서

---

36 일본에서 에도시대에 기독교 탄압 정책으로 가톨릭 신자를 색출하기 위해 십자가나 성모마리아 그림을 밟고 지나가게 했다.

내 영향을 받은 것이 아닌가 싶었는데 그렇지는 않은 것 같다. 시호는 니가타의 묘를 이을 사람이 없는 것을 걱정하고 있다고 했다.

시호의 남자친구도 결국 십자가를 밟지 않은 모양이다. 평소에 페미니스트를 자처하는 시호의 충격이 컸다고 한다.

나는 묘지 같은 건 눈곱만큼도 신경 쓰이지 않는다. 애초에 아빠와 혈연관계가 아니기 때문에 장녀라고 해도 마쓰오 가문의 묘를 이을 자격이 없다고 생각한다. 관혼상제나 여름휴가 때 니가타에 갔을 때도 항상 나 혼자만 겉돌았다. 나는 마쓰오 일가에서는 찾아볼 수 없는 이목구비가 또렷한 얼굴을 하고 있어서 누가 봐도 핏줄이 아니라는 것을 알 수 있었고, 이웃들도 나와는 거리를 두었던 것 같다.

엄마가 지금의 아빠와 재혼했을 때 나는 여섯 살이었다. 새아버지는 나를 늘 조심스러워했지만, 그래도 자상했다. 여동생인 시호를 혼내는 일은 있어도 나를 혼낸 적은 단 한 번도 없었다. 꾸짖기보다 부드럽게 주의를 주는 정도였다. 그것을 차별이라고, 외롭다고 생각해본 적은 없다. 아빠가 됐든 누가 됐든 감정적으로 혼내면 나는 공포심에 온몸이 굳어버리니까.

그날 밤 집에 돌아와서 데쓰야에게 답장을 보냈다.

「아직 독신입니다.」

고민 끝에 그렇게 딱 한 줄만 썼다.

그러자 곧바로 답장이 왔다.

「저도 아직 독신입니다. 오랜만에 만나지 않을래요?」

왜 이렇게 설레는 걸까. 아직도 좋아하는 걸까.

화면의 글자를 멍하니 보고 있자니 이번에는 장문의 문장이 화면에 떴다.

「헤어진 걸 후회하고 있습니다. 성씨 때문에 인생을 망쳤어요. 내가 미쳤었나 봅니다. 젊은 남자들의 대화를 엿들을 기회가 있었는데 시대가 변하고 있음을 실감할 수 있었습니다. 그 남자들은 아내의 성을 쓰는 것에 거부감이 없었어요. 그런데 나는 장남이고 묘를 물려받아야 하니까 성씨는 바꿀 수 없다며 끝까지 고집을 부렸어요. 동생도 둘씩이나 있고 신앙심도 없고 성묘도 거의 가지 않는데 말이지요. 그때 나는 내가 얼마나 속 좁은 사람인지 깨달았어요. 그리고 아주 큰 행복을 놓쳤다고 생각했습니다. 이미 너무 늦었나요? 혹시 조금이라도 괜찮다고 생각한다면 꼭 만나주세요.」

잠시 화면을 닫았다.

데쓰야, 나한테 다시 생각해볼 여지는…… 있어.

나쁜 사람이 아니었으니까.

비겁한 사람이라고도 생각하지 않아. 오히려 성실하고 자상한 사람이었다고 생각해.

이제 와서 스즈키 데쓰야에서 마쓰오 데쓰야가 돼도 좋다고 생각하게 된 걸까.

어느 쪽이든 일단 만나보자.

다시 사귀지는 않더라도, 데쓰야를 친구 한 명으로 추가하는 것도 나쁘지 않다.

평생 독신으로 살아갈 각오 정도는 이미 오래전에 했으니까.

8.
나카바야시 사토루 37세

드디어 시호를 만날 수 있게 되었다.

그날 이후 몇 번이나 문자를 했지만, 그때마다 시호는 '좀 생각할 시간이 필요해'라는 답장을 보내왔다. 다시는 만날 수 없을 것 같은 불길한 예감이 들었는데, 간신히 만날 약속을 잡아 다행이었다.

오늘은 아오야마에 있는 오스트리아 음식점을 예약했다. 시호가 좋아하는 자허토르테[37]가 유명한 곳이다.

먼저 도착해서 안쪽 자리에서 기다리고 있는데 시호가 가게로 들어오는 모습이 보였다. 평소에는 단아한 원피스 차림인데

37 오스트리아의 초콜릿케이크

오늘은 웬일인지 청바지에 후드티를 입고 있었다.

그건 마치…….

―이제 더 이상 사토루에게 예쁘게 보일 필요가 없어졌어.

그렇게 말하는 것 같았다. 지나친 생각일까.

"성씨에 대해서 부모님과 이야기해봤어."

나는 시호를 똑바로 바라보며 아무렇지도 않은 말투로 입을
열었다.

그런데도 시호는 메뉴판에서 얼굴도 들지 않고 "흐음" 하고
무덤덤하게 대답했다.

차일 것 같은 예감이 들었다.

성씨뿐만 아니라 이젠 나에게도 더 이상 관심이 없어진 것
같아서 조바심이 났다.

"시호, 오늘은 왠지 무뚝뚝하네. 왜 그래?"

"아니, 굳이 안 들어도 결과는 뻔하잖아. 부모님이 크게 반대
하셨지?"

"……응, 맞아. 아버지는 가고시마의 본가에 자부심이 있는
것 같기도 하고."

"그래서, 결론은 뭔데?"

시호가 고개를 들어 나를 바라봤다.

"어…… 사실혼은 결국 동거에 불과하다고 반대하셨어."

"그러니까 그 말은 사실혼을 하든지 내가 굽히든지 둘 중 하나밖에 없다는 거네?"

시호는 그렇게 말한 뒤 하하, 하고 짧은 웃음을 터뜨렸다.

차라리 화를 내는 편이 백배는 낫다.

"설마, 오해야. 당연히 세 가지 선택지가 있지."

나는 당황하며 얼른 고쳐 말했다.

하지만 역시 내 성이 마쓰오로 바뀌는 것은 상상할 수 없었다. 그런 일은 태어나서 지금까지 생각해본 적도 없고, 아무리 상상하려 애써도 불가능하다. 마음이 거부하고 있다.

그렇다면 나는 오늘 왜 시호를 이곳에 불러냈을까.

시호가 간파한 대로 두 가지 선택밖에 없다는 것을 알면 시호가 겨줄지도 모른다고 기대했기 때문일까.

—나는 진정한 페미니스트니까.

시호 앞에서 몇 번이나 말했을까. 하지만 역시…… 내 성이 마쓰오가 된다는 것은 아무리 생각해도 있을 수 없는 일이다.

"아버지가 좀 우울증 같아."

동정을 사려고 한 것은 아니었다.

엄마의 말을 듣고서야 알았지만 요즘 아버지는 어딘지 모르게 어둡고 웃음을 잃은 것 같았다. 성씨 때문에 시호와 갈등을 겪고 있다고 말하고 나서부터다. 나보다 더 큰 충격을 받은듯 보였다.

"그러고 보니 주임 승진 축하를 안 했네. 샴페인이라도 마실까?"

시호는 동기 중에 가장 먼저 주임이 되었다. 동기 스물다섯 명 중에 여성은 여섯 명뿐이다. 하지만 시호는 그다지 기뻐하는 내색이 없다.

"술은 필요 없어. 게다가 우리 회사는 다들 대리나 과장까지는 올라가."

"그래도 열심히 하니까 주임이 된 거지."

"실력만 갈고닦아봤자 안 돼. 사내 정치를 잘 관찰해서 어느 부장 파벌에 들어가는 것이 유리할지를 잘 파악할 수 있는 직원만이 과장 이상으로 승진할 수 있어. 여자 선배들을 보면 기껏해야 과장까지가 고작이야."

"그건 남자도 마찬가지야. 결국은 인간관계야."

사회인으로서 선배인 나는 그렇게 말해봤다.

"여자는 일 잘하고 인품이 있어도 인정받기 힘들어."

"그건 피해망상 아니야? 상사와 좀 더 소통해보면 어떨까?"

"남자는 그렇겠지. 상사의 환심을 사려고 해도 성희롱당할 염려가 없으니까."

"어?"

"단둘이 술을 마시러 가도 술에 취하게 해서 호텔로 끌려갈까 봐 걱정할 필요가 없잖아."

—상사와 둘만 술 마시러 가지 않았으면 좋겠어.

그렇게 말하고 싶었지만 참았다.

—굳이 출세 따위 안 해도 괜찮잖아.

—화목한 가정을 꾸리고 즐겁게 살자.

—나는 설거지도 시호와 같이 하고, 솔선수범해서 쓰레기도 버릴 생각이야.

하지만…… 오늘 시호의 분위기에 위화감이 느껴졌다. 청바지뿐만 아니라 말투까지도 왈패 같은 느낌이 들었다.

그때 문득 그 어머니에 그 딸, 이라는 말이 떠올랐다.

역시 그 어머니가 키운 딸이다. 고등학교 중퇴에다 아이를 데리고 재혼했다는 그 어머니의 딸인 시호. 나잇살이나 먹고 말본새가 거친 그 어머니 밑에서 자란 딸이다.

—저기, 사토루. 시호는 그만두는 게 낫지 않겠냐?

아빠는 그렇게 말했다.

—좀 더 괜찮은 집 아가씨를 찾아보렴.

그때 엄마는 무심코 본심이 튀어나온 것 같다.

이 결혼은 그만두는 게 좋을지도 모른다.

하지만 시호를 놓치면 평생 결혼할 수 없을 것 같다.

─이 세상에 여자는 많잖니.

─연봉 5백만 엔이 넘는 사람은 일본인 남성의 40퍼센트뿐이라고 텔레비전에서 말하더라.

시호와 전혀 다른 타입의 여성을 대상으로 찾으면 다시 연인이 생길지도 모르겠다.

결혼한 친구들의 부인들을 봐도 시호처럼 똑똑한 여성은 많지 않다. 남편에게 의지하는 아내들뿐이다. 그런 여자들의 가정은 더 원만하게 돌아갈지도 모른다.

시호는 너무 잘났다.

하지만…… 나는 똑똑한 여자에게만 매력을 느낀다.

도대체 어떻게 하면 좋을까.

9.
마쓰오 이치로 89세

정말 화가 난다.

수목장이라고?

나랑 같은 무덤에 들어가고 싶지 않다고?

요시코, 이 은혜도 모르는 것 같으니. 내가 있었기 때문에 평생을 평온하게 잘 살 수 있었던 것 아닌가.

아무리 그래도 요시코가 이렇게까지 멍청할 줄은 몰랐다. 멍청한 사람일수록 자신이 멍청하다는 것을 자각하지 못한다는데, 바로 그 전형적인 사람이다.

전업주부로 집에서 편안하게 지낼 수 있었던 것은 도대체 누구 덕이란 말인가. 내가 뭘 그렇게 잘못했단 말인가.

따지고 싶어도…… 요시코는 이제 없다.

세상에 이보다 더한 배신이 있을까. 불만이 있다면 살아있을 때 말해야 하는 것 아닌가. 그것이 사람에 대한 도리가 아니겠는가. 죽고 나서 듣는 내 처지도 좀 되어보라고. 만약 살아생전에 너한테 직접 불평불만을 들었다면, 나는 그 백배는 되받아칠 자신이 있었다. 그런데 이제 되받아칠 수도 없고 스트레스가 쌓이고 쌓여서 크게 소리쳐도 분이 풀리지 않을 것만 같았다. 도대체 어떻게 하란 말인가.

미쓰요에게 수목장 이야기를 듣고 나서부터 잠을 못 자게 되었다. 밤이 되어 이불속에 들어가면 분노가 끓어오른다. 하지만 그 한편으로는 아침에 눈을 뜬 순간부터 외롭고 쓸쓸해서 견딜 수가 없었다. 특히 날이 밝지 않은 이른 새벽은 그 고요함 때문인지 세상에 나 홀로 남겨진 것 같은 기분이 들어 속절없이 우울해졌다.

어젯밤에도 좀처럼 잠을 이루지 못했다. 그런데도 웬일인지 오늘은 새벽 4시에 잠이 깨버렸다. 몸이 나른해 일어날 엄두가 나지 않아 이불 속에 드러누운 채 멍하니 텔레비전을 봤다.

한참을 그러다가 시계를 보니 아직 6시도 되지 않았다. 오늘은 도대체 무엇을 하며 시간을 보내면 좋을까.

그렇게 생각하고 있을 때 현관의 초인종이 울렸다. 누구일지 생각할 것도 없이 이런 아침 댓바람에 찾아올 사람은 이웃에 사는 내 누나밖에 없다.

"이치로, 이미 일어났지? 빨리 현관문 좀 열어봐."

텔레비전을 끄고 서둘러 나가자, 누나의 손자인 게이타가 "아침 일찍부터 죄송합니다. 지금 당장 데려다달라고 할머니가 하도 성화셔서요" 하더니 꾸벅 고개를 숙였다. "저는 이제 일하러 갈게요. 그럼 또 봬요"라고 말하고 시동을 끄지 않은 채 세워 놓았던 경트럭을 향해 달려갔다.

"미쓰요한테 들었어."

누나는 현관 앞에 선 채로 말했다.

"들었다니 뭘?"

"당연히 수목장 얘기지, 뭐긴 뭐야."

그렇게 말하면서 누나는 신발을 벗고 멋대로 집으로 들어오더니 나를 제치고 복도를 지나 거실로 들어갔다.

"수목장? 아, 그거 말이군."

"시치미 뗄 때가 아니야. 이제 며칠 안 남았으니, 오늘이라도 결정해야 해."

"…… 응, 알겠어."

"너는 수목장하는 거 찬성하니?"

"설마 찬성할 리가 없잖아."

"하지만 미쓰요는 수목장으로 할 생각인 것 같았어. 엄마의 강한 바람을 외면할 수는 없다고 말하더라."

"아무리 그래도 지금 와서 수목장이라니."

"요시코가 그런 터무니없는 소리 하는 사람인 줄은 몰랐다. 애초에 체면이 안 서잖니. 머지않아 동네에 소문이라도 퍼져서 내가 마트에 장을 보러 가면 틀림없이 여러 사람이 몰려와 꼬치꼬치 캐물을 거야."

"나도 흘끔흘끔 쳐다보려나?"

"그야 그렇겠지. 이치로는 바로 당사자니까."

"어휴, 정말 요시코."

"그런데 사실은 나, 요시코의 마음도 조금은 이해해."

"어, 무슨 소리야?"

"이치로도 나처럼 모두에게 미움을 받잖아."

"내가 미움받는다고? 모두라니 누구한테?"

"친척들, 형제들, 이웃들한테."

"그럴 리가 없어. 내가 왜 미움을 받는다는 거야?"

반발해봤지만, 육 남매 중에 연락을 주는 사람은 누나뿐이다. 남동생 두 명과 여동생 두 명은 전화조차 걸어오지 않는다.

"요시코의 장례식 때도 동생들 모두 말도 제대로 하지 않고 바로 돌아갔어. 정말 냉정해. 아무리 바빠도 그렇지."

"바쁘다는 건 당연히 핑계야. 장례식 끝나고 돌아가는 길에 모두 지방 도로변에 있는 찻집에 들러 늦은 시간까지 차를 마시고 수다를 떨었다고 하더라. 나랑 이치로만 빼고 나머지 네 사람은 사이가 좋아."

"누나는 어떻게 그런 걸 알아? 그 애들이 누나한테는 연락해?"

"그럴 리가 없지. 다들 나랑 친하게 지내고 싶어 하지 않아. 노후에는 여동생들과 여자끼리 온천도 가고 친하게 지내고 싶었는데, 전화를 해도 바로 끊으려고 한다니까. 이유를 물어도 바쁘다는 말만 되풀이하더라. 요전에는 마음먹고 캐물었어. 너희들도 다 늙어서 파트타임도 진작에 그만뒀으면서 뭐가 바쁘냐고, 거짓말하지 말라고 화를 냈지."

"그랬더니?"

"그랬더니 드디어 속내를 털어놓더라고. 언니는 항상 잘난 척하면서 설교만 하고, 어렸을 때부터 정말 싫었다고 말이야. 그런데 사실 나, 학창시절에 같은 반 친구한테 똑같은 말을 듣고 절교당한 적이 있어. 나는 상대방을 생각해서 조언해준 건데 말이야. 애초에 세상에 나만큼 친절한 사람이 또 어디 있어? 감사할 줄 모르는 사람들밖에 없어서 힘든 건 오히려 내 쪽이라니까."

누나는 항상 자기 생각을 강요했다. 자기가 첫 번째가 아니면 만족할 줄 몰랐다. 그 증거로 요시코의 장례식 때도 화환의 위치가 마음에 들지 않는다고 진심으로 화를 냈다. 하지만⋯⋯.

"누나 말처럼 감사할 줄 모르는 사람이 진짜 많아."

형제가 많아도 토지나 재산을 장남이 독차지할 수 있었던 것은 제2차 세계대전 전의 이야기다. 아버지가 돌아가시고 어머니마저 연달아 돌아가셨을 때, 재산분할은 평등하게 해달라고 동생들이 요구했었다.

부모님의 병간호는 며느리인 요시코가 혼자서 다 했는데, 요시코에게 고마워하는 형제는 단 한 명도 없었다. 감사는커녕, 오히려 남동생 하나는 요시코의 병간호가 완벽하지 않았다며 불평을 늘어놓는 게 아닌가.

그때 나는 요시코의 편을 들어주지 못했다. 형제들 앞에서 아내를 감싸다니, 너무 애처가 같아서 남사스러웠기 때문이다. 게다가 요시코라면 말하지 않아도 내 마음을 알아줄 거라고 믿어서 굳이 입 밖으로 내지 않았던 것이다. 그런 일도 있고 해서 요시코는 나뿐만이 아니라 마쓰오 집안 자체에 진저리가 났을지도 모른다.

"이치로는 나보다 훨씬 더 미움받고 있어."

"뭐라고? 왜?"

"이치로는 장남이라 어릴 때부터 특별한 대우를 받았고, 동생들의 학력이나 직업을 늘 무시했잖니. 심지어 본인들 앞에서까지 말이야."

"그렇지 않아. 나는 그 녀석들과 다르게 어릴 때부터 항상 노력했어. 동생들에게 분명 나는 자랑스러운 형일 거야."

"여전히 자만심에 가득 차있구나, 이치로. 그 애들은 으스대는 상사와 이야기하는 것 같아서 너랑은 같이 술을 마셔도 취하지 않는다고 하더라."

말문이 막혔다.

"너, 요시코 올케한테도 비슷한 태도였어."

누나의 거침없는 말투가 대쪽 같아서 시원시원한 성격이라고 생각할 때도 많았지만, 오늘만은 얄미웠다.

"이치로 같은 남편을 둔 올케도 고생의 연속이었을지 몰라."

"고생? 요시코가? 도대체 무슨 고생? 전업주부가 고생 같은 걸 한다고? 돈이 궁한 것도 아니고, 온종일 집에 있을 수도 있고, 나처럼 밖에 나가서 많은 적과 싸울 필요도 없잖아. 부러울 정도라고."

"그게 언제더라, 올케가 동창회에 가려고 했을 때 네가 '밥 정도는 해두고 가!' 하고 소리치는 것을 목격한 적이 있었어."

"고작 그 정도의 일로······."

"난 평소에도 그런 상하관계겠구나, 하는 생각이 들던데."

언제부터인가 요시코는 웃지 않게 되었다. 무언가를 지적해도 예전과 달리 요시코는 사과하지 않았다. 머지않아 같이 밥을 먹지 않게 되었다. 자식이나 손자가 와도 요시코는 식사 준비로 계속 서서 일만 하고 대화에 끼려고도 하지 않았다. 그 사실을 눈치채기는 했지만, 같은 묘에 들어가고 싶지 않다고까지 생각할 줄은 몰랐다.

누나가 돌아간 뒤의 기분은 더없이 최악이었다.

집은 다시 고요해졌다. 머리가 이상해질 것 같아 황급히 텔레비전을 켰다. 혼자 사니까 말할 상대도 없었다. 동네에 사는 소꿉친구를 떠올려봐도 자존심을 버리고 속마음을 털어놓을 만큼의 신뢰관계는 아니었다. 동정받는 것도 딱 질색이었다.

그래, 이럴 때는 몸을 움직여야 한다. 몸이 피곤하면 밤에도 잠이 잘 올 것이다. 그렇게 생각하며 나른한 몸을 이끌고 마당으로 나갔다.

오랜만에 골프 스윙 연습을 했다. 날씨도 좋고 이른 아침 공기는 맑고 기분이 좋았다. 몸을 움직이는 간단한 해결 방법을 어째서 잊고 있었던 것일까.

그때 문득 상사에게 이끌려 골프를 치러 갔을 때가 생각났다. 골프 실력이 늘어 상사의 스코어를 추월한 뒤에도 "내가 가르쳐줬지", "내가 지도해줬어"라며 상사가 생색을 내는 바람에 그 상사와는 더 이상 가기 싫어졌다. 잘하지도 못하는 주제에 잘난 척하는 게 화가 났다.

앗.

즉, 요시코가 본 나는, 그 상사와 비슷했던 걸까.

설마, 그건 아니겠지. 상사와 부하직원의 관계와 부부의 관계는 분명 전혀 다르다. 부부는 가까운 관계라서 거리낌없이 말할 수 있는 거니까.

이튿날 마음을 먹고 절로 향했다. 여하튼 주지 스님에게 사정을 말해야 하니까.

어제는 이른 아침부터 골프 스윙 연습을 해서 다행이었다. 오랜만에 푹 잘 수 있어서 머리도 몸도 개운했다. 그랬더니 이제야 며칠 전에 미쓰요가 전화를 걸어 나를 설득하려고 했던 말들을 곰곰이 생각해볼 마음의 여유가 생겼다.

—오빠는 데릴사위로 가버렸고, 저는 다른 집안으로 시집갔고, 신지는 성씨를 이었지만 아들이 없잖아요. 그러니 조만간 파묘할 날이 반드시 올 거예요. 그걸 생각하면 엄마의 유골을 수목장으로 해도 되지 않을까요? 그렇게 눈을 부릅뜰 일은 아

닌 것 같아요.

조상 대대로의 무덤을 그렇게 훌륭하게 가꾸어 놓았는데. 생각을 하니 억울했지만 미쓰요를 적으로 돌려선 안 된다. 거동이 불편해지면 미쓰요에게 병간호를 부탁해야 하니까. 요즘 노인의 병간호는 더 이상 며느리의 몫이 아니라고 들었다. 간병인의 첫 번째 후보는 딸이고, 그다음이 아들, 그게 안 되면 며느리에게 겨우 차례가 돌아간다. 미쓰요는 자기 시댁의 시아버지와 시어머니를 마지막까지 집에서 돌봤는데 설마 친아버지인 나를 양로원에 내팽개치지는 않을 것이다. 미쓰요의 성격을 생각해보면 분명 돌봐줄 것이다……라고 믿고 싶다.

그렇다면, 미쓰요의 의견에 반대하는 것은 득이 되지 않는다. 어차피 파묘할 운명이니 여기서 나 혼자 고집을 부려봤자 소용이 없다. 누나 말에 의하면 나는 자만심이 가득한 사람으로 허세가 있어서 형제들에게도 요시코에게도 미움을 받았다고 한다. 요시코의 유언을 외면하고 마쓰오 가문의 무덤에 묻었다가는 미쓰요에게까지 미움을 사고 만다. 그러면 너무 외로워진다. 그렇다면…… 요시코를 수목장으로 할 수밖에 없다.

수목장에 대해 주지 스님은 어떻게 대답할까. 요시코의 유골을 조상 대대로의 묘에 안치하지 않고 나무 밑에 묻겠다는 말을 도대체 어떻게 꺼내야 할까.

주지 스님에게는 일단 논의할 게 있다고만 전했다. 미쓰요도 같이 와줬다면 마음이 든든했을 테지만 사십구재가 얼마 안 남았기 때문에 미쓰요에게는 수목장을 할 수 있는 묘지의 계약을 맡기기로 하고 둘이 일을 나눠 진행하기로 했다.

지금의 주지 스님이 절에 부임해온 것은 작년이다. 전임 주지 스님은 평생 독신으로 살았기 때문에 후계자[38]가 없었고, 아흔두 살에 세상을 떠났는데 그 후로 5년 동안이나 절이 비어 있었다. 새로 온 주지 스님이 여성일 거라고는 상상도 못 했기 때문에 단가[39]들은 모두 놀랐다. 가나가와현 출신이라는 여자 주지 스님은 키가 170센티미터나 되는 마흔두 살의 독신으로 절에 오기 전에는 대형 은행의 종합직[40]으로 일했다고 한다. 아버지 역시 은행원이어서 평범한 직장인 가정에서 자랐다는 것이 본인의 설명이다. 더군다나 스님이나 사찰과 관련된 사람은 친척 중에도 없는 모양이다.

그렇다면 왜 승려가 되었을까. 출가했을 정도니까 직장에서 무슨 문제를 일으킨 것 아니냐는 의심도 많았고, 상사와 불륜을 저지른 것 아니냐, 아니면 돈을 탕진한 전과자가 아니냐며

---

38 일본의 승려는 결혼이 가능하며 자식이 대를 이어 절을 물려받는 경우도 있다.

39 일정한 절에 속해 그 절에서 장례, 제사를 지내고 절이 운영하는 묘지를 이용하며 절의 재정을 돕는 집

40 관리직이나 간부가 될 후보로써 중요한 업무를 담당하는 직책

엉뚱한 소문이 퍼진 적도 있었다.

이런저런 억측은 끊이지 않았지만, 이런 외딴 시골에 부임해주는 것만으로도 고마운 일이었다. 그도 그럴 것이 전국에 사찰은 7만 7천 곳 정도가 있지만, 그중 약 1만 7천 곳이 빈 사찰이라고 NHK의 특집방송에서 들은 적이 있다.

그러는 사이에 단가 대표의 부인이 "저 여승은 성격이 소탈하고 선한 사람이다"라고 판단을 내려 그것을 계기로 마을에 따뜻하게 맞이하자는 분위기가 퍼졌다.

절에 가까워질수록 긴장이 되었다. 미쓰요가 알아본 바에 따르면 이장이나 파묘를 좋게 생각하지 않는 주지 스님이 세상에는 적지 않다고 한다. 개중에는 터무니없는 보시를 요구하는 절도 있다고 했다.

이번에는 이장도 파묘도 아니다. 마쓰오 가문의 묘가 있는데도 굳이 요시코의 유골만 다른 곳에 안치하겠다는 것이니 생각하기에 따라서는 파묘보다 더 비상식적일지도 모른다.

미쓰요는 어젯밤에도 전화를 걸어와서 이참에 묘비명을 '마쓰오 가문의 묘'에서 '진심'이라든가 '영혼' 등으로 바꾸는 것이 좋지 않겠느냐고 말했다. 그리고 놀랍게도 미쓰요는 묘비명을 바꾸면 자신도 마쓰오 가문의 묘에 들어갈 생각이 있다고 말했다. "설마 너도 남편과 같은 묘는 싫은 거야?"라고 물었더니 "뭐 그렇다고 할 수도 있어요"라고 대답하는 것이다. 여자들이란 도대체 무슨 생각을 하는 건지 나는 점점 더 알 수가 없었다.

절의 입구를 빠져나가 이끼가 낀 정원을 지나자 남색의 사무에[41]를 입은 주지 스님이 이쪽을 향해 걸어오는 것이 보였다. 늘 그렇듯 머리카락을 뒤로 하나로 묶고 화장기 없는 막 씻은 듯한 깨끗한 느낌의 얼굴이었다. 나보다 키가 크고 마른 체형이라 그런지 멀리서 보면 큰 성냥개비 같았다.

"마쓰오 씨, 기다리고 있었습니다. 이쪽으로 오세요."

먼지 하나 없는 조용한 방으로 안내받았다.

"오늘은 어떤 일로 오셨나요?"

주지 스님이 웃으며 물었다.

"그게, 그……."

"네, 무슨 일인가요?"

"뭐라고 해야 할까요. 저도 아직 이해가 가지는 않습니다만, 어쨌든 자식들이 하도 얘기해서……."

주지 스님은 조용히 미소 띤 얼굴을 갸웃거리며 다음 말을 기다리고 있었다.

"부끄러운 이야기입니다만, 실은 제 아내가 수목장으로 해

---

41 일본의 승려들이 평소에 일할 때 입는 작업복

달라고 유언을 남겨서요."

"수목장으로? 호오, 그러셨군요."

크게 놀란 기색은 없었다. 화난 것 같지도 않았다.

"좋은 차는 아닙니다만, 드시지요."

김이 모락모락 나는 따뜻한 차가 눈앞에 놓였다.

"그래서 수목장을 하게 되면 절에도 폐를 끼칠 것 같아서요……."

"폐라니요?"

주지 스님은 다시 고개를 갸웃거리며 내 쪽을 보았다.

"부인의 유골을 수목장으로 하는 것을 저는 좋은 일이라고 생각하는데요."

"좋은 일이요?"

주지 스님이 뜻밖의 말을 해서 놀랐다.

"본인이 강하게 원하신 것이라면 유언대로 하시는 게 좋지 않을까요? 그래야 유족들의 마음도 위로가 될 것 같고요."

"그렇군요. 그렇게 말씀해주시니……."

단가로서 무책임하다느니 비상식적이라느니 하는 비난을 받을 거라고 각오하고 있었다. 그런데 너무 쉽게 동의해주어 오히려 맥이 빠지고 말았다.

그제야 깨달았다. 나는 주지 스님이 강하게 반대해주기를 내심 바라고 있었던 것이다. 요시코의 유골은 역시 마쓰오 가문의 묘에 안치하고 싶었다. 그것이 마쓰오 집안의 며느리로서의 옳은 길일 뿐만 아니라, 내가 죽었을 때 요시코가 없는 묘에 들어갈 것을 상상하면 마음이 안정되지 않았다. 역시 부부는 항상 한 쌍이어야 한다. 그렇지 않으면 한쪽 날개가 떨어져 나간 것 같아 마음의 균형마저 잃을 것만 같다.

그렇다면…… 차라리 나도 수목장으로 해버리면 어떨까. 요시코의 바로 옆 구획을 사서 그곳에 묻어달라고 유언장에 적어두면 아이들도 반대할 수 없을 것이다.

"후계자인 둘째 아들에게 딸밖에 없으니 언젠가는 파묘도 해야 한다고 각오하고 있어요."

손주들이 모두 세상을 떠날 즈음이면 나는 누구의 기억에도 남지 않게 될 것이다. '마쓰오 이치로'라는 이름을 한 번도 들어본 적이 없는 후손들에게는 '조상님'이라는 통칭으로 불리게 될 것이다. 그때 나는 진정한 무명의 인간이 된다. 그 증거로 나는 조부모까지는 알고 있지만 그 선대가 되면 전혀 모른다.

"시대는 변합니다."

주지 스님은 창밖으로 보이는 구름 한 점 없는 푸른 하늘을 바라보며 조용히 말을 이었다. "제행무상[42]과 흥망성쇠라는 말

---

42 諸行無常, 모든 것은 끊임없이 변한다.

은 시대의 권력뿐만 아니라 각 가정에도 적용되지요. 주지인 제가 말씀드리기는 좀 그렇지만 파묘를 하는 것은 일본인의 무상관[43]에도 잘 맞는다고 생각합니다."

"무상관이요? 그럼 결국 모든 것은 모습을 바꾸고 사라진다는 뜻인가요?"

"맞습니다. 일본은 자연재해가 많은 나라예요. 재해가 있을 때마다 자연도 인공물도 파괴되었습니다. 재해를 입지 않더라도 목조주택이 대부분이기 때문에 노후화되면 다시 짓잖아요? 그런데도 유독 묘지만은 석조라서 영원하다는 관념이 따라다니지요."

"그렇군요. 그러고 보니 묘는 미래영겁[44], 그곳에 있는 것이라고 저희는 착각하며 사는 것 같네요."

"묘의 역사는 의외로 짧습니다. 인공 다이아몬드로 돌을 자르는 기술이 개발되고 중국에서 값싼 화강암이 수입되면서부터니까요. 그게 없었다면 지금과 같은 묘는 없었겠지요."

대형 은행의 종합직 출신이어서 그런지 이 스님에게서 지식인의 낌새가 풍긴다. 이야기를 나누면서 재미있다는 생각이 드는 사람을 오랜만에 만난 것 같다. 어쨌든 내 주변에는 교양이

---

43 無常觀, 모든 것은 덧없고 늘 변한다.

44 앞으로 끝없이 이어지는 긴 영원의 세월

없는 바보들뿐이다. 요시코와는 60년 이상 함께했지만, 이런 깊은 이야기를 나눈 적은 단 한 번도 없었다. 만약 주지 스님 같은 교양 있는 여자와 결혼했다면 어쩌면 부부관계도 전혀 달라지지 않았을까. 그런 일은 여태껏 한 번도 상상한 적도 없지만 말이다.

"차 한 잔 더 드시겠습니까?"

"네. 감사합니다."

주지 스님과 좀 더 이야기를 나누고 싶었다. 퇴직하고 나서 누구와도 제대로 된 이야기를 나누지 못했다.

"아까 하신 이야기는, 어느 집에나 흥망성쇠가 있다는 말씀이군요."

우리 마쓰오 가문만 그런 것이 아니라고 생각하니 마음이 조금 편해졌다.

"맞습니다. 제2차 세계대전 전처럼 형제가 다섯 명, 열 명씩 있는 세상은 아니니까요."

"그렇다면 유골을 보관하기만 하는데 저렇게 견고한 석재를 쓸 필요가 없었네요."

"그런 셈이 되겠지요. 일반적인 크기의 돌기둥이라도 무게가 2톤 정도는 되니까, 파묘를 하고 땅을 원래대로 되돌려놓는 데도 돈이 들지요. 폐기할 때 산산조각 낼 것을 생각하면 한정

된 자원을 좀 더 소중히 하는 것이 좋겠다는 생각이 들기도 하고요."

"자원? 아, 돌도 자원이었구나. 무한한 것 같아서 지금까지 생각해본 적도 없었네요."

"저는 절에서 태어나지 않았기 때문에 이렇게 벌 받을 수 있는 말을 하는 건지도 모르지만, 지진으로 쓰러진 영상 등을 볼 때마다 돌기둥은 세상에 없는 게 낫지 않을까 하는 생각이 든답니다."

"저도 뉴스에서 본 적이 있어요. 참 무섭더군요. 묘비에 깔린다고 생각하면 소름이 끼칩니다. 하지만 솔직히 말해서……."

이 주지 스님이라면 내 속마음을 털어놔도 좋을 것 같았다.

"아시다시피 큰 묘지(墓誌)도 만들었고, 둘레를 대리석 울타리로 둘러싸기도 해서 거기에 많은 돈을 썼어요. 그래서 파묘 같은 건 생각하기도 싫은 게 솔직한 심정입니다."

"마음은 이해합니다. 마쓰오 가문의 묘는 유달리 눈에 띄는 훌륭한 것이지요."

주지 스님은 미소를 지은 뒤 말을 이어갔다.

"한번 묘를 만들면 쉽게 그것을 버릴 수가 없어요. 마쓰오 씨는 훌륭한 묘를 만듦으로써 자존감이 충족되었을지 모르지만, 그러한 마음이 아이들에게까지 계승된다고는 할 수 없어요. 반대로 성묘도 보시도 부담스러워서 묘에서 해방되고 싶은 젊은 세대가 요즘은 많아진 것 같습니다."

"그렇군요. 묘를 부담스럽게 느끼다니 정말 안타까운 세상이네요. 저희는 부모님이 나에게 묘를 물려준 것을 자랑스럽게 생각했습니다만. 뭔가, 허망해진다고 해야 할까요."

"네, 그러시겠지요."

"제가 죽은 뒤에는 둘째 아들 신지가 묘를 지켜줄 테지만 그 다음은 모르겠어요. 어차피 신지네는 딸밖에 없으니까."

언젠가 신지가 죽으면 며느리 사쓰키가 성묘하러 와줄지도 모른다. 하지만 사쓰키의 나이를 생각하면 그것도 아주 짧은 기간일 것이다. 그리고 사쓰키가 죽은 후에는 어떻게 되지? 신지의 딸들이 일부러 도쿄에서 성묘만을 위해서 와줄까. 아마…… 안 올 것이다. 기대는 안 하는 게 낫다. 그 아이들도 결혼해서 성이 바뀌어버리면 마음도 멀어지는 법이다.

그리고 방치된 묘에는 잡초가 무성해진다. 그렇게 되면 현지에 있는 친족이 창피를 당한다. 그때 만약 미쓰요가 살아있다면 미쓰요에게 피해가 가겠지. 나이 들어서 잡초 뽑기는 힘들고, 도쿄에 있는 미쓰요의 아들들이 도와주러 올 거라고도 생각하기 어렵다. 그렇다면 혹시 누나의 손자 게이타가 돌봐주려나. 아니지, 성도 다른데 부탁하다니 너무 뻔뻔하다.

"대를 이을 둘째 아들에게 딸밖에 없다고 해도 괜찮아요. 묘는 누구나 이어갈 수 있습니다. 결혼해서 다른 성이 된다고 해도요."

"엇, 그래요?"

"어느 절이든 꼭 허용되는 건 아닌데, 이 절은 괜찮아요. 애초에 관공서에 신고할 필요도 없고요."

"그 말은 묘비명을 지금 유행하는 '진심'이니 '고요함'이니 하는 좋아하는 말로 바꾸기만 하면 된다는 건가요?"

"묘비를 바꾸는 것도 돈이 많이 들기 때문에 지금 이대로도 상관없어요."

"지금 그대로? 설마 '마쓰오 가문의 묘'인 채로 다른 성을 가진 사람을 안치해도 괜찮다고요?"

"네, 상관없습니다."

"오, 그건 몰랐네요."

"직계가족뿐만 아니라 친척을 넓게 살펴보고 적합한 사람을 선택하는 분도 계십니다."

"먼 친척이라도 괜찮다는 건가요?"

"그렇습니다. 묘지를 구매하지 않아도 되니까 경제적으로 도움이 된다고 생각하는 사람도 있으니까요."

"그렇군요. 그나저나 주지 스님은 자유로운 생각을 가지고 계시네요. 오늘은 많이 배웠습니다."

"단가가 납득할 방법이 가장 중요하다고 생각하니까요. 또 무슨 일이 있으면 언제든지 상담해주세요."

마쓰오 가문의 묘에는 부모님과 조부모, 증조부모 그리고 전쟁터에서 죽은 삼촌들이 잠들어 있다. 그렇지만 전사한 삼촌들의 유골이 있는지 이름만 올렸는지 그 여부는 알 수 없다.

부모님의 형제는 모두 돌아가셨지만 내 형제는 아직 모두 살아있다. 묘를 물려받은 사람은 장남인 나지만 그래도 묘비명을 바꾸거나 파묘를 할 때는 형제들의 양해를 구해야 할 것이다. 어찌 됐건 부모님이 계신 묘라서 나 혼자만의 생각으로는 결정할 수 없다. 이럴 때는 형제가 많은 것이 귀찮다.

아무튼, 오늘은 요시코의 수목장에 대해 주지 스님에게 양해를 구할 수 있었다. 오늘 밤에라도 미쓰요에게 전화해서 수목장의 준비를 구체적으로 진행해야겠다.

10.
스즈키 데쓰야 39세

마키바에게서 온 답장은 달랑 한 줄이었다.

「지금도 독신입니다.」

오랜만이라는 인사조차 없다. 근황 보고도 없었다.

이를 어떻게 받아들여야 할까.

아직 독신이냐는 나의 문자를 보고 마키바는 이제 와서 왜 그런 걸 묻는지 어이가 없었던 것일까. 이미 오래전에 끝난 일인데 진절머리가 난다고 말이다.

분명 그럴 것이다. 그래서 밤이 되어서야 답장이 온 것이다.

마키바가 지금도 독신인지는 사실 물어볼 것도 없이 알고 있었다. 대학 시절 같은 동아리였던 친구가 그녀와 같은 여행사에 다니기 때문이다.

그것은…… 달이 차오르기 시작한 지난달 어느 날의 일이
었다.

1년 정도 전부터 퇴근길에 집 근처의 역 앞에 있는 선술집에
들르게 되었다. 맥주와 안주로 저녁을 때우기 위해서였다. 건
강하게 집에서 만들어 먹으려고 신경 쓰던 시기도 있었지만,
어느새 혼자 사는 아파트에 돌아와서 식사 준비하기가 귀찮아
졌다.

그날은 금요일이라 그런지 가게가 붐볐고, 내가 좋아하는
카운터의 1인석이 꽉 차있었다.

어쩔 수 없이 2인석에 앉아 맞은편 자리에는 겉옷과 가방을
놓고 닭꼬치와 삶은 풋콩과 오코노미야키[45]를 주문해 생맥주
를 마셨다. 내일은 쉬는 날이니까 오늘 밤은 오랜만에 여유롭
게 천천히 있다 가려고 했는데, 말동무도 없고 배가 고파서 그
런지 순식간에 다 먹어치우고 말았다. 맥주잔도 비었다. 한 잔
까지만 마시기로 스스로 다짐한 것도 있어서 이제 슬슬 돌아가
려고 일어나던 참이었다.

젊은 남자 넷이 쪼르르 가게로 들어왔다. 주방에서 급히 나
온 점원은 내 바로 옆 테이블을 두 개 붙여 네 명이 앉을 자리

---

45 밀가루에 여러 가지 재료를 섞어 부치는 일본식 부침개

를 만들었다. 하나같이 건장한 체격이었고 그중 한 명은 머리가 금발이라 좀 위협적으로 보였다.

"생맥주 네 잔이요."

자리에 앉자마자 주문하고 나서 한 사람이 말했다.

"그래서? 아까 얘기나 계속해봐."

세 사람이 동시에 한 사람의 얼굴을 들여다보듯 앞으로 몸을 내민 것도 무서웠다. 세 사람이 합세해 한 명을 공격하는 것처럼 보였다.

"뭐야. 그렇게 드문 일은 아니잖아. 애초에 성씨 같은 건 아무러면 어때?"

성씨? 무슨 얘기지?

마키바와 헤어진 후로 성씨나 묘 계승이라는 말에 민감해졌다. 벽에 붙은 메뉴를 보는 척하며 흘끔흘끔 옆자리의 네 사람을 관찰했다.

"근데 후지타, 너도 외동이잖아?"

"맞아. 근데 여자친구도 외동이고, 자기 성씨를 무척 좋아해서 절대 바꾸고 싶지 않다고 하더라고."

일어날 채비를 하던 나는 다시 앉는 시늉을 하며 상체를 조금 더 옆자리 가까이로 옮겼다. 그리고 다리를 꼬고 몸을 비스듬히 기울여 옆자리에 반쯤 등을 돌린듯한 자세를 취하면서도 뒤통수만은 옆자리 가까이에 두고 귀를 쫑긋 세웠다.

"요컨대 데릴사위로 간다는 말이야?"

"데릴사위가 뭐였지? 나는 평범하게 결혼하는 건데?"

"네가 성을 바꾼다는 것 아냐?"

"아, 그런 게 데릴사위였어?"

"넌 그런 것도 몰라?"

"저쪽 부모님 집에 들어가는 것도 아니고, 아파트를 빌려서 둘이 사는 거니 데릴사위라는 말이 딱히 감이 오지 않으니까 그렇지."

"하긴 그럴 수도 있겠네. 근데 데릴사위라는 말은 이상하지 않아? 여자가 며느리로 올 때는 수양딸이라고 하지 않잖아."

그때 나는 자신과의 약속을 깨고 마침 지나가던 점원을 불러 하이볼을 주문해버렸다. 그들의 얘기를 좀 더 듣고 싶었다.

"아이 씨는 이름이 신교지 아이였지? 그러니까 너는 후지타 료이치에서 신교지 료이치가 되는 건가?"

"그래."

"멋진 이름이네. 이제부터는 너를 신교지라고 불러야 하나? 뭔가 어색한 느낌이군."

"그러게. 꼭 네가 아닌 것 같아."

"그럼, 성 빼고 이름만 불러줘도 돼. 료이치라고."

"후지타를 이제부터는 료이치라고 불러야 하는 건가?"

"갑자기 부르려면 어색해도 점점 익숙해지겠지."

"정말 그렇게 해도 괜찮은 거야? 후지타 집안의 묘는 어떻게 하고?"

"묘? 무슨 할아버지 같은 말을 하고 그래. 오늘 네가 입은 카디건도 진짜 할아버지 같다고."

"카디건이 무슨 상관이야."

"묘도 상관없어. 묘 때문에 나와 아이가 결혼을 못 하게 된다면 그게 더 이상하지 않아?"

"그야 그렇지."

"그러고 보니 이 카디건을 주신 우리 할아버지가 그러시더라. 살아있는 사람이 더 중요하다고."

"너희 할아버지, 좋은 말씀 하셨네. 묘 같은 건 정말 상관없어."

"그렇다면 성은 아무래도 상관없겠네."

"애초에 남자가 말이야, 여자가 원하는 것 정도는 이뤄줘야지."

남자들의 대화를 들으며 어느새 숨을 멈추고 있었다.

나는 이미 아저씨이다. 그것도…… 생각이 낡은, 아저씨.

이 젊은 남자들은 가볍다. 유연성이 있다. 그런데 나는 묘라느니 집안이라느니 성씨라느니 실제 생활에는 전혀 의미 없는 일에 자유를 빼앗기고 살아온 것은 아닐까.

후회 같은 것은 하지 않으려고 했다. 마키바와 결혼하고 싶었던 것은 사실이지만 내 성씨를 바꾸다니 말도 안 되는 소리였다. 그렇게 설득해도 져주지 않는 마키바에게 질렸다. 고집이 세고 제멋대로인 여자라고 화를 내게 되었다.

그래서 역시 후회는 하지 않는다고 계속 나 자신에게 말해왔다.

하지만 사실은 알고 있었다. 마음속 깊이 후회하는 마음에 억지로 뚜껑을 덮어 억누르고 있었음을 말이다.

저 젊은이들의 곧음에 비해 나는 얼마나 비뚤어져 있는가.

이제 곧 마흔 살이다. 슬슬 인생의 반환점이라고 하는데.

가부장적이었던 아버지가 올해 초에 심근경색으로 돌아가셨다. 일흔여덟이셨다.

스즈키 데쓰야에서 마쓰오 데쓰야가 되어도, 반대하는 사람은 이제 없다. 그저 내 결심에 달려있다.

물론, 그 이전에 마키바에게는 재결합할 마음 따위 추호도 없을지 모르지만.

11.
마쓰오 시호 32세

그날 밤 엄마에게 쏘아붙였다.

—이런 집, 다시는 안 올 거야!

뒤도 돌아보지 않고 집에서 뛰쳐나왔지만, 혼자 사는 아파트로 돌아가자 후회가 밀려왔다. 그날은 새삼 엄마의 흰머리가 많아지고 한층 더 늙었다는 것을 깨달았는데도 위로는커녕 어린애처럼 행동해버렸다.

엄마에게 그릇이 작다는 말을 듣고 발끈한 탓이다. 분명 엄마 말이 맞을 것이다. 대부분의 여자들은 성씨 따위는 신경 쓰지 않고 얼른 결혼한다. 성씨 같은 것에 집착하는 어리석은 사람은 친구 중에서도 나뿐이다. 심지어 직장동료 중에는 자신의 성이 배우자의 성으로 바뀌는 것을 기뻐하던 여자도 있지 않던가.

"시호, 음료는 뭘로 할래?"

옆자리의 사토루가 팔꿈치로 툭툭 건드렸다.

고개를 들자, 승무원이 미소를 지으며 내 쪽을 쳐다보고 있었다.

"아, 미안해요. 저는 블랙커피로."

"저는 사과주스."

사토루가 가고시마에 여행을 가자고 했을 때 가야 할지 말아야 할지 고민이 많이 됐다. 진절머리가 날 정도로 망설여져서 계속 결정을 내리지 못했다. 이미 헤어지겠다고 결심했었으니까. 묘나 성씨를 계기로 분명 사토루가 싫어졌다.

하지만 사토루와는 2년 동안 교제를 했고 정이 들었다. 정을 끊는 것은 생각보다 쉬운 일이 아니었다. 시시각각 마음이 요동치고 정서적으로 불안정한 날이 이어졌다.

그래서 마키바 언니에게 문자로 상의했다. 그러자 언니는 곧바로 답장을 보내왔다.

— 시호, 결론을 서두르지 않는 게 좋아. 가고시마에 가보고, 뭐든 꼼꼼히 보고 듣고 확인해보면 어떨까. 어차피 결혼까지 생각한 상대인데 단번에 인연을 끊는 것은 아깝다는 생각이 들어. 인내심을 가지고 상대방의 성격이나 사고방식을 알아보는

거야. 그 결과 역시 자신과 맞지 않는다는 생각이 들면 그때 헤어지면 돼. 그렇게 차분히 시간을 들여야 후회도 덜할 것 같아.

언니는 그렇게 말하면서 내게 가고시마 여행을 권했다.

언젠가 언니는 내게 이런 말을 한 적이 있다.

—우리끼리 얘기지만, 그때 결혼하지 않은 것은 실수였을지도 모른다는 생각이 들 때도 있어. 파혼하느니 차라리 사실혼이 더 나았을지도 모른다고.

언니가 "우리끼리 얘기"라고 한 것은 엄마에게 말하지 않았으면 좋겠어, 알면 슬퍼할 테니까, 하는 의미였을 것이다. 엄마는 눈치가 없는 능청스러운 사람처럼 보이지만 전남편의 일이나 언니의 어린 시절 이야기만은 절대로 입에 올리지 않는다. 아마도 엄마는 언니의 파혼이 성씨 때문이었다는 사실을 떠올릴 때마다 깊은 상처를 받는 것 같다.

"뜨거우니 조심하세요."

승무원이 건네준 뜨거운 커피가 목구멍을 스쳐 지나간다.

언니는 시간을 두고 생각해보라고 했지만 이제 와서 가고시마에 가는 것이 무슨 의미가 있을까. 언니의 조언대로 내 마음을 확인하기 위해서, 후회하지 않기 위해서라고 스스로 타이르고 있지만, 최근에는 사토루에 대한 애착보다 혐오감이 더 자주 얼굴을 내밀고 있다. 그런데도 가는 게 맞나. 그런 자문을 아

침부터 계속 반복하고 있었고, 이미 비행기를 탄 지금도 계속
되고 있다.

　문득, 엄마가 가고시마현의 명물인 가루칸[46]을 좋아했던 것
이 기억났다. 그래, 선물이나 사서 돌아가자. 그리고 아무 일도
없었던 얼굴로 본가에 가서 자연스럽게 화해하자. 응, 그렇게
하자. 그것만으로도 가고시마에 가는 보람이 있다.

　그렇게 나 자신을 설득하자 마음이 조금 가벼워졌다.

　공항에는 사토루의 숙모인 미나오가 차로 마중 나와있었다.
숙모라고 해도 사토루의 아버지 남동생의 부인이기 때문에 사
토루와는 피 한 방울 섞이지 않았다.

　"숙모, 나와주셔서 고마워요."

　"잘 부탁드립니다."

　내가 인사를 하자 미나오 숙모는 진지한 얼굴과 작은 목소리
로 "오느라 고생했어"라고 말했다. 언짢아 보이는데 착각일까.

　"삼촌은요? 오늘은 댁에 계세요?"

　사토루가 물었다.

　"그이는 일하러 갔어. 나는 파트타임을 쉬었지만."

　"어, 그랬어요? 폐를 끼쳤네요. 숙모, 미안해요."

　"괜찮아, 괜찮아."

---

46 쌀가루, 참마, 물 등을 이용해 만든 떡

말투는 가벼웠지만 차 쪽으로 빙그르 돌아설 때 미나오 숙모의 옆모습은 화가 난 것처럼 보였다. 딱 예순 살이라고 들었으니 우리 엄마와 비슷한 또래일 텐데 훨씬 움직임이 느렸다. 무릎이나 허리가 안 좋을지도 모른다.

밝은색 경차의 뒷좌석에 탄 채로 사토루의 아버지 본가로 향했다.

멋진 대문이 있는 고택을 상상했는데 의외로 평범한 집이 보였다. 사토루와 결혼하든 안 하든 관계없이 그런 유서 깊은 건축물에 관심이 있어서 기대하고 있었는데, 집 안에 들어가봐도 봉당[47]이나 이로리[48]도 없었다.

뭐야, 재미없잖아.

지금까지 사토루의 말에서 자기네 집은 대대로 이어져 내려오는 집이라 대가 끊기면 아깝다는듯한 뉘앙스를 받았었다. 그래서 역사적 가치가 있는 집이라고 혼자서 상상했던 것이다.

실망스러우면서도 한편으로는 안도했다. 일본의 문화유산으로 느껴질 만한 집이라면 대를 잇는 남편의 아내가 짊어질 책임은 막중하다. 집 안 구석구석 청소를 거르면 안 되고 썩지 않도록 계속해서 수리해야 한다.

---

47 집 안의 방과 방 사이에 아무것도 깔지 않고 흙바닥 그대로 둔 공간
48 일본 전통 집의 방 안에 영구적으로 설치된 화로

생각해보면 니가타에 있는 아버지의 본가도 평범한 집이었다. 양쪽 모두 대지도 넓고 집도 크지만, 시골이라 땅값이 싼 것을 생각하면 놀랄 일도 아니다.

"벌써 지은 지 60년이나 됐어."

미나오 숙모가 말했다.

넓은 부엌에 발을 들여놓고 두세 걸음 걸었을 때, 바닥이 미묘하게 기울어져 있는 게 느껴졌다. 하지만 대충 지었다는 느낌은 아니었다. 천장도 커다란 한 장의 판자로 되어있었고, 분명 새로 지었을 당시에는 자랑할 만한 집이었을 것이다. 하지만 살고 싶다는 생각은 전혀 들지 않았다. 하룻밤 묵는 것도 싫었다. 낡고 오래된 빈집에 청결함은 찾아볼 수 없었다.

내가 세 들어 사는 도쿄의 아파트는 쾌적하다. 좁지만 7층이라서 햇볕이 잘 든다. 건물은 낡았지만, 인테리어를 새로 해서 실내는 신축이나 다름없고 수도시설도 최신식이다. 단열도 잘돼서 겨울에는 따뜻하고 여름에는 시원해 전기세가 절약되고 가계에 도움이 된다. 그에 비하면 이 집은 외풍으로 겨울에는 추워서 견딜 수 없을 것 같다.

"사토루가 신붓감을 데리고 온다고 해서 어제는 창문을 다 열어놓고 집 안을 깨끗이 청소했어."

안방 쪽으로 가면서 미나오 숙모가 말했다.

"어, 숙모가 청소했어요? 아버지가 업체랑 계약했다고 하셨는데……."

사토루가 미안한듯이 말한 것은 미나오 숙모의 깊은 한숨 소리가 들렸기 때문일 것이다.

다다미방[49]으로 들어서자, 발바닥에서 다다미의 습기가 전해지는 것 같았다. 현관에 들어섰을 때부터 집 전체가 눅눅한 습기를 머금고 있는 것이 느껴졌다. 약간 곰팡내도 났다. 가끔 창문을 열어 환기하는 정도로는 비가 많이 오는 이런 지역의 습기를 충분히 날릴 수 없을 것이다.

"그립다"라고 사토루는 말을 꺼냈다.

"할아버지나 할머니가 건강하셨을 때는 올 때마다 싱싱한 생선회를 내주셨어."

그렇게 말하고 사토루가 올려다본 인방[50]에는 선조들의 사진이 나란히 걸려있었다. 전부 커다란 검은 액자에 들어있었고, 사진 속 인물들은 모두 가문의 문장이 들어간 검은 기모노를 입고 있었다. 옛날 사진 속 인물들이 묘하게 콧대가 높아 보이는 것은 당시의 사진관에서 미남미녀로 보이도록 보정하는 관습 때문이라고 언젠가 엄마한테 들은 적이 있다.

---

49 볏짚과 골풀로 만든 일본의 전통식 바닥재로 된 방
50 기둥과 기둥 사이를 가로지르는 나무

"사진이 꽤 크네요."

니가타에 있는 아버지의 본가에는 이런 사진은 없었다.

"그야 그렇겠지. 장례식 때 사용한 영정사진이니까."

미나오 숙모가 말했다.

"혹시 이 사진은 일 년 내내 이렇게 걸어두는 건가요?"

"응, 그렇긴 한데. 왜?"

왜 그런 걸 물어보냐는듯 미나오 숙모는 의아한 표정으로 나를 쳐다봤다. 작은 사진을 몇 배나 늘린 탓에 선명하지도 않고, 옛날 집은 채광을 고려하지 않아서인지 방 전체가 어두워서 왠지 섬뜩한 느낌이 들었다. 천장 부근에서 끊임없이 선조들의 시선이 느껴져 심란했지만, 혈연관계인 사토루는 혹시 친밀감을 느끼는 걸까.

"아, 내가 아직 축하한다는 말도 안 했네. 사토루, 결혼할 사람이 정해져서 잘 됐어. 축하해."

미나오 숙모는 격식을 차리고 말했다.

이미 결혼이 정해졌다고 생각하는 모양이다. 그럴 만도 하다. 멀리 도쿄에서 교제하는 상대방 아버지의 본가까지 왔으니까.

"음, 그게, 결혼은……."

결혼은 아직 정해지지 않았다고 사토루는 말하려고 했을 것이다.

하지만 미나오 숙모는 "기뻐. 드디어 어깨의 짐을 내려놓게 되었어"라고 말하더니 처음으로 미소를 지었다.

"숙모, 어깨의 짐을 내려놓다니요?"

사토루가 물었다.

"이 집의 관리는 오늘부로 졸업이라는 거지. 이제 앞으로는 시호 씨한테 넘길 테니 잘 부탁해."

미나오 숙모는 허리를 숙여 인사했다.

"어, 저, 말인가요?"

놀라서 그렇게 말하자 미나오 숙모의 얼굴에서 순식간에 웃음기가 사라졌다. 표정 변화가 심한 사람이다.

"당연하지. 앞으로도 계속 나한테 맡기는 건 아니지 않아?"

미나오 숙모의 목소리에는 분명하게 분노가 담겨있었다.

"숙모, 정말 늘 신세만 져서 미안해요. 우리 부모님도 좀 배려가 부족하다고나 할까……."

"있잖아."

미나오 숙모는 사토루의 말을 가로막았다.

"형님이 나이가 들어서 덧문을 열 수 없게 되고 한동안은 관리업체에 부탁했거든" 하고 말하면서 사토루를 노려봤다.

형님이라는 사람은 사토루의 아버지의 누나를 말하는 것 같다. 고향 사람과 결혼했다고 들었다.

"관리회사랑 계약하면 비싸다면서 아주버니가 굳이 해약하
셨어. 그 후엔 둘째 며느리인 나한테 순번이 돌아왔다고. 아주
버니는 그것을 당연하게 생각하시는 모양이야."

"그건…… 죄송합니다."

사토루는 고개를 숙였다.

"말해두지만, 우리 남편은 둘째 아들이라 우리는 분가한 집
이야. 그러니까 이 집도, 조상 대대로 내려오는 묘도 우리 부부
는 맡을 수 없어. 분명히 말해서 우리는 관계없다고. 물려받은
건 장남인 아주버니잖아."

미나오 숙모는 오늘이야말로 그간 쌓아둔 것들을 전부 말하
려고 작정하고 있던 것은 아닐까. 그런 생각이 들 정도로 거침
없이 말했다.

"정말 죄송해요."

사토루가 아무리 고개를 숙여도 미나오 숙모의 화는 가라앉
지 않는 것 같았다. 오히려 말하면 할수록 화가 치밀어 오르는
모양이었다.

"나도 이제 나이가 들었어. 진짜, 제발, 그만 좀 해줬으면 좋
겠어. 시호 씨는 나와 같은 며느리 입장이니까 이해하겠지?"

미나오 숙모가 나를 물끄러미 바라봤다. 네, 당연히 알아요,
같은 기분 좋은 대답을 기대하고 있는 것 같다. 그 시선에서 벗

어나고 싶어서 나도 모르게 옆에 있는 사토루를 봤다.

"숙모, 그런 건……."

사토루는 뭔가 말을 해야 한다고 생각했는지 당황해했지만, 다음 말이 나오지 않았다.

"그런 건? 뭐?"

미나오 숙모는 사토루를 똑바로 바라봤다.

"그러니까 그런 건, 시호가 아니라 제가 물려받는 거니까."

사토루가 그렇게 말하자 미나오 숙모의 입가에 옅은 미소가 번졌다.

"남자는 모두 처음에만 듣기 좋은 말을 한다니까. 하지만 결국 아내에게 떠넘기고 모르는 척하지. 추석이나 오히간[51]이 돼 보면 알아. 어느 집이나 묘를 청소하는 것은 여자들뿐이라고. 우리 남편도 한 번도 묘지 청소를 해본 적이 없으니까 묘지 청소 같은 건 간단하다고 생각해. 의외로 중노동이라서 허리가 아픈데 말이야. 특히 시골의 묘지는 넓으니까."

사토루와 결혼하면 그런 역할이 내게 돌아오는 모양이다. 눈에 보이지 않는 우리에 갇힌듯한 기분이 들었다.

"자, 이제 집은 이 정도면 충분하지? 2층도 봤고 마당에 있는 창고도 봤잖아. 날이 저물기 전에 절에도 가야 하니까."

---

51 일본에서 조상을 기리는 날로, 봄과 가을에 조상의 묘를 방문한다.

미나오 숙모는 그렇게 말하고 현관을 향해 발걸음을 재촉했다.

보리사[52]는 본가에서 차로 5분 정도 거리에 있었다. 차에서 내려 산문[53]을 통과해 언덕을 올라갔다.

"우리 부부의 묘는 아직 사지 못했어. 비용이 많이 들어서 말이야. 분가한 집은 집도 묘도 알아서 사야 한다니까."

"그건…… 힘들겠네요. 아, 시호, 여기가 우리 집 묘야."

멋진 백합과 국화꽃 한 아름이 눈에 들어왔다. 수많은 화병마다 넘칠 정도로 꽂혀있었다. 아직 싱싱한 것을 보니 오늘 오전에 미나오 숙모가 꽂아놓으러 왔던 모양이다. 오히간도 아닌데 우리가 온다고 이렇게까지 신경 써주지 않아도 괜찮은데.

"예쁜 꽃을 공양해주셔서 감사합니다."

사토루가 해야 할 말이라고 생각했지만, 분명 사토루는 이런 작은 일은 눈치채지 못할 것 같다는 생각에 내가 대신 말했다.

하지만 말하자마자 기분이 나빠졌다. 단순한 사토루의 교제 상대에서 갑자기 '나카바야시 집안의 며느리'가 된 기분이 들어 소름이 끼쳤다. 그리고 어둑어둑한 방의 인방에 나란히 걸려있던 사진들이 마치 공포 영화의 한 장면처럼 느껴져서 마음

---

52 집안 대대로 조상의 위패를 모신 절
53 절의 정문

이 어두워졌다.

그런 기분을 전환하려고 고개를 들어 먼 하늘을 쳐다봤다. 그리고 다시 시선을 아래로 향하고 무심코 주위를 둘러보니 어느 묘에나 꽃이 한가득 꽂혀있는 것을 깨달았다. 어느 것 하나 시들지 않고 싱싱하다. 혹시 오늘은 특별한 불교 행사라도 있는 날인가.

내 어리둥절한 표정을 눈치챘는지 미나오 숙모가 말했다.

"일 년 내내 꽃이 시들지 않게 공양하는 것이 이 지역 며느리의 역할이야."

"네?"

새소리밖에 들리지 않는 고요함 속에서 내 목소리는 나도 깜짝 놀랄 만큼 크게 울렸다.

"그렇다면 숙모님은 지금까지 계속 꽃이 끊이지 않게 해오셨다는 말씀이세요?"

"그렇지."

"그게, 일 년 내내라면…… 오히간뿐이라면 몰라도."

내가 놀라자 미나오 숙모는 내 눈을 똑바로 바라보고 고개를 크게 끄덕였다.

"꽃값이 꽤 들어. 그래서 어느 집이든 며느리가 마당에서 꽃을 키워. 시든 채로 내버려두면 단가의 사람들한테 무슨 말을 들을지 모르니까. 하지만 항상 마당에 꽃이 피는 것도 아니고 태풍이 오면 다 죽어버리잖아. 그럴 때는 슈퍼마켓이나 꽃집에서 사야 해."

그 꽃값은 사토루의 부모님께서 주시는지 물어보고 싶었지만, 미나오 숙모의 분노에 찬 표정을 보니 돈을 받지 않고 해주는 것이 틀림없다는 결론이 났다.

그때 등 뒤에서 헛기침 소리가 들렸다. 황급히 뒤돌아보자, 가사[54]를 입은 건장한 남자가 서있었다.

"주지 스님, 항상 신세를 지고 있습니다."

미나오 숙모가 애교 섞인 웃음을 지으며 인사했다.

"나카바야시 부인, 수고 많으시네요. 이쪽은 누구신지? 나카바야시 집안의 사람인가요?"

"도쿄에서 온 본가의 아들과 약혼녀입니다."

미나오 숙모가 대답했다.

"오, 이런, 이런. 먼 곳에서."

"처음 뵙겠습니다. 나카바야시 사토루라고 합니다. 항상 감사드립니다."

사토루가 인사하는 옆에서 나도 고개를 숙였다.

주지 스님은 사토루와 나를 차례로 천천히 봤다. 입꼬리를

---

54 스님이 어깨에 걸쳐 입는 법의

올려 미소를 짓고는 있지만 노골적인 시선은 거리낌이 없었다. 지나친 생각일지 몰라도 품평하는 듯한 눈빛이었다.

"든든하군요. 나카바야시 집안에는 훌륭한 후계자가 있네요. 게다가 약혼자까지 오셨다니 기쁜 일입니다. 꼭 사내아이를 낳아주세요."

너무 무례한 말에 놀란 나머지 아무 대답도 나오지 않았다. 혹시 시골에서는 평범한 대화인 걸까.

"요즘은 파묘라는 둥 어리석은 생각을 가진 단가가 있어 골치가 아픕니다. 그에 비해 나카바야시 집안은 평안한 것 같군요. 앞으로도 오래오래 잘 부탁드립니다."

주지 스님은 땅이 울리는듯한 저음으로 그렇게 말했다.

"예, 괜찮을 겁니다. 이쪽은 제대로 된 며느리니까요."

미나오 숙모가 나를 똑바로 바라보며 말했다.

"그렇다면 안심이군요."

주지 스님은 나를 보고 점잖게 웃었다.

지금 당장 도쿄로 돌아가고 싶다.

이 자리에서 도망치고 싶다.

그런 충동에 휩싸여 나도 모르게 심호흡을 하고 있었다.

마치 사기꾼 집단에 둘러싸인 듯한 기분이었다. 나는 속고 있는 것이 아닐까.

사토루의 어머니도 같은 며느리 입장이지만 묘 관리에는 아무런 기여도 하지 않는다. 그런데 왜 나한테 차례가 돌아오는 건지. 애초에 나는 왜 이런 곳에 와있는 걸까.

"그럼 천천히 둘러보세요."

주지 스님은 그렇게 말하고 본당 쪽으로 돌아갔다.

진정하자. 언니의 말처럼 무엇이든 보고 듣고 도쿄로 돌아간 다음에 냉정하게 판단하면 된다. 여기서는 결론을 서두르지 말고 쓸데없는 말은 하지 말자. 시골의 생활이나 집이나 묘나 친척이나 사토루를 관찰하면 된다. 그렇게 하는 편이 후회가 적다고, 쓰라린 경험을 한 언니가 권했다.

하지만…… 언니, 나는 여기에 온 것 자체가 후회될 것 같아. 언니는 후회하지 않기 위해 가는 게 좋을 거라고 했지만, 그 반대일지도.

그리고 미나오 숙모가 경차로 호텔까지 데려다주기로 했다.

"너희들, 오늘은 어느 호텔에서 묵을 거야? 역 앞에 있는 거기?"

똑바로 앞을 보고 운전하던 미나오 숙모가 "그곳이라면 여기서 꽤 거리가 있네"라고 민폐라는듯 작게 중얼거린 말을 나는 놓치지 않고 들었다. 무심코 옆자리에 앉은 사토루를 봤는데 스마트폰에 빠져들어서 못 들은 모양이다. 미나오 숙모의 재점화된 분노가 차 안에 가득 찬 것 같아 숨쉬기가 힘들었다.

"미나오 숙모의 이름, 참 멋지네요. 뭔가 유래가 있나요?"

나는 분위기를 바꾸려고 밝은 화제로 돌릴 참이었다. 이대로 헤어지면 뒷맛이 개운치 않을 것 같았다.

"난 알지."

사토루가 후후, 하고 웃음을 흘렸을 때 미나오 숙모의 옆얼굴이 불쾌하게 일그러진 것이 뒷좌석에서 보였다. 운전석 바로 뒤에 앉아있는 사토루에게는 보이지 않았을 것이다.

"여성으로서 한창때는 서른일곱[55] 살이라고 해서, 그렇게 충실한 인생을 살길 바라는 부모님의 마음을 담아서 지은 이름이라고 들었어. 맞죠, 숙모?"

"말 같잖은 소리 하지도 마. 서른일곱이라니 두 번 다시 경험하고 싶지 않아. 애들이 어려서 집안일과 육아와 파트타임으로 힘들어 죽을 뻔했다고."

미나오 숙모는 거칠게 말했다.

미나오 숙모는 화가 나있다. 그 화는 공항에서 우리를 맞이했을 때부터 계속 이어지고 있다. 그리고 사토루가 자신만만하게 미나오 숙모의 이름이 어떤 의미인지 이야기하면서, 미나오 숙

---

55 미나오의 '미나'는 일본에서 한자로 '三七'이다.

모의 분노에 기름을 부었다는 것을 쉽게 알아차릴 수 있었다.

"서른일곱 살 때가 그렇게 힘들었어요? 도대체 뭐가?"

사토루가 물었다.

"뭐냐니, 사토루……."

미나오 숙모는 더 이상 사토루와 이야기해도 소용없다는 듯 입을 꾹 다물었지만, 신호에서 잠깐 정지하자 다시 말을 꺼냈다.

"이런 장난스러운 이름 때문에 너는 몇 살이 되어도 서른일곱 살의 젊음을 유지하고 있을 거라고 친척들한테 놀림받고, 귀찮은 일은 뭐든지 나한테 떠넘기려고 해."

"도대체 누가 그런 못된 짓을……."

사토루가 말했다.

"모두 그래."

"모두라니요?"

"우리 남편도 그렇고, 지금은 돌아가셨지만 시부모님도 시누이도 그랬어. 게다가……."

"게다가 뭐요?"

사토루가 물었다. 이 얼마나 둔한가.

미나오 숙모가 마지막까지 대답하지 않으려고 하면 보통은 딱 감이 오지 않나? 귀찮은 일을 뭐든지 다 떠넘기는 사람은 바로 사토루, 너의 부모님이라는 걸 말이다.

호텔 현관에 도착하자 미나오 숙모는 로비에 있는 화장실에 가고 싶다면서 우리와 함께 차에서 내렸다.

미나오 숙모가 화장실에 들어간 틈을 타 나는 스마트폰으로 '성묘 대행'을 검색해서 요금을 알아봤다. 개인 업체는 1만 엔 전후지만 대형 업체는 2만2천 엔이라고 나와있다. 묘 청소를 하고 꽃을 공양하고 묘 앞에서 절하는 사진을 보내주는 모양이다.

"저기, 사토루. 하네다 공항에서 '도쿄바나나'[56] 12개짜리 샀지?"

"응, 이미 숙모한테 드렸는데?"

"그 정도로는 안 돼. 적어도 1만 엔 정도는 드려야지."

돈에 철저한 엄마라면 단돈 1만 엔으로는 부족하다고 말하며 화를 낼 것이다. 하지만 일단 오늘 하루 파트타임을 쉬고 안내해준 것과 꽃값만이라도 드리고 싶었다.

"왜 1만 엔이나?" 하며 사토루가 의아하다는 표정으로 나를 봤다.

"뭐? 왜냐니…… 아, 뭐, 지금은 시간이 없으니까 나중에 설명할게."

---

56 바나나 모양을 한 과자로 도쿄 여행의 대표적인 선물

이제 슬슬 미나오 숙모가 화장실에서 나올 때가 된 것 같아 정신이 없었다. 아무리 그래도 설명하지 않으면 모르는 사토루의 무신경함에 진절머리가 났다.

이 정도로 미나오 숙모에게 부담을 주고 있는 줄은 몰랐다. 일반 봉투도, 돈 봉투도 없었기에 사토루의 지갑에서 꺼낸 1만 엔 지폐를 네 겹으로 접어서 티슈로 정성스럽게 싸서 사토루에게 돌려줬다.

화장실에서 나온 미나오 숙모가 지친 발걸음으로 로비에서 기다리던 우리에게 다가왔다.

"오늘은 정말 감사했습니다."

나는 허리를 깊이 숙여 인사했다.

로비에서 입구까지 미나오 숙모를 배웅하면서 빨리 티슈를 건네주라고 사토루의 옆구리를 팔꿈치로 찔렀다.

─괜찮아. 친척인데 당연히 해야지.

그렇게 말하면서 미나오 숙모는 틀림없이 받지 않을 것이다. 하지만 그래도 미안한 마음이라도 표현하고 싶었다.

"숙모, 이거 오늘의 답례예요" 하고 사토루가 티슈를 내밀었다. "적어서 죄송하지만" 하며 내가 덧붙였다.

"어머, 아직 젊은데 눈치가 빠르네. 그럼 사양하지 않고 받을게."

미나오 숙모는 티슈를 받아 재빨리 겉옷 주머니에 넣었다.

짐을 프런트에 맡기고 먼저 근처의 중국음식점에서 저녁을
먹기로 했다.

"시호가 함께 와줘서 기뻤어. 문자 해도 답장이 안 와서 이제
못 만나는 줄 알고 실은 우울했거든."

사토루는 함박웃음을 지으며 무떡[57]을 입에 넣었다.

"나는 결혼 후의 성을 가지고 싸웠을 때 굉장히 마음이 안
안 좋아서 그랬어."

나는 솔직하게 입을 열었다.

그렇다고 헤어질지 말지를 판단하기 위해 가고시마에 왔다
는 것까지 솔직하게 말하면 안 된다. 도쿄에 돌아가 안전지대
로 도망갈 때까지는 입에 올리지 말자. 아무리 온순해 보이는
남자라도 언제 어떻게 돌변할지 모른다. 요즘은 그런 생각이
들기 시작했다. 실제로 내 주변에서 그런 스토커 기질이 있는
남자를 본 적은 없지만 텔레비전이나 뉴스에서는 종종 있는 일
이다. 애초에 엄마의 전남편이 그런 종류의 남자였으니까 남의
일이 아닌 셈이다.

"사토루의 부모님은 숙모에게 매달 얼마씩 드려?"

---

57 중국 광둥요리 중 하나로 쌀가루와 무 등을 사용해 만든 떡

"아까 분위기로 봐서는 안 드리는 것 같아. 하지만 그건 역시 친척이니까."

"부담이 너무 크다고 생각해. 업체에 부탁한다 해도 돈이 꽤 드는 작업이잖아."

"그래서 숙모한테 1만 엔이나 드리라고 했구나. 그런 일은 시호가 걱정할 일이 아니야. 우리 집은 친척들끼리 모두 사이가 좋고, 가족끼리 돈을 주다니 정이 없잖아."

사이가 좋은 것 같지는 않았다. 일반적인 친척이라면 먼 가고시마까지 왔는데 '삼촌 만나고 가렴, 저녁은 우리 집에서 먹어' 정도는 말하지 않나? 천천히 추억을 나누면서 '우리 집에서 자고 가렴' 이렇게 말하면서 붙잡아둘 만도 한데.

사이가 좋기는커녕 아마 원망을 사고 있을 것이다. 자기들 편한 대로 이용당하면 기분이 상하지 않을 사람은 어디에도 없다.

그런 원망을 해소하려면 돈을 지불하고 사무적으로 전환할 수밖에 없지 않을까. 나는 그런 상황을 어릴 때부터 겪어 자연스럽게 몸에 배어있다. 고등학생 때 부모님을 잃은 엄마는 십 대 때부터 돈에 쪼들리며 살아왔다. 그 영향을 언니도 나도 많이 받고 자랐다.

무엇보다 내 마음을 불편하게 하는 것은, 결혼하면 '사토루

의 아내'가 아닌 '나카바야시 가문의 며느리'가 돼야 하는 점이
었다. 사토루와 사토루 부모님의 뻔뻔함과 둔감함은 내가 자란
환경과는 완전히 거리가 멀다. 나는 남에게 폐를 끼치지 않을
까 늘 촉각을 곤두세우며 살아왔고 부모님도 언니도 마찬가지
였다. 그것을 가풍의 차이라고 한마디로 치부하기에는 사토루
일가의 뻔뻔함은 너무 저차원적 아닌가.

게다가 사토루의 어머니를 건너뛰고 내게 순서가 돌아온
다는 것도 이해하기 어렵다. 먼저 거부한 사람의 승리인가. 결
혼한 친구들한테서 요즘 시어머니는 며느리에게 세심하게 신
경을 쓴다고 들었다. 그런데 사토루의 어머니는 자상해 보이
긴 해도 실은 귀찮은 일을 아들의 아내에게 떠넘기려는 건가.
애초에 남자들은 왜 묘지 청소를 하지 않을까. 사토루의 아버
지는 이미 정년퇴임하셔서 시간적인 여유가 있다고 들었는데
말이다.

나는 나카바야시 가문과 어울리지 않는다. 그 무리 안에 들
어가고 싶지 않다. 그게 확실해진 것만으로도 가고시마에 오길
잘했다.

하지만…… 이제껏 힘든 일이 있었을 때마다 나는 사토루에
게 털어놓고 위로와 격려를 받으며 극복해왔다. 연인이자 유일
한 절친이기도 하고 아빠이자 오빠이자 동생이기도 한 친밀한

사이였다.

하지만 나카바야시 가문의 며느리가 되는 것에 대한 거부감은 마음속에서 절벽처럼 우뚝 솟아있어 밀어도 당겨도 꿈쩍도 하지 않았다. 헤어지는 방법 외에 다른 선택지가 있을까.

"있잖아, 사토루. 성씨 말이야, 가위바위보로 결정하는 건 어때?"

사토루와 헤어지는 쪽으로 마음은 굳어지고 있지만 정말 마지막으로 시험해보고 싶었다.

"가위바위보? 설마. 농담이지?"

사토루는 그렇게 말하고 웃었지만 나는 "시험 삼아 한번 해볼까?"라고 말하면서 지나가던 점원에게 세 번째 생맥주를 주문했다.

"자, 해보자. 괜찮지?" 내가 묻자, 사토루가 웃으면서 끄덕였고 "가위, 바위, 보"라고 내가 말했다.

결과는…… 내가 이겼다.

"사토루가 졌네. 사토루가 성을 바꿔주는 거지?"

"시호, 나는 그런 농담은 별로 좋아하지 않아. 그리고 방금 한 건 연습이야."

"연습?"

"응, 다시 하자. 이번에는 실전이야."

생맥주가 왔고 사토루는 힘차게 들이켰다.

"한다. 가위, 바위, 보" 하고 이번에는 사토루가 말했다.

사토루가 바위고 내가 가위. 내가 졌다.

"오, 내가 이겼다. 성씨는 나카바야시로 결정됐네."

"가위바위보라니 당연히 농담이야."

"이제 와서 무슨 소리야. 시호가 먼저 말을 꺼냈잖아."

그렇게 말하며 웃는 사토루는 내 말은 받아주지 않았다. 아주 나라라도 구한 것처럼 의기양양하고 기분이 좋아 보였다.

"자기가 지면 연습이라고 말하더니 내가 지면 실전이구나."

"하기 전에 실전이라고 미리 말했잖아. 시호, 치사해."

"왜 내가 치사하지? 사토루가 훨씬……."

"네네, 이제 그 얘기는 끝. 이제 앞으로는 성씨 이야기에는 절대 응하지 않을 거야."

사토루는 즐거운듯 샤오룽바오[58]를 입에 가져갔다.

─이 인간, 너무 싫어!

처음으로 그런 생각이 들었다.

사토루는 샤오룽바오에서 나온 육즙을 후루룩 마시더니 튀긴 스프링롤[59]을 입에 넣은 채 맥주를 들이켰다.

---

58 육즙이 많은 만두소를 얇은 피로 싸서 쪄낸 중국식 만두
59 얇은 전병에 재료를 넣고 싸서 기름에 튀긴 것

그때 사토루의 입에서 새어 나오는 후루룩거리거나 쩝쩝대는 소리에 소름이 돋았다. 그리고 기름으로 번들번들해진 입술의 움직임이 역겨워서 나도 모르게 눈을 돌렸다.

생리적 혐오감을 느낀 것은 처음이었다.

이제 안 되겠어.

이대로 결혼하면 사토루는 아마…….

—저는 페미니스트라서 성 같은 건 어느 쪽으로 해도 상관없었는데, 가위바위보 해서 이겼으니까요.

마치 재미있는 일화인 양 여자 상사 등에게 자랑하며 양성평등주의자임을 강조하지는 않을까.

설마, 설마. 너무 나쁜 쪽으로 생각이 치우친다. 사토루는 그런 악당은 아니야. 분명 교양도 있고 자상한 젠틀맨이었어.

식사를 마치고 걸어서 호텔로 돌아왔다. 내가 인터넷으로 예약한 비즈니스호텔이다.

프런트에서 열쇠를 받을 때 트윈룸이 아닌 싱글룸 두 개라는 사실을 처음 안 사토루는 놀란듯한 표정으로 내 옆모습을 뚫어져라 쳐다보고 있었다.

"시호, 어째서…… 오랜만에 만났는데……."

"지금 시즌에 의외로 호텔이 붐비는지 원하는 방을 예약할 수 없었어."

그렇게 말하면서 엘리베이터를 탔다.

"그럼 어쩔 수 없지."

사토루는 트윈과 더블은 모두 예약이 꽉 찼다는 말로 받아들인 것 같았다.

"사토루는 12층이고 나는 7층이군. 좀 멀리 떨어져있네."

예약할 때 최대한 멀리 떨어진 층으로 해달라고 인터넷의 비고란에 적어두었다.

"우선 짐 놓고, 시호 방으로 가도 될까?"

"미안하지만, 나는 이제 피곤이 한계치야. 아침에도 일찍 일어났고. 그럼, 내일 보자."

나는 환하게 웃으면서 인사하고 7층에 도착하자마자 재빨리 엘리베이터에서 내렸다. 아쉬운 표정을 짓는 사토루에게서 황급히 눈을 돌렸다. 엘리베이터의 좁은 공간에 단둘이 있는 것조차 소름이 돋았다.

방에 들어가자마자 이중으로 문을 잠갔다. 자동 잠금장치라서 바깥에서 열 수 없다는 것을 알고 있지만 그렇게 하지 않으면 견딜 수 없었다.

그대로 창가까지 천천히 걸어가 커튼 사이로 가고시마의 밤거리를 바라봤다.

아무래도 나는 결혼할 기회를 놓친 것 같다.

이제 곧 서른셋인데…….

하지만 가슴속에 암담한 기분만 있었던 것은 아니다.

무거운 짐을 내려놨을 때처럼 안도감도 솟구쳤다.

12.
마쓰오 사쓰키 61세

엘리베이터를 타고 야스코의 집으로 향했다.

"저기, 이거 어때 보여? 자투리로 만들어봤는데."

전기포트에 물을 붓고 물이 끓기를 기다리는 동안 야스코가
보여준 것은 서양의 동화에나 나올 법한 마녀를 본뜬 인형이었
다. 50센티미터 정도는 되는 것 같다.

"좋네. 진짜 멋지다. 나도 갖고 싶어."

"그렇지?" 하며 야스코가 기쁜 표정을 지었다.

큰 매부리코의 마녀는 나를 날카롭게 째려보고 있지만, 보
기에 따라서는 능청스러운 표정으로도 보여서 귀엽기도 했다.
검은색의 뾰족한 모자 끝이 강아지 귀처럼 늘어져있는 것도 마

음에 들었다.

"새틴[60] 원단도 느낌이 좋네. 광택이 나니까 고급 비단처럼 보여."

"그래? 그렇게나 괜찮아? 잘 팔릴까?"

야스코가 물었다.

"어, 이거 팔려고?"

"당연하지. 취미로 만들 만큼 한가하지 않아."

"사는 사람이 있을까? 인형을 사서 뭘 하는데? 방에 장식해?"

"액막이 용도로 파는 거야. 점이나 풍수나 영혼의 세계를 진심으로 믿는 사람이 세상에는 꽤 있는 것 같더라고."

그렇게 말하면서 야스코는 찻주전자에 뜨거운 물을 부었다.

"그러네, 그래. 수목장이니 파묘니 하는 것들로 고민하는 사람이 있을 정도니까. 말로는 사후세계 같은 건 믿지 않는다고 하지만 마음속 깊이 걸리는 게 있겠지."

"일본은 신불[61]에 관한 행사가 많잖아? 그래서 서양에서 온 관광객 눈에 일본인은 미신을 믿는 국민으로 보이는 모양이야."

---

60 광택이 있고 매끄러운 직물
61 신과 부처

야스코가 말했다.

"그건 별로네. 마치 뒤처진 나라 같잖아."

"신불에 매달리고 싶을 정도로 인간은 나약한 존재라는 거 아닐까? 그런 것은 아마 서양에서도 비슷할 것 같은데."

"그러고 보니 나도 무심코 '신령님, 부처님'이라고 말한 적이 있어. 아이 학비 마련에 허덕이고 있을 때 딱 한 번 복권을 샀거든. 지푸라기라도 잡는 심정이었어."

"지푸라기…… 근데 사쓰키, 한자로 '짚 고(藁)'자 쓸 수 있어?"라고 묻는 야스코는 자신만만한 표정을 지었다.

"난 못 쓰지. 설마 야스코는 쓸 수 있어? 분하네. 그거 한자능력검정시험에 나오려나?"

"아무튼, 이 마녀를 시험 삼아 올려보고 팔리면 곧장 대량 생산할 거야."

그렇게 말한 야스코는 노트를 펼쳤다. 재빠르게 마녀의 일러스트를 그리고 검은 망토를 줄자로 측정해 치수를 써넣었다. 나는 맞은편에 앉아 차를 마시며 그 민첩한 솜씨를 감상하며 감탄했다.

"이건 다른 이야기인데, 왜 지구상에서 일본만 부부 동성을 의무화하고 있는 걸까?"

나는 소박한 의문을 던졌다.

"아, 그 얘기구나. 그러게 말이야. 시호도 마키바처럼 결혼을 그만두겠다고 하면 아까울 것 같아. 모처럼 결혼하려고 한 남자가 생겼는데."

"우리 딸들은 왜 하나같이 그 모양인지."

"사실인지 아닌지 모르지만, 여당의 거물이 선택적 부부 별성을 굉장히 반대한다고 들은 적이 있어."

"나도 그 이야기 어딘가에서 들었어. 그런데 그 거물은 누굴 말하는 거야?"

"몰라. 국회의원들 사이에서는 분명 유명하겠지만" 하고 야스코가 말했다.

"강경하게 반대할 정도니까 거기에는 그럴만한 이유가 있겠지."

"그야 그렇겠지. 그게 아니면 이상하잖아."

"어떤 이유인지 알고 싶어. 그렇지 않으면 우리 딸들이 너무 불쌍해. 야스코는 국회의원 중에 아는 사람 없어?"

"있을 리가 없잖아."

"그렇겠지."

"하지만 시의원이라면 한 명 알아. 역 앞의 상점가에 있는 사진관의 여자 사장, 오카 지나쓰라고 했던가. 우리 또래의 그 사람 말이야. 작년 선거에서 시의원으로 당선됐잖아."

"아, 그 사람이라면 나도 알아. 가게 앞에서 잠깐 얘기한 적도 있어. 시의원이라고 해도 그런 평범한 아줌마 같은 사람은 국회의원의 거물과는 아는 사이가 아닐 것 같은데."

"아마도 그렇겠지. 그래도 쇼핑하러 간 김에 물어볼 수 있으면 물어볼게"라고 야스코는 작업하던 손을 멈추지 않고 말했다.

13.
나카바야시 준코 63세

"오늘 저녁은 콩밥이야."

좋아할 줄 알았는데 남편은 텔레비전에서 눈을 떼지 않은 채 "그렇군"이라는 말만 했다.

나는 남편과 직각의 위치에 있는 소파에 앉아 완두콩 껍질을 하나하나 벗기고 있었다.

"나 왔어."

사토루의 목소리가 들렸다. 모처럼 토요일인데 또다시 역 앞의 서점에만 갔다 온 모양이다. 요즘에는 시호와 데이트를 하지 않는 걸까.

"사토루, 오늘 저녁은 콩밥이야."

"오, 좋네. 내가 좋아하는 건데. 봄이 온 느낌이야."

과연 내 아들이다. 남편은 아무 반응이 없어 요리할 맛이 안 난다.

"이거, 아빠 앞으로 온 거야."

사토루는 그렇게 말하며 남편에게 봉투를 내밀었다. 꽤 두툼하다.

"희한하네. 가고시마의 절에서 온 거야. 무슨 서류지? 어이, 준코. 가위."

다음 순간 화가 치밀어 올랐다. 결혼한 지 40년 가까이 지났지만, 아직도 이런 상황에는 익숙해지지 않는다. 지금 나는 저녁 준비로 완두콩 껍질을 벗기고 있다. 하지만 남편은 멍하니 텔레비전을 보고 있다. 왜 일하는 나에게 한가한 남편이 이것저것 명령하는 걸까. 누구의 손이 비었는지 보면 알 수 있을 텐데.

하지만 모든 여성잡지에 나와있다. 남편이 알아줬으면 좋겠다는 생각만 하고 아무 말도 하지 않는 여자도 나쁘다고 말이다.

아, 그렇습니까? 가위 정도는 스스로 가져오면 좋겠다고 말하지 못하는 내가 나쁜 거군요. 그런 말을 남편에게 하는 순간 남편의 기분이 나빠져서 더 귀찮아질 텐데 말이죠.

완두콩 껍질을 벗기던 손을 멈추고 "이영차" 하면서 일어서려고 하는데, "내가 가져올게"라면서 사토루가 재빨리 남편에게 가위를 건넸다. 사토루처럼 몸놀림이 가벼운 남자가 남편이라면 얼마나 좋을까. 시호는 행복한 여자다.

남편은 봉투를 뜯고 편지를 읽기 시작했다. 읽는 동안 남편의 미간에 주름이 점점 깊어졌다.

"주지 스님이 본당을 다시 짓겠다는군."

"본당을 다시 짓는다고? 그러고 보니 낡았다고 언젠가 주지 스님이 말했었어."

"지은 지 200년 가까이 되었다고 적혀있어."

어쨌든 절이 깨끗해지는 것은 반가운 일이다. 그런데도 남편은 표정이 밝지 않았다.

"단가 한 집당 1좌 이상 기부를 부탁합니다, 라고 하는군."

남편이 말했다.

"그렇겠지. 본당을 다시 지으려면 꽤 많은 돈이 들 테니까. 기둥도 굵고 좋은 것이어야 하고, 자재비도 비쌀 것 같고. 게다가 일반 집과 달리 궁을 짓는 목수에게 주문할 테고."

"그야 당연하지" 하며 남편은 천장을 올려다봤다.

"아빠, 1좌당 얼마래? 3만 엔 정도?"

사토루가 남편의 맞은편 소파에 앉으며 물었다.

"1좌당 1백만 엔이래."

"어, 1백만 엔이나? 농담이지?" 하고 사토루가 다시 물었다.

"단가가 해마다 줄어든다고 적혀있어. 지금은 이미 오십 가구가 안 된다고 하는군. 그걸 생각하면 1좌만 할 수는 없지. 적어도 3좌 정도 기부하지 않으면 나카바야시 가문의 이름에 먹칠하는 거야."

"뭐라고? 농담이지?"

무심코 큰 소리를 내자 남편은 나를 힐끗 노려보았다. 하지만 여기서 입 다물고 있을 수는 없었다.

"설마, 당신. 정말 3백만 엔이나 기부할 생각이야?"

일부러 몰아붙였다. 폭주하기 전에 브레이크를 밟아야 해서 조바심이 났다.

"재건축하는 거니까 주지 스님이 다 내야 하는 거 아닌가? 자기 절이잖아"라고 사토루가 말했다.

"설마 너는 단가제도가 뭔지 모르는 거야?" 하며 남편은 사토루를 경멸하는 듯한 눈빛으로 쳐다봤다.

"단가제도? 들어본 것 같기도 하고, 안 들어본 것 같기도 하고."

"요즘 젊은 사람들은 모른다고 텔레비전에서 그러더라."

나는 아들을 변호하려고 말했다.

현대의 절은 주지 스님의 가족도 살고 있어서 주지 스님의 소유물인 것처럼 오해하는 경우가 많다고 한다. 하지만 실제로는 단가 전체의 소유물이기 때문에 단가가 경제적으로 절을 지탱해야 하는 의무가 있다.

하지만 단가 수가 적은 절이 본당을 재건축하게 되면 한 집에 3백만 엔이라도 부족하지 않을까. 하지만 그렇게 말한들……

예금 통장에 찍힌 잔액을 떠올렸다. 노후자금이라고 생각하면 넉넉하다고는 말하기 어려운 액수다.

거기서 3백만 엔이나 줄어든다는 것은 상상할 수 없다.

말도 안 된다.

똑같이 3백만 엔을 쓴다면 해외여행이 훨씬 낫다. 그쪽은 평생의 행복한 추억이라도 될 것이다. 아니, 사실은 여행도 반대다. 어느 쪽이든 그런 큰돈을 한꺼번에 쓰다니 절대로 안 된다. 그 돈으로 몇 년 치 식비를 충당할 수 있는지 알기나 하는 건가.

"그러니까 단가라는 게 절의 스폰서라는 거야?" 하고 사토루가 물었다.

"말이 너무 노골적이군. 하지만 뭐, 그런 의미다."

"그러면 계명[62]을 지어주는데 5십만 엔인지 1백만 엔인지를

---

62 스님이 고인에게 지어주는 이름

받는다고 들었는데 그것도 스폰서료라는 거야?"

"뭐, 그렇다고 할 수 있지."

"그럼, 본당의 재건축을 운운하기 이전에, 평소의 주지 스님 일가의 일상 생활비도 내야 한다는 건가?"

"그건 절에 따라 달라. 주지 스님이 학교의 교사라든가 다른 직업을 겸직하고 있는 경우가 많으니까. 하지만 가고시마의 보리사처럼 보시 이외에는 수입원이 없는 절도 있어. 그래서 원래는 좀 더 보시를 많이 해야 하는데."

그렇게 말하면서 허공을 응시하는 남편의 미간에 주름이 더 깊어졌다.

"당신, 설마……."

본당 재건축의 기부뿐만 아니라 평상시의 보시까지 호기 있게 내려고 하는 것은 아니겠지.

그렇게 따지고 싶었지만, 호통이 떨어질 같은 예감이 들어 말을 꺼내지 못했다.

"편지의 내용으로는 기부라고 되어있지만, 원래는 의무야. 그러니까 돈을 내는 것은 당연한 일이야" 하고 남편은 단호하게 말했다.

그야 그렇겠지. 분명 맞는 말이겠지. 하지만 정년퇴직한 사람에게는 너무 액수가 크다고. 뭐, 나도 인색한 건 아니야. 튀르

키예 대지진이나 러시아의 우크라이나 침공의 참혹한 영상을 텔레비전에서 보고 나서 바로 우체국에 가서 기부했다고. 1천 엔씩 기부했어. 새해 첫날 참배할 때 새전[63]도 매년 1백 엔인 걸 생각하면 나로서는 큰 액수였어. 당신도 물가가 치솟고 있는 것을 모르는 건 아니지? 전기세가 갑자기 올랐고, 마트에서 파는 물건도 하나같이 가격이 계속 오르고 있어.

당신은 뉴스에서 듣기만 하니까 피부에 와닿지 않는 거야. 나는 최근에는 특별세일을 하는 물건만 사게 되었고, 자주 불도 끄고 당신이 목욕하고 나오면 나도 뜸 들이지 않고 바로 들어가서 가스비를 절약하고 있어. 그렇게 열심히 머리를 굴리며 사는데, 3백만 엔이라니 무슨 소리야! 장난치지 마. 평소의 알뜰살뜰한 절약이 바보같이 느껴지잖아. 아무리 애써도 3백만 엔이나 절약할 수는 없다니까.

하지만…… 남편은 한번 말하기 시작하면 듣지 않는다.

아니, 그런 말을 할 때가 아니다.

—나이가 들수록 의료비가 이렇게 늘어날 줄은 몰랐어요.

바로 얼마 전, 맞은편의 큰 집에 사는 칠십 대 노부부에게 들은 말이다.

역시 이번에는 무조건 반대해야 한다. 남편의 기분이 나빠

---

63 참배할 때 바치는 돈

지든 호통을 치든 겁먹을 때가 아니다. 그렇게 결심하고 숨을 크게 들이마셨을 때였다.

"그래서 3좌나 기부하겠다고? 아빠, 진심으로 말하는 거야? 3백만 엔이나?"

이 얼마나 멋진 내 아들인가.

사토루, 바로 그 자세야. 좀 더 말해줘.

"어쩔 수 없지. 내 대에서 절을 망쳐버리면 조상님께 죄송하잖아. 게다가 이 기부는 널 위한 거기도 해."

"나를 위해서? 어째서?"

"어째서고 뭐고 너는 나카바야시 가문의 후계자잖아. 너와 네 자식과 손자가 앞으로 부끄럽지 않도록 해야 한다고 생각하면 여기서 돈을 아낄 수는 없지."

"하지만, 아빠. 그런 돈이 있으면 도쿄에 묘지를 살 수 있지 않을까?"

아, 그러고 보니 맞네. 그렇지!

같은 3백만 엔이라면 그편이 훨씬 낫다. 시골의 보리사에 3백만 엔을 기부해봤자 우리 생활에 아무런 변화도 없지만, 도쿄에 묘를 마련할 수 있다면 남편도 자주 성묘를 갈 수 있으니 마음의 평안을 유지할 수 있지 않을까. 게다가 얼마 전에 '묘비도 포함해서 8십만 엔 패키지 요금'이라고 선전하는 교외의 공원

묘지 전단지를 본 적도 있다.

"돈 문제가 아니야."

남편의 목소리에는 노여움이 섞여있었다.

어? 돈 문제가 아니라면 도대체 무슨 문제야?

나도 모르게 남편을 뚫어지게 쳐다보고 있었다.

"나는 장남이니까 조상 대대로 신세 지고 있는 절을 지켜야 해."

그때 사토루와 눈이 마주쳤다.

"엄마는 어떻게 생각해? 3백만 엔이나 내면 노후는 괜찮아?"

"괜찮을 리가 없잖아. 그럴 돈이 있으면 나 같으면……."

"여자가 참견할 일이 아니야!"

남편의 큰 목소리가 싫었다. 결혼 이후 주먹을 휘두른 적은 단 한 번도 없지만 그래도 무서워서 온몸이 벌벌 떨린다. 그리고 그 뒤에는 굴욕감으로 가득 차게 된다.

"아빠 사고방식, 진짜 낡았어."

사토루가 그렇게 말해줘서 밑바닥에서 조금이나마 기어오를 수 있었다.

"다른 단가의 사람이 몇 좌 정도 기부하는지 물어보면 어때?" 하고 사토루가 물었다.

"다른 단가가 얼마를 기부하든 상관없어. 나카바야시 가문으로서 최소한 3좌는 해야지."

최소한? 그렇다는 것은 4좌, 5좌도 가능하다는 거야?

"아빠, 좀 더 신중하게 생각하는 게 좋겠어. 가고시마에 계신 삼촌한테 전화해서 물어보면 되잖아. 그곳 사람들은 몇 좌 정도 기부할 생각인지, 무슨 소문을 듣진 못했는지."

사토루가 끈질기게 맞받아쳐 줬다. 역시 내 아들, 의지가 된다.

"유지한테? 내가 전화해서 물어보라고? 그런 모양 빠지는 짓은 할 수 없어."

남편이 쏘아붙였다.

세상에, 이런 때에 체면을 차리다니…….

어째서 이런 허세 가득한 남자와 결혼했을까. 남편만의 문제는 아니다. 내 노후도 어두워지니까.

"아, 이래선 안 되겠어."

사토루는 포기하는 것처럼 만세 포즈를 하고 천장을 올려다보았다. 그리고 더 이상 관여하고 싶지 않다는듯 힘차게 일어나 문을 향해 걸어가기 시작했다.

"노후자금은 제발 잘 관리해. 나보고 노후에 돌봐달라고 해도 내 벌이로는 어림없으니까."

그렇게 말하고 문고리에 손을 얹으며 돌아서서 나를 보았다.

"엄마, 나 저녁 필요 없어. 밖에서 먹고 올게."

"뭐? 오늘 저녁은 모처럼 콩밥을 지을 건데. 오랜만이라 쌀을 6인분이나 씻었어."

"둘이 먹어. 난 기분 전환하러 나갔다 올 테니까."

나도 모르게 숨을 멈추고 있었다.

실은 콩밥은 사토루를 위한 것이었다. 남편을 위해서가 아니다.

역시 사토루는 빨리 이 집에서 나가줬으면 좋겠다. 취직하고 나서 10년이 넘게 자취를 하면서 집안일의 고충을 알고, 집안일을 담당하는 사람을 배려하게 된 줄 알았는데 착각이었을까. 남편의 뒷바라지뿐 아니라 서른을 훌쩍 넘긴 아들까지 돌봐야 한다. 도대체 언제까지 집안일을 해야 하는지. 적어도 사토루만이라도 없으면 우리 부부만의 식사 등은 간단하게 해결할 수 있다. 식비도 적게 들고 빨래도 소량만 하면 된다.

맞은편 집 아들은 의사가 되어 지금은 손자가 셋이나 있고 어머니를 제법 위해준다고 한다.

놀러 올 때도 신경 써서 일부러 식사 시간이 아닌 차를 마실 시간에 온다고 들었다. 가끔 밥때에 올 경우는 가족 수만큼 호화로운 도시락을 사 들고 온다고 했다. 게다가 돌아가는 길에는 어머니에게 슬며시 용돈도 건네는 것이다. 이 큰 차이는 어디서 오는 걸까. 그렇게 응석받이로 키운 기억도 없는데.

아, 콩밥…… 그 정도 일에 눈물이 날 것 같은 나도 좀 그렇지만, 남편에게 눈물을 보여서 바보 취급을 당하는 것만은 피하고 싶어서 얼른 일어나 부엌으로 들어갔다.

밥솥에 콩을 넣으며 생각했다. 이 생활은 이제 곧 끝난다. 시호에게 아들 돌보는 일을 넘길 수 있다. 성씨를 바꾸고 싶지 않다는 둥 말도 안 되는 소리를 하긴 했지만, 젊은 처녀 한때의 망설임일 것이다. 애초에 아들이 나와 다른 성이 된다는 것은 상상할 수 없는 일이고, 그렇게 되면 너무 쓸쓸할 것 같다.

14.
마쓰오 이치로 89세

아내의 수목장을 하는 날이 왔다.

장례식은 이미 장례식장에서 치렀기 때문에 수목장이라고
해도 불교에서 말하는 사십구재로 유골을 매장하는 의식만 치
를 예정이다.

아침부터 먹구름으로 덮여있다가 수목장 직전에야 가랑비
가 내리기 시작했다. 대낮인데도 어둑어둑한 데다가 참석자가
적어서 쓸쓸하고 울적한 마음이 더욱 커졌다.

심지어 내 동생들도 오지 않았다. 장례식에 참석했으니 이
미 충분하지 않느냐며 여동생 중 한 명이 미쓰요에게 연락한
모양이다. 수목장하는 것에도 그다지 놀라지 않았고, 관심조

차 보이지 않았다고 한다. 요시코가 마지막까지 부모님의 병시중을 들고 임종을 지켰는데 참으로 냉정한 녀석들이다. 예로부터 '형제는 타인의 시작'이라고 했는데 이런 일을 두고 말하는 것일까. 아니면 누나가 얘기한 것처럼 내가 동생들한테 미움을 받아서 그런가.

게다가 장남인 아키히코의 아내 나나까지 오지 않았다. 하지만 나나의 몸이 좋지 않은 것은 핑계가 아닌 사실인지, 아키히코는 식사 자리에는 얼굴도 비치지 않고 매장 의식 이후 곧바로 도쿄로 돌아갔다.

그런 쓸쓸한 분위기 속에서 신지의 딸인 마키바와 시호가 와준 것은 정말 기뻤다. 신지 부부는 매년 추석이 되면 고향에 내려오는데, 두 손녀와 만나는 것은 실로 20년 만이라 처음에는 누군지 못 알아봤다.

공원묘지는 우리 집에서 차로 30분 정도 걸리는데, JR역에서도 가까워 편하다. 어떤 종교라도 받아주는 것 같고 아예 무교라도 상관없다고 한다. 더구나 그동안 친분이 있는 스님을 불러와 불경을 올려도 괜찮고 신도[64]라면 친숙한 신주[65]에게 부탁해 기도하는 것도 가능하다고 한다.

---

64 애니미즘을 바탕으로 한 일본의 토착 종교
65 신사에서 신을 모시는 일을 하는 사람

그래서 보리사의 여자 주지를 모셔 와 나무 앞에서 경을 올렸다.

나는 그날 이후로 가끔 절에 들러 주지 스님에게 고민을 털어놓게 되었다. 내가 요시코를 힘들게 한 것은 혹시 그때였을까, 아니면 이때였을까, 그런 생각이 떠오르기 시작하면 여러 가지 후회가 끝없이 밀려와 머릿속을 빙글빙글 맴돈다. 우울한 기분일 때 절을 찾으면 흔쾌히 맞아주고 이야기를 들어준다. 내어준 따뜻한 차를 마시면 몸과 마음이 따뜻해지고 돌아갈 때쯤이면 마음이 평온해졌다.

사십구재 의식이 끝나고 나서 공원묘지의 회관에서 연회 음식을 대접했다.

"암주[66] 스님, 오시라고 해서 정말 죄송합니다."

그렇게 말하면서 누나는 주지 스님의 잔에 맥주[67]를 따라주었다.

"수목장이라니, 어휴, 정말. 이치로의 아내가 좀 별나서요. 죄송합니다."

"고모, 우리 엄마는 별난 사람이 아니야."

미쓰요가 언짢은 표정으로 바로 대꾸했다.

---

66 큰 절에 딸린 작은 절에 거처하는 승려로 특히 여승을 가리킨다.
67 일본 승려는 고기와 술을 먹을 수 있다.

"아니, 절에 조상 대대로 내려오는 훌륭한 묘가 있는데, 이런 곳까지 암주 스님이 일부러 오셔야 하잖니. 어휴, 정말."

누나는 한층 더 말이 격해졌다.

"저는 괜찮습니다" 하고 주지 스님은 미소를 지으며 천천히 모두를 둘러보았다.

"시대는 점점 변하니까요."

"맞아요, 그렇다니까요. 우리는 이제 따라갈 수 없어요" 하며 누나가 한탄했다.

"요즘은 우리 단가에서도 가족장[68]이 늘었어요."

주지 스님이 말했다.

"역시 그렇군요. 겨우 10년 전만 해도 가족장이라는 말을 들으면 뭔가 다른 사람에게 말 못 할 사정이 있는 것은 아닐까 하는 의심을 했었는데 말이죠"라고 신지가 말하자 그 옆에서 사쓰키가 "그랬었지"라며 크게 고개를 끄덕였다.

"요즘은 다들 오래 살아서 구십 대에 돌아가시는 분들이 많아져서 그럴지도 모르지."

미쓰요가 말을 이었다.

"장례식을 해도 조문객이 적으니까, 가족장이 늘어났다고 생각해. 기일 법회는 고작 해봐야 7주기 정도까지밖에 못 한

_____
68 조문객을 받지 않고 가족이나 친족 중심으로 치르는 장례

209

대."

"옛날엔 말이지"라며 누나의 특기인 옛날이야기가 시작되었다.

"온 동네가 총출동해서 장례식을 도왔어. 여자들은 모두 아침부터 밤까지 음식을 만들고, 누가 언제 향을 올리러 올지 모르니까, 주방 당번을 정해놓고 대기했지."

"그랬었죠. 옛날의 정겨운 시절이 참 그립군요. 그땐 지역의 유대감이 강해서 모두가 서로 도와가며 살았거든요."

연기하는듯 감동적인 말투로 말한 사람은 미쓰요의 남편이었다. 정년퇴임하기 직전에 고등학교의 교장이 되었는데, 세상 사람들을 모두 자기 학생이라고 생각하는지, 자신의 부모 세대에게까지 잘난체하는 듯한 말투로 말을 해서 내 마음엔 들지 않는다.

"자네, 무슨 말을 하는 거야. 아무것도 모르는 주제에. 유대감은커녕 이웃 간의 관계가 너무 귀찮아서 힘들었다고."

누나가 퉁명스럽게 잘라 말하자 미쓰요의 남편은 깜짝 놀란 얼굴이 되었다. 문득 보니 고개를 숙이는 주지 스님의 가는 어깨가 미세하게 떨리고 있었다. 웃음을 참는 모양이다.

"그런 옛날 풍습이 싫어서 다들 장례식장에서 하게 된 거라고. 미쓰요의 남편은 경험도 없으면서 상상만으로 말하다니"

하고 누나가 다시 몰아세웠다.

미쓰요의 남편은 마치 들리지 않는 것처럼 엉뚱한 방향을 보면서 맥주만 들이켰다. 역시 마음에 들지 않는다. 미쓰요가 시댁의 묘에 들어가고 싶지 않은 마음을 알 것 같았다.

"요즘은 가족장은커녕, 화장만 하는 직장[69]이 늘고 있다고 들었어."

미쓰요가 말했다.

"그래, 맞아, 그거. 깜짝 놀랐어" 하고 누나가 말하자 주지 스님은 누나를 보고 천천히 고개를 끄덕이고 나서 말했다.

"요즘은 상중엽서[70]가 도착하고 나서야 지인이 세상을 떠났다는 사실을 알게 된다고도 들었어요."

"아, 맞네요."

사쓰키가 고개를 끄덕이며 말을 이었다.

"상중엽서는 12월에 오는 경우가 많으니까요. 1월에 돌아가셨다면 그 사람이 세상을 떠났다는 사실은 1년 가까이 모르게 된다는 것이지요."

"안타깝네. 아, 싫어. 내가 죽으면 장례식을 아주 크게 치러주었으면 좋겠어. 누구에게 연락했으면 하는지 지금 미리 메모해

---

69 直葬, 장례식 없이 바로 화장하는 방식

70 일본에서는 연말에 연하장을 보내는 풍습이 있는데, 그해 상을 당한 사람은 연하장을 보내지도 받지도 않아서 11월~12월쯤에 엽서를 보내 상중이라는 사실을 알린다.

211

뒤야겠어. 이제 곧 죽음이 맞이하러 올 거라는 생각이 드니까."

누나가 그렇게 말하자 여기저기서 "아직 이르잖아요", "그렇게 건강하니 백 살 이상은 사실 거예요"라는 소리가 들렸다.

평균수명을 넘겼으니 죽을 때가 가까워지고 있는 것은 객관적인 사실이다. 하지만 본인이 그런 말을 하면 젊은 사람들이 그것을 부정하고 격려해주어야 한다. 그렇게 주변 사람들을 신경 쓰게 만들기 때문에 나는 곧 맞이하러 온다는 등의 발언은 절대 하지 않으려고 노력한다. 하지만 누나는 내심 기다렸던 반응이었는지 "그런가? 뭐 그렇게 오래 살아봤자"라고 말하면서도 환한 미소를 지었다.

"주지 스님에게 하나 여쭤보고 싶은데요"라며 신지가 말을 꺼냈다.

"예전에는 본인에게 암이라고 알린다는 것은 상상도 하지 못했잖아요? 그런데 지금은 가망이 없는 병이라도 본인에게 시한부 선고를 하는 경우가 있어요. 그건 왜 그럴까요? 예전 사람보다 현대인은 마음이 강해진 걸까요?"

"그건 나도 전부터 이상하다고 생각했어."

미쓰요의 맞장구에 이어서 주지 스님이 차분하게 대답했다.

"그건 아마 죽음이라는 사건이 예전만큼 중요하게 여겨지지 않기 때문이 아닐까 싶어요. 누구나 언젠가는 죽음을 맞이한다는 사실을 정면으로 마주하는 시대가 된 것이 아닐까요. 미신을 믿는 사람도 줄었어요. 인간도 단순한 하나의 생물로서 과학적으로 생각하게 된 것 같아요."

"과연, 역시 대단하세요."

신지가 감탄했다.

"그런데 마쓰오 가문의 묘는 어떻게 되는 거야? 신지 부부의 다음은 누가 묘를 물려받을 거야? 신지네는 딸밖에 없는데 어떻게 할 생각이야?"

누나는 마키바와 시호를 힐끗힐끗 보면서 물었다.

"묘는 성이 달라도 상관없다고 주지 스님이 말씀해주시더군. 시집을 가서 성이 바뀐 사람이라도 상관없고, 원한다면 누나네 손자 게이타가 물려받아도 괜찮아."

"뭐? 나는 그런 얼렁뚱땅한 방식은 절대 반대다. 성이 달라도 좋다니, 그런 건 말도 안 돼. 아무리 암주 스님이 허락해줬다고 해도."

누나가 화를 내자 "마음은 이해합니다만"이라고 주지 스님이 입을 열었다.

"본가도 고향도 영원한 것은 아닙니다. 형제가 적은 시대가 된 지 벌써 반세기가 지났고, 안타깝지만 모든 일에는 끝이 있답니다."

"그런 것을 말이죠, 제행무상이라고 하는 겁니다."

미쓰요의 남편이 여유로운 말투로 잘난 척하며 말하자 "그런 말은 누구나 다 알아" 하고 누나가 바로 받아쳤다.

"그렇다고 슬퍼할 일도 아니지요. 저마다 마음속에 추억이 있으니까요."

주지 스님이 그렇게 말하자 실내가 조용해졌다, 라고 생각했는데 다시 누나가 입을 열었다.

"암주 스님이 뭐라고 말하든 나는 절대 반대다. 시호가 데릴사위를 얻어서 묘를 물려받는 게 도리라는 것은 이미 정해져 있어. 상식 중의 상식이야."

"엇, 제가요? 저는 여기서 태어나서 자란 것도 아니고, 너무 멀어서……."

시호가 당황해하자 신지가 단호하게 말했다.

"그러니까 고모처럼 옛날 사고방식으로는 묘를 물려받을 수 있는 사람의 범위가 너무 좁아서 파묘를 할 수밖에 없다고요."

딸이 부담스러워할 것을 생각해서 말했을 것이다.

"파묘라고? 신지, 너도 그렇게 생각하는 거야? 그 묘에는 우리 아버지와 어머니가 계신다고. 그걸 뭐, 파묘라니? 정말 한심한 소리군. 장남의 역할을 다하지 않을 생각이야? 조상님께도 죄송하다고."

"잠깐, 고모. 요즘 시대에 누가 장남인지는 상관없잖아요. 우리 아버지한테만 부담을 주지 마세요. 비겁해요."

신지가 화를 내줘서 조금 기뻤다.

"비겁하다니? 아무리 신지 너라도, 해도 되는 말과 안 되는 말이……."

"아니, 고모의 말대로라면 모든 책임을 우리 아버지에게만 떠넘기고 고모는 나 몰라라 하면서 비판만 하고 있잖아요."

"비판만 하다니? 너, 장남이라는 것은 옛날부터 말이야……."

"자자, 둘 다 좀 진정해요"라며 미쓰요가 끼어들었다.

"나는 침착하다고. 감정적인 사람인 것처럼 몰아가지 마."

미쓰요의 말에 누나가 더욱 화를 냈다.

"맞아, 실례야. 나도 아주 침착하다고."

신지의 어조도 한층 강해졌다.

이런 상황에 주지 스님은 흥미롭다는듯이 한 사람 한 사람의 얼굴을 바라보고 있다.

그런 말다툼을 잠재운 것은 신지의 아내 사쓰키였다.

사쓰키는 새초롬한 표정으로 말했다.

"간단한 해결책이 있어요."

그 말에 모두 일제히 사쓰키를 쳐다봤다.

"고모는 파묘에는 절대 반대하시는 거죠? 그렇다면 고모가 돌아가시고 나서 파묘를 하면 모든 게 다 해결돼요. 돌아가시면 아무것도 모를 테고, 어차피 그리 먼일은 아닐 테니까요."

다음 순간, 모두 일제히 사쓰키에게서 눈을 돌렸다.

주지 스님을 보니 어깨가 아까보다 크게 들썩이고 있었다.

15.
나카바야시 준코 63세

남편이 이발소에 간 틈을 타서 미나오 동서에게 전화를 걸어보기로 했다.

미나오 부부는 아직 묘를 만들지 않았다고 들었다. 하지만 언젠가는 같은 절에 묘를 만들 것이고 지금도 묘 청소를 해주고 있다. 그 점을 생각하면 분명 본당을 재건축하는 이야기는 들었을 것이고 관심이 없을 리가 없다.

"여보세요, 미나오? 나야, 도쿄의 준코."

—어머, 형님, 오랜만이에요.

"있잖아, 실은 좀 묻고 싶은 게 있어서."

—본당 재건축에 관한 거죠?

"잘 맞추네. 맞아, 바로 그거야. 현지는 어떤 분위기야? 뭔가 들은 게 있을 것 같아서."

—제가 들은 이야기로는, 종파 변경을 생각하는 단가가 많은 모양이에요.

"종파 변경이라면, 그 종파를 바꾼다는 말이야? 그러니까, 그 말은……."

—네, 맞아요. 이미 다른 절로 묘를 옮긴 단가나, 앞으로 옮기려고 하는 단가가 있다고 하더라고요.

"음, 그건 도대체 무슨 이유로?"

—왜냐면 보통은 1백만 엔이나 되는 큰돈을 낼 수 없잖아요? 그리고 개종하기에 딱 좋은 절이 바로 근처에 있어요. 그 절은 단가 수가 많고 3년쯤 전에 본당을 새로 지었거든요. 종파는 다르지만, 다들 종파 같은 건 뭐든 상관없다고 말하더라고요.

"그런 일이 있었다니…… 미나오한테 전화하길 잘했네."

같은 이장이라면 멀리 도쿄까지 운반하는 것보다 바로 근처의 절로 옮겨 이장하는 편이 당연히 훨씬 저렴할 것이다. 시골이라 묘지도 저렴할 테고 묘비를 운반한다고 해도 가까운 거리다.

그렇다고 해도 미나오 동서의 이야기는 예상치도 못한 내용이었다. 왜냐하면 시골 사람들은 모두 신앙심이 깊고 기부도 많이 할 줄 알았기 때문이다. 하지만 큰 착각이었던 것 같다. 신앙심이 깊기는커녕 종파 따위는 뭐든 상관없다는 현실파가 적지 않은 모양이다. 시골이든 도쿄든 내 코가 석 자인데 다른 것에 신경 쓸 여유가 없기는 마찬가지일 것이다. 그런데도 우리 남편은 허세 비용으로 무려 3백만 엔이나 내려고 한다. 정말 바보 같다.

이제 진실을 알았으니 가만히 있을 수는 없다. 남편과 제대로 얘기를 해야겠다.

아마 남편이 먼저 죽을 것이다. 그리고 그 후에 백 살까지 살아남은 나는 분명 후회할 것이다.

백 살이 되어도 좀처럼 죽음은 나를 맞이하러 오지 않고, 예금은 바닥나고, 저출산으로 매년 연금이 깎여 마지막에는 한 달에 3만 엔 정도가 되고, 식빵의 가장자리[71]와 수돗물과 소금으로 겨우 연명하는 늙은 나 자신.

─아, 그때 절에 기부한 3백만 엔이 만약 지금 수중에 있다면······.

그렇게 후회해봤자 소용없을 것이다.

그런 건 절대 싫다.

---

71 일본의 빵집에서는 식빵의 가장자리만 모아 아주 저렴하게 팔거나 공짜로 주기도 한다.

그런 일을 생각하면서 부엌 청소를 하고 있는데 남편이 이발소에서 돌아왔다.

"잘 다녀왔어? 산뜻한 상남자가 됐네."

뻔히 보이는 아부인데도 남편은 "그래?"라며 싫지 않은 표정을 지어 깜짝 놀랐다.

"저기, 여보. 오늘 저녁은 오랜만에 비스트로 고시바에서 먹자. 모처럼 이발소에서 머리하고 멋있어졌으니까."

묘에 관한 이야기는 집에서는 하고 싶지 않았다. 남편은 금방 기분이 나빠져서 소리를 지를 게 분명하다. 하지만 레스토랑이라면 아무리 남편이라도 소리를 지를 수는 없다. 특히 비스트로 고시바는 남편의 대학 후배가 조기퇴직하면서 시작한 레스토랑이다. 퓨전 창작 요리를 내세우고 있는데 일식, 양식, 중식 등 뭐든지 가능한 식당이라서 언제 가도 먹을 메뉴가 많이 있다.

"그래. 가끔은 가줘야지. 코로나 때문에 가게가 어떻게 될지 걱정이었는데, 어떻게든 버티고 있으니까 대단하지. 더 자주 가게에 들러서 응원해줘야겠어."

"그럼 사토루까지 세 명 예약해둘게."

"그 녀석은 오늘도 집에 있어?"

"응, 있어. 2층에서 재택근무 중이야."

사토루는 코로나 확산을 계기로 재택근무를 하게 됐지만 잦

아들고 있는 지금도 일주일에 나흘은 집에서 일한다. 저렴하게 지은 단독주택은 소리가 울려서 텔레비전도 작은 소리로 틀어야 하고, 점심도 해 먹여야 한다. 그렇게 이런저런 이유로 역시 사토루는 빨리 집을 나가줬으면 좋겠다.

하지만 오늘처럼 남편과 진지하게 대화해야 할 때는 곁에 있어주면 한없이 든든하다. 나 혼자 고집불통인 남편을 설득할 자신이 눈곱만큼도 없다.

비스트로 고시바는 한산했다. 창가 자리에 두 쌍의 손님이 있을 뿐이었다. 개업 초기에는 예약하지 않으면 들어갈 수 없을 정도로 붐볐었는데, 이런 상태로 경영이 괜찮은지 걱정이 되지만 오늘만은 한산한 것이 고마웠다. 이 정도로 조용하다면 아무리 남편이라도 고함을 칠 수는 없을 테니 더더욱 그렇다.

"사토루, 일은 어때?"

"어, 그냥 그래."

각자 좋아하는 음료를 주문했다. 남편은 처음부터 청주를 시켰고, 사토루는 생맥주, 나는 모스코뮬[72]을 주문했다.

큰 접시에 담긴 전채요리가 테이블 한가운데 자리를 잡았다. 큼직한 새우와 두툼한 로스트비프 주위를 프릴레터스[73]가

---

72 보드카, 진저 비어, 라임 주스로 만드는 칵테일
73 잎끝이 주름 장식처럼 꼬불꼬불한 모양의 양상추

둘러싸고 군데군데 방울토마토로 장식되어 있다.

별 의미도 없이 건배한 후에 동네에 반려견을 키우는 사람이 많아졌다는 이야기와 역 앞에 새로 생기는 마트에 관한 이야기를 나누며 화기애애한 분위기가 이어졌다.

꽤 좋은 분위기이지 않나? 이러면 묘 이야기도 쉽게 꺼낼 수 있겠어.

"그런데 사토루, 반지 말인데. 보석상인 오하시한테 연락이 왔어. 진귀한 물건을 가지고 우리 집까지 찾아온다고 하니 시호한테 날짜는 언제가 좋은지 물어봐."

"아빠, 그 얘기 말인데. 당분간 멈춰줘."

"왜?"

"시호는 처음부터 반지는 필요 없다고 말하기도 했고."

"무슨 잠꼬대 같은 소리냐. 그런 말을 이제 와서 어떻게 저쪽에 할 수 있겠니. 무책임하기 짝이 없구나."

남편은 사토루를 분노에 찬 눈빛으로 노려봤지만, 사토루는 남편의 얼굴을 힐끗 보고 나서 큰 한숨만 내쉬었다.

이런 험악한 분위기 속에서 묘 이야기를 꺼낸들 잘될 리가 없다.

"저기요. 시원한 물 좀 부탁해요."

테이블의 분위기를 바꾸기 위해 나는 일부러 최대한 밝은 목소리로 말했다.

"이 집 음식은 정말 맛있네요. 새우가 진짜 탱글탱글해요."

물을 가져온 여자 점원에게 나는 너스레를 떨었다.

"감사합니다. 셰프님께 전달하겠습니다. 음료 한 잔 더 드시
겠어요?"

아르바이트 학생 정도로 생각했는데 의외로 야무지게 일을
잘했다. 젊은 여자 점원이 남편에게도 미소를 지어서인지 벌써
남편의 기분이 풀리고 있다.

"나는 오랜만에 따뜻하게 데운 사오싱주[74]를 시켜볼까. 사토
루, 너는 뭘 시킬래?"

"저는 맥주 한 잔 더 주세요."

좋아, 이 밝은 분위기.

술이 오기를 기다렸다가 아무렇지도 않게 말을 꺼냈다.

"참, 그러고 보니 오늘 미나오한테 전화가 왔어."

그쪽에서 전화가 걸려온 것으로 하는 게 좋겠다. 내가 걸었
다고 하면 남편은 제멋대로 하지 말라고 화를 낼 게 뻔하니까.

"유지의 처한테? 무슨 일로?"라고 물어보면서 남편은 사오
싱주에 얼음 사탕[75]을 넣고 휘휘 저었다.

---

74 찹쌀에 보리누룩을 넣고 발효시켜 만드는 중국의 전통주
75 설탕의 일종으로 얼음 조각처럼 생긴 사탕

"본당 재건축하는 것 때문이야. 현지에서는 큰 소란이 벌어지고 있는 것 같아."

호들갑을 떨며 말하는 것에 죄책감이 들었지만 내 코가 석자다.

"큰 소란이라니?" 하고 사토루가 물었다.

"1좌에 1백만 엔이잖아? 단가 사람들 대부분이 그런 큰돈을 어떻게 낼 수 있겠느냐면서 화를 낸대. 그래서 근처의 절로 묘를 옮기는 사람이 속출하고 있다고 하더라고. 그것도 같은 종파가 아니라는데, 개종도 마다하지 않는다고 하더라."

"오, 그런 방법이 있었네. 나라면 절대 1만 엔도 내고 싶지 않을 거야. 나처럼 박봉인 직장인이 1백만 엔을 모으는 게 얼마나 힘든지 생각하면 눈물이 날 것 같다니까."

잘한다, 사토루. 좀 더 말해봐.

"근처 절이라니? 아, 그 절이군. 거기는 옛날부터 단가가 많았어. 대문도 으리으리해."

남편은 뜻밖에도 다른 절을 칭찬했다.

"그럼 우리도 고려해보면 좋지 않을까?"

"무슨 소리야, 사토루. 그런 짓을 하면 주지 스님께 얼굴을 들 수 없게 된다고."

"그게 말이지, 여보. 다른 단가들은 점점 그 절로 옮기고 있잖아."

"다른 집은 상관없어."

"하지만 아빠, 지금 이야기대로라면 단가가 더 줄었다는 거 잖아? 그럼, 본당의 재건축 비용 분담이 갈수록 커지는 거 아닌 가?"

"그러면 3좌가 아니라 4좌나 5좌를 하면 그만이야."

글러먹었다. 이 남자는.

가정 경제라는 것을 전혀 모른다. 예순을 넘기고 나서는 좀처럼 가고시마에 가지 않게 되었는데 어째서 그런 큰돈을 내지 않으면 안 되는지 전혀 이해할 수 없다.

"그런 큰돈을 써버리면 노후의 생활이 불안하잖아. 여행은 커녕 외식도 할 수 없고 고정자산세와 공과금도 감당할 수 없게 된다고."

협박에 가깝지만, 그 정도는 말해도 상관없을 것 같다. 남편의 노후를 위한 것이기도 하다.

"뭐, 정 돈이 없다면 1박 2일 온천여행 정도는 내가 효도 관광으로 보내줄 수도 있지. 그치만 아빠가 늘 꿈꿔왔던 한 달간의 세계유산 투어는 어려워."

"⋯⋯그렇군, 돈이 없다는 거군."

남편은 목소리를 쥐어짜듯이 말했다.

"여생이 얼마 안 남았으니 마지막에 인생을 즐기고 저세상으로 가는 게 좋다고 생각해요. 하고 싶은 일을 하지 않으면 죽을 때 후회한다고 얼마 전에 읽은 어떤 자기계발서에도 나와 있더라고."

역시 내 아들. 좀 더 말해줘.

"그건 그렇겠지만, 하지만, 그런 말을 들어도…… 흐음."

남편은 사오싱주가 든 작은 잔을 움켜쥐고 홀로 끙끙거렸다.

"그것도 아니라면, 아빠. 요전에도 말했지만, 묘를 도쿄로 옮기는 방법도 있어. 그편이 의미 있는 돈의 사용법이라고."

"도쿄에 묘를…… 사토루는 그게 낫다고 생각하는구나."

남편은 확인하듯 물었다.

"왜냐면 가까이 있으면 마음 내킬 때 언제든 성묘하러 갈 수 있고 비행깃값도 호텔비도 안 들잖아. 장점투성이야."

"그건 그렇긴 한데……."

남편은 아직 갈팡질팡하고 있다. 하지만 마음이 기울어지기 시작했음을, 그 약한 목소리에서 알 수 있었다.

"애초에 숙모한테 너무 폐를 끼쳤어. 아빠 동생의 아내라는 이유만으로 너무 부려먹잖아."

"엇, 미나오가 네게 그런 말을 했어?"

"입 밖으로 내지는 않지만 원망하고 있는 것은 확실하다고 시호가 그러더라고."

"어머나, 원망이라니. 시호가 정말 그렇게 말했어? 그렇게 심한 말을 하는 사람이었어? 너무하네. 역시 별난 아가씨야."

"그런 식으로 말하지 마. 그 지역에서는 묘에 공양하는 꽃을 일 년 내내 끊이지 않도록 하는 일이 며느리의 몫이래. 꽃값이 많이 나가는 것 같던데 우리는 숙모한테 돈 보내고 있어? 안 보내지?"

"아니, 시골은 정원이 넓으니까. 꽃을 많이 키운다고 미나오도 말했었지."

"사계절 내내 언제든 필요할 때 정원에 꽃이 피는 것은 아닌 것 같더라고."

"그야, 한겨울 같은 때에는……."

"게다가 태풍이 왔을 때는 전부 죽으니까, 그럴 때는 마트에서 산대. 시든 채로 내버려두면 사람들한테 무슨 말을 들을지 모른다고 말이지."

"그래? 그렇게 힘든 줄 몰랐어. 미안하게 됐구나. 고향에 있다고 너무 의지했던 것 같네. 저기, 여보. 이제 더 이상 폐를 끼칠 수는 없어. 미나오도 이제 젊지도 않은데."

"……그렇군."

남편은 중얼거리듯 말하더니 사오싱주를 쭉 들이켰다.

"알았어. 묘는 도쿄로 옮기자."

남편은 결심한듯 단호하게 말했다.

"정말? 여보, 그거, 진짜 정말이지?"

"응, 정말이야. 도쿄로 옮기면 내가 죽은 뒤에도 사토루가 자주 성묘를 해준다는 거잖아. 그럼, 그게 낫지."

"그래, 그렇게 하자. 이걸로 결정하자."

나는 재빨리 말했다. 이 결정에 못을 박고 싶었다. 도쿄의 묘지는 비싸지만, 교외의 저렴한 공원묘지를 찾으면 된다. 아니면 사이타마나 지바, 가나가와라도 상관없다. 조금 멀지만 그래도 가고시마보다는 훨씬 가깝다.

사실은 납골당이 더 좋지만…….

그래, 도쿄의 묘는 비싸니까 납골당으로 하자. 그 선에서 이야기를 진행하려면 앞으로 어떻게 할지 작전을 짜야 한다.

어떻게든 총 1백만 엔 이하로 하고 싶다. 아니, 1백만 엔도 비싸다.

16.
마쓰오 마키바 38세

　점심시간이 되어 동기인 유미와 함께 밖으로 나갔다. 베이커리를 겸하는 레스토랑에 갈 생각이었다. "저도 데려가주세요"라며 여느 때처럼 스물여덟 살의 나나코가 애교 섞인 목소리를 내며 따라왔다.

　레스토랑에 들어가 자리에 앉으려는 순간, 모모코가 뒤에서 따라오고 있음을 깨달았다. 우리 부서에 배치된 지 얼마 안 된 신입사원이지만 분위기가 어둡고 말이 없어서 모모코의 존재를 알아차리지 못하고 깜짝 놀라는 일이 종종 있다.

　대각선 맞은편에 앉은 나나코는 왠지 기분이 좋아 보였다. 눈이 마주치자 빙그레 웃더니 "마키시마 씨 참 멋지죠?"라고 말했다.

"마키시마 씨? 그게 누구더라?" 하고 묻자 "어? 마키바는 모르나?" 하며 유미가 메뉴판을 보다가 고개를 들었다.

"마키바 씨는 회의 때문에 계속 자리를 비우셨잖아요. 마키시마 씨도 전근 수속 때문에 총무과나 인사과에 왔다 갔다 하느라 바쁜 것 같았고요."

나나코가 말했다.

"자세히 보셨네요."

모모코가 차갑게 툭 던지자 나나코가 불쾌한 표정을 지었다. 나나코는 평소에도 모모코가 신입인 주제에 전혀 귀여운 구석이 없다고 생각하는듯 보였다. 하지만 나는 모모코가 싫지 않았다. 분위기를 파악하지 못한다기보다 알려고도 하지 않는 마이페이스 성격이 엄마와 비슷해서일까.

"바빠서 까맣게 잊고 있었어. 그 마키시마라는 사람은 오늘부터 우리 부서에 배치된다던 사람이구나."

신바시 지점에서 남자 사원이 이동해 온다는 이야기는 들었다. 일을 잘하는 스물아홉 살이라는 소문이 퍼져있었다.

"자리는 마키바 씨 옆인 것 같아요. 책상 서랍에 서류와 문구류 넣는 걸 봤거든요."

나나코가 알려줬다.

그때 런치 플레이트가 나왔다.

"오늘의 수프는 당근 포타주입니다."

"맛있겠다. 색깔이 예쁘네"라고 모모코가 낮은 목소리로 중얼거렸다. 평소에도 애교 섞인 미소 한 번 짓지 않는 만큼, 얼마 되지 않는 말들은 정직하고 소박해서 거기에 담긴 진심을 쉽게 알 수 있다.

"그 마키시마가 어떻게 멋진데?" 하며 나는 화제를 다시 원래대로 돌렸다. 내 프로젝트에서 부려먹어도 좋다고 부장님이 농담조로 말한 사람이다. 함께 일하려면 정보는 많을수록 좋다.

"아무튼, 웃는 얼굴이 산뜻해요. 게다가 스포츠맨 같은 느낌도 나고."

나나코는 어느 때보다 분위기가 밝았다. 첫눈에 반한 것 같았다.

"설마, 나나코, 마키시마를 노리고 있는 거야?"

나와 동갑인 유미가 놀리듯이 말했다.

"아니에요, 저 같은 건 상대해주지도 않을걸요?"

"그렇지 않아. 나나코는 얼굴도 귀엽고, 무엇보다도 젊으니까 승산이 있다고 생각해"라고 유미가 부추겼다.

"에이, 유미 씨. 농담하지 마세요"하고 나나코는 기분이 좋은듯 웃었다.

"이미 여자친구가 한두 명은 있을 거예요. 그 정도 수준의 남자라면서요."

모모코가 주저 없이 찬물을 끼얹자 나나코는 또다시 불쾌한 표정을 그대로 드러냈다.

맞은편에 앉은 유미와 눈이 마주치자 우리는 서로 웃음을 터뜨릴 뻔했다. 모모코가 누구에게든 거침없이 말하는 것이 웃겨서 참을 수 없었다. 젊은 여자들의 심리전을 여유롭게 바라볼 수 있을 정도로 어른이 되다니. 우린 이제 삼십 대 후반이고 곧 사십 대가 된다는 것을 날마다 깨닫고 있다.

"마키시마한테 여자친구가 없을 것 같은 느낌이 들어"라고 유미가 말하자 "어째서 그렇게 생각하세요?" 하고 모모코가 물었다. "왠지 모르겠지만 그 분위기를 보면"이라고 말하며 유미는 노릇노릇하게 구워진 치킨을 입에 가져갔다. 정말 그렇게 느낀 걸까, 아니면 후배들을 놀리며 즐거워하는 걸까.

돌싱인 유미는 중학교 1학년인 딸과 둘이 산다. 올봄에 중·고 일관학교[76]인 명문학교에 합격해서 학비가 부담스럽다고 한탄하면서도 자랑스러워했다.

"아무튼, 마키시마 씨가 마키바 선배의 옆자리라서 다행이에요."

---

76 일본에서 중학교와 고등학교를 통합해 6년제로 운영하는 학교

나나코가 말했다.

"왜요?" 하고 모모코가 물었다.

"젊은 여자의 옆이라면 걱정되잖아요"라고 나나코가 대답했다. 그 순간, 유미는 접시에서 고개를 들어 맞은편에 앉은 나만 알 수 있도록 크게 눈을 부릅떠 보였다.

평소에는 여자 상사에게 신경을 많이 쓰는 나나코였지만, 오늘은 머릿속이 온통 마키시마 생각으로 가득 차서 실언을 눈치채지 못한 모양이었다. 하지만 모모코는 놀란 표정으로 나나코를 뚫어지게 보고 있었다.

점심시간이 끝나고 자리로 돌아갈 때 내 자리 옆에 앉아있는 젊은 남자의 뒷모습이 보였다.

저 사람이 마키시마구나. 나란히 옆에 있는 자리로 다가가 내 의자를 끌어당기려는 순간 마키시마가 벌떡 일어났다.

"마쓰오 씨, 맞죠? 저는 오늘부터 이 부서에서 일할 마키시마 야나기라고 합니다. 많이 가르쳐주십시오."

나나코가 말한 대로 확실히 웃는 얼굴이 산뜻했다. 여자 상사를 좋게 생각하지 않는 사람은 남녀를 불문하고 항상 있지만, 그에게서는 그런 분위기가 조금도 느껴지지 않았다. 능력이 있고 일을 잘한다고 부장님께 미리 들어서 좀 더 깐깐한 얼굴의 남자를 상상하고 있었는데, 밝고 시원시원한 성격처럼 보였다. 하지만 사람은 겉모습만으로는 판단할 수 없다. 만난 지 얼마 되지 않아 성격까지는 알 수 없는 노릇이다. 그렇다고 해도 나이를 먹으면서 사람을 보는 눈이 조금씩 갖춰지고 있는 것은 확실하다. 좀 더 젊었을 때 남자를 보는 눈이 있었다면 얼마나 좋았을까.

"나야말로 잘 부탁해. 야나기⁷⁷라니 참 특이한 이름이네. 이름이 아니라 성 같아."

"그런 말 많이 들어요. 할아버지가 지어주셨는데 버드나무처럼 바람에 날리면서 자연스럽게 살아가라는 의미래요."

"오, 그렇구나. 좋은 할아버지네."

그렇게 말하자 마키시마는 순수한 소년처럼 기쁜 표정을 지었다.

---

77 한자로는 '버들 유(柳)'이며 버드나무라는 뜻이고 일본에서 주로 성씨로 쓴다.

17.
나카바야시 준코 63세

동서 미나오한테 전화가 왔다.

─형님이 부탁하신 이장 절차 말인데요, 제가 '이장'이라는 말을 꺼내자마자 주지 스님이 불같이 화를 내셔서 더 이상 제가 손을 쓸 수가 없네요.

본당의 재건축 계획을 계기로 단가가 점점 떨어져나갔다고 한다. 주지 스님은 이제 더 이상 단가가 떠나는 것을 허락하지 않겠다고 으름장을 놓은 모양이다.

─혹시 제가 여자라서 우습게 보는 걸 수도 있다는 생각에, 남편한테 대신 말해달라고 부탁했어요. 그랬더니 비겁하게 "난 바빠"라는 말만 되풀이하고, 정말 이혼하고 싶어졌어요.

"어휴, 진짜. 우리 남편이랑 똑같아. 역시 피를 나눈 형제답네. 귀찮은 일은 뭐든지 아내한테 떠넘기고 자기는 불평만 늘어놓는다니까."

—그러니까 묘에 관해서는 형님 쪽에서 해결해주세요.

"그렇게 말해도 가고시마는 너무 멀어. 게다가 어차피 이장할 때도 가야 하니 두 번이나 가는 건 번거롭잖아? 그러니까 미나오 쪽에서 이장 절차만이라도 정해주면 도움이 될 것 같아."

—네? 저흰 남편도 저도 일하고 있어요. 형님네는 부부가 모두 여유롭지 않나요?

"하지만, 우리 남편도 나이가 들어서 체력적으로 가고시마까지 가는 건……."

그렇게 말하면서 문득 깨달았다.

남편은 멀리 가는 것 자체가 이미 체력적으로 힘들어졌다. 그렇다면 주지 스님의 분노가 어떻든지 간에 빨리 도쿄의 공원묘지로 옮기는 게 낫다. 남편은 조상님을 소중하게 생각해서 더 자주 성묘하고 싶다고 항상 말해왔다. 이럴 거면 조금이라도 젊고 체력이 있을 때 묘를 도쿄로 옮기면 좋았을 걸 그랬다. 그랬더라면 본당 재건축 문제에도 휘말리지 않았을 텐데.

—가고시마는 비행기 타면 금방이잖아요.

"그렇게 말은 하지만 미나오, 우리 집이 도쿄라고 해도 하네다 공항 바로 옆에 사는 게 아니잖아."

─어쨌든 형님, 그쪽에서 해결해주시지 않으면 곤란해요. 애초에 우리 집은 분가했고 그 묘에는 들어갈 수 없으니 원래 부터 상관없는 일이기도 하고요.

"어머, 상관이 없다니? 나랑 미나오에게는 시부모님이 잠들어 계신 묘잖아. 지금 그 말투, 아무리 그래도……."

─형님은 시부모님을 소중하게 생각하세요?

"그야 당연하지. 남편의 부모님이잖아."

─속 편하시네요. 형님은 멀리 떨어진 도쿄에 살고 있어서 시부모님을 거의 만나지 않아도 되는 생활을 했으니까 그런 말을 할 수 있는 거예요.

"그치만 나도 우란분재[78]와 연말에는 매년 백화점에서 맛있는 것을 사서 보내기도 했고, 게다가……."

─아, 파트타임 갈 시간이에요. 죄송하지만 이만 실례할게요.

"지금부터 파트타임이야? 아쉽네. 오늘 밤에라도 다시 전화해도 될까?"

─더 이상 이야기해봤자 시간 낭비니까 사양할게요. 아무쪼록 건강하게 지내세요.

전화는 그렇게 끊겼다.

─────────────

78 음력 7월 15일을 중심으로 앞뒤로 사흘간 조상과 부처에게 공양하는 불교 행사

미나오의 기분이 언짢은 것 같았다.

주지 스님이 이장을 허락하지 않겠다며 으름장을 놓았다고 남편에게 이야기하면 역시 그만두겠다고 할 가능성이 높다. 도쿄로 묘를 옮기기로 겨우 결심해준 참인데.

어떻게 하면 좋을까.

일단 미나오에게 전화가 온 것은 비밀로 해야겠다. 남편에게 말하더라도 사토루가 있을 때가 좋다. 노후자금이 걸려있다. 사활이 걸린 문제다. 이건 신중하게 판단해야 한다.

절대로 실수하면 안 된다.

그다음 주 토요일에 사토루와 단둘이 가고시마로 날아갔다.

남편에게도 같이 가자고 했지만, 아니나 다를까 역시 가지 않겠다고 고집을 부렸다.

―나는 혈압이 높으니까, 비행기는 안 타는 게 좋아. 비행기 안은 기압이 낮아서 2천 미터급의 산에 올라가 있는 상태와 같다고 텔레비전에서도 말했으니까.

남편은 자기 몸에 관한 이야기가 나오자마자 요란법석을 떤다. 가족이 걱정해주는 것이 아주 좋은 모양이다.

실은 주지 스님을 만나고 싶지 않은 거겠지. 이장하겠다고 주지 스님에게 말할 용기도 없다. 심지어 우리에게 "스님을 뵐 면목이 없어서 가고시마엔 가지 못 해"라는 말조차 꺼내지 못한다는 것은 어린 사토루조차 훤히 꿰뚫고 있다.

하지만 나도 마음이 무겁긴 마찬가지였다. 절을 방문하겠다고 전화했을 때 주지 스님의 대답이 너무 무뚝뚝하고 냉담했기 때문이다. 그래서 미나오가 같이 가주면 든든할 것 같아 다시 전화해서 부탁했지만, "그렇군요, 이쪽에 오시는 건가요. 그럼 조심해서 오세요" 하고 바로 전화를 끊어버렸다. 그런데 수십 초 후에 다시 전화가 와서 이렇게 말하는 게 아닌가.

—형님이 오시는 날까지 묘에 꽃을 바꾸지 않을 테니, 절에 가시면 시든 꽃을 치우고 새 꽃을 공양해주세요. 그럼 부탁드려요.

공항에서 택시를 타고 가는 도중에 미나오가 알려준 꽃집에 들러 꽃을 샀다. 택시를 기다리게 한 탓에 서둘러 가게 앞부터 안쪽까지 훑어봤는데 꽃들이 전부 생각보다 비쌌다. 시골은 물가가 싸다고 멋대로 생각했는데 아무래도 착각이었던 모양이다.

택시에서 내려 절 문을 지나자 넓은 마당이 보였다.

오랜만에 찾아온 탓에 나카바야시 가문의 묘를 좀처럼 찾지 못하고 묘지를 한 바퀴 돌았다.

"아, 저기다!" 하고 먼저 사토루가 발견했다.

나는 그 자리에서 걸음을 멈추고 조금 떨어진 위치에서 묘의 전체 모습을 찬찬히 바라봤다.

낮은 대리석 담으로 둘러싸인 부지의 중심에는 '나카바야시 가문의 묘'라고 새겨진 커다란 비석이 있었다. 그 옆에는 어린 나이에 세상을 떠난 것으로 보이는 작은 묘들이 여러 개 늘어서 있다.

묘마다 그 앞에는 한 쌍의 꽃을 꽂는 화병이 비치되어 있었다. 그것은 대나무 통을 본뜬 플라스틱으로 된 것인데 세어보니 모두 열여섯 개나 됐다. 아무리 생각해도 오는 길에 산 꽃만으로는 부족했다. 그중에서도 중앙에 있는 큰 묘의 대나무 통의 지름은 유난히 컸다. 사 온 꽃을 전부 거기에 꽂아도 모자랄 지경이다.

"나는 이 큰 묘에 꽃을 꽂을 테니, 사토루는 어서 시든 꽃을 빼서 쓰레기봉투에 버려줘."

"알았어."

"이렇게 화병이 많이 있었다니. 미나오에게 큰 폐를 끼쳤네."

"시호도 그렇게 말했어."

이야기를 들어보니 시호와 둘이 방문했을 때, 선물로 산 '도쿄바나나'뿐만 아니라 1만 엔짜리 지폐도 건넸다고 한다. 그랬더니 미나오는 흔쾌히 받은 모양이었다.

"숙모에게 파트타임을 쉬게 하면서까지 묘 청소를 시켰더라고. 일 년 내내 꽃이 시들지 않게 하고, 게다가 아무도 살지 않는 본가의 관리까지 맡겼잖아. 그걸 생각하면 1만 엔으로는 너무 부족하다고 시호는 화를 냈지만……."

"뭐, 시호가 화를 냈다고?"

처음 이곳에 온 시호조차 금방 알아차린 것이다. 그런데도 나는 묘의 관리는 별것 아니라고 생각해왔다. 묘 청소는 많아야 1년에 두 번 정도 하는 줄 알았고, 설마 꽃을 사서까지 공양할 거라고는 생각지도 못했다.

나의 우둔함을 시호에게 지적받은 것이나 다름없잖아. 분명 미나오도 나를 비상식적인 여자라고 생각하고 있을 것이다. 미안함보다 굴욕감이 더 컸다. 불만이 있으면 진작에 얘기해주면 좋았잖아. 도리어 화를 낸다고 할지도 모르지만, 어쩔 수 없이 화가 났다. 바보 취급을 당한 기분이 들어서였다. 그런 여러 가지 감정이 한데 엉겨 밀려왔다.

"엄마, 왜 그래? 그런 무서운 표정을 하고."

"이제 더 이상 미나오에게 폐를 끼칠 수 없다는 생각이 들어서 말이야."

"그렇지? 그러니까 빈집은 다시 관리업체와 계약을 하든가, 묘는 성묘 대행업체에 맡기지 않으면 숙모한테 너무 미안하겠더라고."

"하지만 그런 식으로 하면 나랑 아빠가 세상을 떠난 후에 네가 돈을 내야 해."

"그래서 묘는 도쿄로 옮겨달라고 말한 거야. 이런 말 해서 미안하지만, 나는 가고시마의 묘도 할머니 할아버지의 오래된 집도 필요 없어. 물려준다고 해도 진짜 싫을 정도라고. 엄마나 아빠가 돌아가셨을 때는 납골하러 와도, 그 후에 이곳까지 먼 길을 집의 관리와 성묘만을 위해서 오기는 힘들어. 교통비도 숙박비도 만만치 않고."

"숙박비는 필요 없잖아. 오래됐지만 아버지의 본가가 있으니까."

"농담하지 마. 엄마가 마지막으로 그 집에서 묵은 게 도대체 언제야?"

"글쎄, 한 20년쯤 전인가……."

"이제는 곰팡내가 진동하고 복도도 걸을 때마다 삐걱거리고. 도저히는 아니지만 못 묵어."

"어, 그래? 어머, 그럼 어떡해? 오늘 밤 숙소."

"설마, 호텔 예약 안 했어? 거짓말, 말도 안 돼."

그렇게 말하면서 사토루는 스마트폰을 꺼내 역 앞의 비즈니스호텔을 재빨리 예약했다.

"돌아가는 길에 아빠의 본가에 들러서 집 상태를 확인해야 겠어."

"붙박이장에 있는 이불 같은 것도 다 버리는 게 좋을 것 같아."

"그래? 붙박이장 안은 어떤 상태야?"

"난 무서워서 안 열어봤어."

"왠지 이제 모든 걸 버리고 싶어졌어. 하지만 분명 아빠는 크게 반대하실 거야. 추억이 담긴 물건들뿐인데 버리다니 말도 안 된다느니 하면서 분명 말도 못 꺼내게 하겠지."

"그럼, 엄마. 우리 둘이 어떻게든 하자. 아빠의 의견을 무시하고라도 이 상황을 극복하지 않으면 앞날이 불안하잖아."

"네 말이 맞아. 아빠가 돌아가셔도 나는 오래 살 것 같은 예감이 들어. 그러니까 지금 아직 머리가 잘 돌아갈 때 해결해야 해."

이미 도쿄의 공원묘지 팸플릿을 몇 개 받아서 대략 점찍어 놓았다. 교외라면 묘비를 포함해서 총 8십만 엔 정도부터 있었다. 그 외의 여러 가지 비용이 들지도 모르지만 3백만 엔의 기부금에 비하면 훨씬 적게 들고, 사토루의 앞날을 생각해도 도쿄로 옮기는 것이 장점이 많다.

나는 옳은 일을 하는 것이다. 그래, 맞다. 그러니 강행하고 돌파해도 좋다.

그렇게 생각하자 용기가 생겼다.

"사토루, 힘내자. 주지 스님이 싫은 표정을 짓더라도 꼭 도쿄로 이장하자."

"그건 당연하지. 이장을 준비하는 순서를 정하려고 일부러 여기까지 온 거잖아. 어서 끝내고 뭐 맛있는 거라도 먹으러 가자."

사토루는 영리하다. 정을 빼고 사무적으로 처리하려고 한다.

하지만 그게 당연한 거다. 우리 집의 묘니까 아무리 주지 스님이라고 해도 남에게 이러쿵저러쿵 들을 이유는 없다. 남편처럼 언제까지나 얽매여 있으면 한 발짝도 앞으로 나갈 수 없지 않은가.

거실까지 가니 주지 스님의 부인이 다다미방으로 안내해주었다.

"주지 스님은 곧 오실 겁니다."

그렇게 말하고 부인은 차를 놓고 방을 나갔다.

이 절의 주지 스님은 칠십 대 초반이지만 강인한 얼굴에 키도 크고 건장한 체격을 가졌다. 그것만으로도 위압적인데 목소리까지 크다. 하지만 질 수 없다.

다가오는 발소리가 들렸다. 쿵쿵 울리는 소리가 기분이 좋지 않음을 말해주는 것 같아 긴장되기 시작했다. 옆에 앉은 사토루를 보니 스마트폰을 보고 있어서 주지 스님의 발소리 따위는 신경도 쓰지 않는 것 같아 오히려 든든했다.

"이런, 이런. 멀리서 오시다니 고생이 많으십니다."

주지 스님의 미소는 의외였다. 찌푸린 얼굴을 각오하고 있었기 때문에 예상외로 한 방 먹은 느낌이 들었다.

미나오가 전화로 한 말은 소문에 불과한 것이었을까. 아무리 그래도 수십 년 전에 고향을 떠나 도시에서 삶의 터전을 마련한 사람의 사정쯤은 이해할 수 있을 것이다. 나이가 들면 점점 고향에 성묘하러 오는 것이 힘들어지고 본가의 부모님이 돌아가시면 그곳이 조상님의 출신지라고 해도 찾는 횟수가 줄어드는 것이 자연스러운 이치일 터다. 더구나 세월이 흐르면 그 지역에 아는 사람도 없어진다.

"그러니까, 말이죠, 묘를 도쿄로 이장하고 싶어서요……."

강경하게 밀어붙이려고 결심했지만 말끝이 끊어질 것 같았다.

"네네, 그 일은 전화로 들었습니다."

주지 스님의 대답은 대수롭지 않다는듯한 가벼운 말투로 들렸다.

"도쿄에서 일부러 오셨으니까 너무 번거롭게 하는 것도 좋지 않다고 생각해서요, 여기 종이에 정리해두었습니다. 이걸 보시지요."

주지 스님이 그렇게 말하면서 내민 종이를 보니 요금이 적혀있었다.

-혼 빼기: 3십만 엔
-이단료: 1백5십만 엔

"뭔가요, 이건?"

나도 모르게 큰 소리를 냈다. 주지 스님을 쳐다보니 싸늘한 표정으로 창밖을 바라보고 있었다.

사토루가 옆에서 종이를 들여다보며 숨을 죽이는 낌새였다. 하지만 사토루가 흥분하지 않고 "두 번째 종이도 보여줘"라고 침착하게 말했기 때문에, 나도 아들을 따라 화를 억누르고 두 번째 종이를 봤다.

제일 위에는 '마고코로 석재업체와 제휴하고 있습니다'라고 적혀있었다.

-묘비 해체 및 철거 작업비: 5십5만 엔 (묘지에 크레인 차를 세워놓을 수 없어 인력으로 작업해야 하므로)

-해체하지 않고 그대로 도쿄에 트럭으로 운송할 경우의 비용: 1기[79]당 2백7십만 엔 (100킬로미터당 2십만 엔, 가고시마-도쿄의

---

79 묘를 세는 단위

거리를 1,350킬로미터로 계산)

-공터로 만드는 작업 비용: 1십2만 엔

-유골 꺼내는 비용: 유골 한 구당 3만 엔, 합계 2십7만 엔 (과

거장[80]에 의하면 9명의 유골이 안치되어 있습니다)

-이장지에서의 혼 넣기: 3십만 엔 (출장 숙박비 포함)

그리고 맨 아래 줄을 봤을 땐 절망감에 사로잡혔다.

-총액: 3백4만 엔~5백1십9만 엔

"이렇게나? 이럴 수가……."

언제부터인가 '보시'나 '하쓰호료'[81]라는 개념은 사라지고 '요금'이라고 명확하게 표기되기 시작했다.

분명 사토루의 시치고산[82] 때도 그랬다. 벌써 30년도 더 된 일이다. 도쿄에서도 유명한 신사에서 했는데 예약할 때 5천 엔 코스, 1만 엔 코스, 1만 5천 엔 코스로 나뉘어있었다.

어느새 시세를 모르는 세대가 많아지고, 알면서도 상식 밖

---

80 절에서 죽은 사람들의 사망 날짜, 법명 등을 기록하는 장부

81 일본에서는 가을에 처음 수확한 농작물을 신에게 바치는 것을 '하쓰호'라고 하는데, 하쓰 호료는 하쓰호를 대신해서 내는 돈을 말한다.

82 3세, 5세, 7세가 되는 아이들의 성장을 축하해 신사나 절에서 참배하는 행사

의 적은 금액으로 때우려는 사람들이 늘어난 탓일까. 하지만 서민이라면 누구나, 가능한 한 저렴하게 해결하고 싶어 하는 것은 당연하다. 믿음도 없고 신사의 우지코[83]도 아니고 평소의 교제도 없다. 그렇다면 가계를 최우선으로 생각하는 게 맞다, 이 마당에 남들이 어떻게 생각하든 상관없다, 어차피 평생에 한 번뿐인 만남이니 괜찮다고 생각한다. 그런 사람들이 많아지면서 신사도 난처해진 것이 아닐까. 그런 과정을 겪으면서 신사와 사원답지 않은 명확한 요금 설정으로 이어진 것일지도 모른다.

승려와 신주와 목사도 속세를 초월해서 사는 것은 아니다. 가족이 있고 생활이 있다. 그런 점을 생각하면 돈을 내는 것은 당연하고 이제 '보시'라고 하는 말은 현대사회에 어울리지 않게 되었다. 서양의 유명한 기독교 교회처럼 전 세계에서 거액의 헌금이 모이는 경우에나 '기부'라는 그럴듯한 명칭을 쓸 수 있지 않을까.

하지만 그런 점을 고려하더라도 여전히 이번 요금은 너무 비싸다. 석재업체와 제휴를 맺었다고 적혀있지만, 결국은 수수료를 챙길 뿐일 것이다.

그대로 둬도 지옥, 이장도 지옥이다.

---

83 자신이 사는 토지를 지키는 씨족신을 모시는 사람들

도대체 어떻게 하면 좋을까.

"한 가지 여쭙겠습니다" 하고 사토루가 입을 열었다.

"여기에 석재업체와 제휴하고 있다고 쓰여있는데 다른 업체에 부탁해도 상관없지요?"

사토루도 나와 같은 생각을 하고 있었던 모양이다.

"아니요, 그건 곤란합니다. 지금까지도 다른 석재업체에 부탁한 단가도 있었습니다. 안타깝게도 주의를 기울여서 작업하지 않아 주변 무덤을 훼손하는 업체가 적지 않았어요. 그 변상 비용으로 예상치 못한 고액의 비용이 발생해 단가마다 후회하는 경우가 많았습니다. 그래서 저희는 마고코로 석재업체를 지정업체로 하고 있어요."

"……그렇군요, 그런 일도 있었군요."

사토루도 수긍할 수밖에 없었던 모양이다.

"주지 스님, 오늘은 시간 내주셔서 감사합니다. 그럼, 일단 가지고 돌아가서 남편과 상의하겠습니다."

남편에게 상의한다…… 이보다 편리하고 한심한 말은 없을 것이다. 결혼 이후 40년 가까이 이 말 한마디로 방문판매를 물리쳐왔다. 영업사원의 대부분이 아내에게는 결정권이 없다고 생각하고, 그 말에서 여성스러움이나 순박함을 느끼고 호감마저 드는지 "그럼, 다시 오겠습니다" 하고 금방 돌아가는 것이었다.

이른 아침 하네다 공항으로 향할 때부터 긴장한 탓에 갑자기 피로감이 몰려왔다. 사토루도 피곤하다고 해서 우선 호텔에 들어가 쉬기로 했다. 싱글룸 두 개를 예약했는데 호텔 측에서 두 방 모두 더 넓은 더블룸으로 업그레이드해줬다.

"엄마, 저녁은 6시쯤에 먹을까? 이 로비에서 만나."

저녁은 근처 식당에서 먹기로 하고 8층에 도착해서 각자 방으로 흩어졌다.

방에 들어가 침대에 누워 천장을 바라봤다. 잠깐이라도 좋으니 잠을 자고 피로를 풀려고 눈을 감았지만, 주지 스님이 건네준 요금표가 뇌리에 박혀 좀처럼 잠이 오지 않았다.

저녁때가 되어 사토루와 거리로 나왔다.

짧게라도 쉬어서인지 몸도 마음도 개운해졌다.

"나는 이 가게가 좋아"라며 전국 곳곳에 진출한 우동 체인점 앞에서 발걸음을 멈췄다.

"어, 여기? 왜? 엄마, 모처럼 가고시마까지 왔는데 더 좋은 거 먹자. 흑우라든가."

"오늘은 꼭 우동을 먹고 싶거든."

나는 거짓말을 했다.

그곳은 셀프서비스 가게로 튀김이나 달걀 등의 토핑도 선택할 수 있고, 유부초밥이나 주먹밥도 있었다. 왜 이렇게 싼지 의아할 정도로 저렴한 가게다.

주지 스님이 건네준 이장 비용 목록을 본 순간부터 돈을 쓰기가 겁이 났다. 여기서 몇천 엔을 아껴봤자 밑 빠진 독에 물 붓기라는 걸 머리로는 알고 있지만, 노후 생활이 망가질 것 같은 두려움이 앞섰다.

왜 고작 무덤 하나에 이렇게 괴로워해야 하는 거지?

조상님들은 후손들이 돈 때문에 어려움을 겪는 걸 과연 원하셨을까?

"나 생각 좀 해봤는데, 역시 납골당이 좋을 것 같아."

사토루는 그렇게 말하면서 스마트폰 화면을 내 쪽으로 향했다.

-도심에 묘를 갖자.
-신주쿠역에서 걸어서 10분.
-날씨에 구애받지 않고 빈손으로 성묘를 할 수 있습니다.

"어때? 괜찮지? 이거라면 쇼핑이나 영화를 보고 돌아오는 길에라도 가볍게 성묘할 수 있잖아."

"나도 네 아빠한테 납골당으로 하자고 말한 적이 있어."

"그래서, 아빠는 뭐라고 했어?"

"절대로 안 된대."

"왜 안 되는 거야?"

"작년인가 삿포로에서 납골당이 도산한 뉴스가 있었잖아?"

"아, 그거라면 텔레비전에서 봤어."

"네 아빠가 그 사건 얘기를 꺼내는 거야. '당신은 그 뉴스를 보고도 위험한 장사라고 생각하지 않는 거야? 저런 장사가 미래영겁 지속할 거라고 생각해? 당신 바보 아니야?'라고 하더라. 그리고 도산하면 유골은 어떻게 될까 하고 나도 걱정되더라고. 그러니까 납골당은 역시 불가능해."

"도산하면 하는 거지, 뭐."

"뭐?"

"경영이 어려운 곳도 있을 수 있잖아. 하지만 그런 일 생각하면 끝이 없어."

"그건, 그렇지만, 그래도."

"유골이 자동으로 눈앞에 나타나는 기계식 납골당이라면 기계의 유지보수 비용도 들 테고, 앞으로 영원히 원활하게 작동할지 어떨지는 아무도 몰라. 즉, 어느 쪽을 선택하든 영원한 건 없다는 뜻이야."

"그렇게 생각한다면 사토루가 아버지를 설득해봐."

"싫어. 저렇게 완고한 아빠를 내가 어떻게 설득하겠어?"

"그럼 어떻게 하면 좋겠니?"

"뭔가 방법을 생각해봐야지. 근데 이참에 아빠는 속여도 괜찮다고 생각해."

"그건 나도 그렇게 생각해. 노후에 길에서 쓰러져 죽는 걸 피하기 위한 거니까. 아빠를 속여도 괜찮아. 그런 건 죄가 아니야. 그건 아빠의 노후 생활을 위한 거기도 하니까. 그보다 사토루, 그 유부초밥, 설마 남기려는 건 아니지?"

"배불러서 못 먹겠어. 우동하고 튀김만으로 충분했는데 괜히 시켰네. 왠지 오늘은 스트레스가 쌓이고 식탐이 생겨서 너무 욕심부린 것 같아."

"남기다니 아까워. 그럼 내가 먹어줄게."

"엄마, 오늘은 잘 먹네. 배부르지 않아?"

"이미 배가 빵빵해. 하지만 노후자금이 위태로운데 남길 수는 없지."

그렇게 말하고 나는 1백3십 엔짜리 유부초밥을 억지로 입에 밀어 넣었다.

253

18.
마쓰오 마키바 38세

스즈키 데쓰야와 만나기로 했다. 실로 9년 만이다.

데쓰야가 지정한 곳은 예전에 둘이 자주 갔던 레트로한 분위기의 카페였다.

약속 시간보다 15분 빨리 가게에 도착해서 너무 일찍 왔나 싶었는데, 안쪽에서 데쓰야가 손을 흔드는 것이 보였다.

"오랜만이네."

"정말 오랜만이야."

데쓰야는 수줍어하는 것 같았다.

"마키바는 그대로네."

"그럴 리가 없지. 벌써 서른여덟인걸. 늙었어."

"서른여덟 살로는 안 보여. 이십 대 후반이라고 해도 믿을 거야."

그때 문득, 마키시마 야나기가 일을 하다가 갑자기 내게 했던 말이 떠올랐다.

—마키바 씨는 옆모습이 마치 그리스 조각처럼 예술적이네요.

그러더니 곧바로 당황해하며 덧붙였다.

—아앗, 혹시 이런 것도 성희롱인가요? 저 방금 위험했죠?

—괜찮아. 그럴 땐 '남의 얼굴을 빤히 쳐다보지 마'라고 대꾸하면 되거든.

—아, 다행이네요. 그럼, 앞으로도 마키바 씨한테는 성희롱인지 아닌지 예민하게 신경 쓰지 않아도 괜찮다는 뜻이군요?

—그렇지는 않지. '할망구'라든가 '늙었다'라고 말하면 마키시마에 대한 평가는 최악이 될 테니 기대하라고.

—어이쿠, 조심해야지.

그런 실없는 대화를 하며 서로 웃었다.

마키시마와 함께 일하게 되면서 늘 가까이에서 젊은 남자의 옆모습을 보고 있어서인지, 데쓰야가 예전의 날렵한 청년이 아니라 볼이 처진 중년의 남자로 보였다. 주름 또한 멋지고 매력적인 어른 남자로 보여주는 소품인 줄 알았는데, 뭔가 다르다.

과거엔 한 번도 외모를 따져본 적이 없고, 나 역시 남에 대해 함부로 말할 처지가 아닌 것은 아주 잘 알고 있지만 말이다.

"이렇게 만날 수 있을 줄 몰랐는데, 정말 기뻐."

예전의 데쓰야라면 얼굴을 마주 보고 이렇게 자신의 감정을 솔직하게 말하지 않았을 것이다. 어쩌면 이것도 어른이 되었다는 증거일까. 어렸을 때는 솔직하던 사람이라도 시간이 지나면 비굴한 열등감이나 인색한 우월감이 방해해 더 이상 솔직해질 수 없게 된다. 다양한 인생 경험을 통해 마음이 넓어진 사람만이 비로소 자신을 솔직히 드러낼 수 있는 어른이 되는 것일지도 모른다.

"문자에도 썼지만 헤어진 걸 계속 후회했어."

데쓰야는 그렇게 말하며 나를 바라봤다.

나도 같은 마음이야, 라는 대답을 기대하고 있는 눈치였다. 하지만 나는 후회한다고까지는 말할 수 없었다. 월급도 그럭저럭 받고 있고 혼자 사는 것은 자유롭고 즐거웠다. 특별한 취미가 있는 것은 아니지만, 1년에 몇 번씩은 학창시절의 여자친구 셋이 여행을 다니고 휴일에는 독서나 영화감상, 미술관 나들이 등 수많은 즐거움을 누리고 있다.

하지만……

"가끔 생각할 때가 있기는 해. 그때 데쓰야와 결혼했다면 지금쯤 어떻게 되었을까, 하고 말이야."

그렇게 말하자 데쓰야가 눈을 반짝반짝 빛내며 기뻐했기 때문에 순간적으로 오해하게 만든 것 같아 후회했다.

그때 데쓰야와 결혼했더라면 어땠을까, 하는 생각은 달콤한 망상이 아니라 단순한 나이 계산이었다.

만약 9년 전에 결혼했더라면 아이가 몇 명 태어났을지도 모른다. 첫째 아이는 초등학생이고 둘째부터는 어린이집에 다니고 있을 것이다. 그리고 옆 부서의 선배처럼 일과 집안일과 육아에 지쳐 어두운 얼굴을 하고 있겠지. 혹은 자식을 끔찍이 사랑하고 요리를 잘하는 남편을 둔 또 다른 선배처럼 항상 즐거운 표정을 짓고 있었을까.

하지만 데쓰야는 남자라서 결혼 후의 자기 모습을 상상할 때 집안일과 육아로 지친 모습을 떠올리지는 않을 것이다. 화목하고 즐거운 가정만을 그리고 있다면 그 차이는 메울 수 없다. 그 간극만큼의 절망감이 뒤따른다.

"이제 와서 생각해보면 그 시절의 나는 정말 사고방식이 낡았던 것 같아."

그렇게 말한 뒤 데쓰야는 술집에서 만난 네 청년의 이야기를 들려주었다.

"충격적이었어. 자신의 성씨를 버리고 아내의 성을 쓰는 것에 거부감을 느끼지 않는 남자들이 늘고 있다는 걸 알았을 때는 말이야."

"우리 회사에는 그런 유연한 사고를 하는 남자는 없는 것 같은데."

얼마 전에 본 뉴스 특집에서도 결혼할 때 남편의 성을 따르는 비율이 96퍼센트나 된다고 했다.

"요즘 젊은 남자들은 참 경쾌해. 나, 반성했어. 애초에 내게는 물려받아야 할 거창한 집이나 묘 같은 건 없거든."

"그게 무슨 뜻이야?" 하면서 니가타의 묘를 떠올렸다.

"예를 들면 전통 예술을 하는 집안이라든가, 대기업의 창업주 정도가 아니라면, 자식에게 물려줘야 할 사업도 묘도 없다는 뜻이야. 사실 물려받는다는 건 일반 서민과는 거리가 먼 얘기지."

"좀 극단적이긴 하지만, 오랜 역사라는 것에 대해 생각해보면, 그런 면도 있지."

"그런데도 나는 묘라든가 집이라든가 실제 생활과는 아무런 상관없는 일에 자유를 빼앗겨온 게 아닌가 하는 생각이 들더라고."

"맞아. 그런 면은 누구에게나 어느 정도는 있을 거야."

일본인의 거의 90퍼센트가 직장인이라는 통계를 본 적이 있다. 농림어업 같은 자영업은 계속 줄어들어서 일본인 대부분이 출생지와 진학지, 취업지, 그리고 노년을 보내는 지역이 다르다. 그렇게 되면 집안을 잇는다는 의미가 점점 더 모호해진다.

"그러니까 가능하면 우리, 다시 만날 수 있을까 해서."

그렇게 말하고 데쓰야는 다시 나를 똑바로 바라봤다.

"…… 응, 물론 생각해보긴 하겠지만, 하지만."

"하지만 뭐? 혹시 지금 사귀고 있는 남자라도 있어?"라며 걱정스럽게 쳐다봤다.

"아니, 남자친구는 없어. 하지만 헤어지고 나서 벌써 9년이나 지났고, 서로 변한 부분도 있을 것 같아서. 이제 와서 잘 될지도 모르겠고."

"그건 그렇겠지. 나도 마키바가 말한 대로라고 생각해. 그러니까 잘 될지 안 될지 알아보기 위해서라도 이렇게 가끔 만나주면 안 될까?"

"오케이. 결혼은 잘 안 되더라도 친구라면 잘 지낼 수 있을지도 모르지."

데쓰야의 표정이 진지할수록 점점 더 도망치고 싶어졌다. 그래서 가벼운 말투로 대답했다.

"그렇게 말해줘서 기뻐."

데쓰야는 커피를 한 모금 마시고 나서 계속 말을 이어갔다.

"그때 이후로 9년이나 지났고 마키바도 나이가 들었으니, 아이는 힘들지도 모르겠네."

엥?

갑자기 혐오감이 밀려왔다.

나도 완전히 똑같은 생각을 하고 있었으니까, 그것을 남자한테 들었다고 해서 혐오감을 느끼는 건 공정하지 않다. 하지만.

"그래도 나는 난임 치료에는 적극적으로 협조할 거야."

"난임 치료……."

나는 그렇게까지 아이를 갖고 싶다고 생각한 적이 없다.

"일본에 부부 별성제도가 없는 것이 커플의 결혼을 방해한다고 생각해. 그 법만 있었다면 분명 우린 9년 전에 결혼했을 거야. 그러면 지금쯤 아이가 세 명 정도는 있었을지도 몰라. 그렇게 생각하면 일본 정부를 원망하고 싶기도 해. 저출산 대책이라고 하면서 엉터리 정책만 내놓고. 어째서 정치가는 저렇게 멍청한 건지."

예전의 데쓰야와는 분위기가 완전히 다른 느낌이었다. 아마 오랜만에 만나서 긴장하고 들떠서 쓸데없는 이야기까지 늘어놓는 탓이겠지.

앞으로도 가끔 만나기로 조금 전에 간단하게 승낙해버렸지만, 이야기를 나눌수록 뭔가 다르다, 좀 다르다, 뭔가 답답하다……. 즉, 간단히 말해서, 내가 그다지 좋아하는 타입이 아니라는 것을 깨달아버렸다.

이참에 가장 중요한 일을 서슴없이 물어보기로 했다.

"있잖아. 데쓰야는 선술집에서 만난 젊은 남자들의 대화를 듣고 반성했다는 거지?"

"응, 맞아."

"그러니까 데쓰야는 자신의 성씨를 바꿔도 된다고 생각했다는 거지?"

"그렇다기보다, 그 젊은이들의 올곧음에 비해 나는 얼마나 비뚤어져 있는지 반성했다는 거지."

왜 분명하게 예스나 노로 대답하지 않을까.

"나는 이제 곧 마흔 살이 되고 슬슬 인생의 반환점이 되어가는데 젊은 남자들이 훨씬 관대해 보였거든."

"응, 그래서?"

"그러니까 그 시절에 우리가 성씨 같은 것 때문에 헤어진 건 주객이 전도된 거였다고 생각해. 정말 바보였어. 그렇지?"

"……그럴지도 모르지."

"게다가 우리 아버지가 심근경색으로 돌아가셨어."

"어머, 몰랐어. 아버지의 명복을 빌게."

"설령 내가 아내 쪽 성을 쓴다고 해도 강하게 반대할 사람이 없어진 거야."

"그럼 데쓰야는 자신의 성씨를 바꿔도 된다고 생각하는 거네?"

"나도 나이가 들면서 생각이 유연해진 거 같아."

그러니까 예스나 노로 대답하라고.

"마키바도 나와 같은 생각을 한 거지? 과거의 자신이 얼마나 작았는지 깨달았다고나 할까, 성씨 같은 작은 일에 고집을 부려서 큰 행복을 놓쳐버렸으니 어리석었다고 말이야."

이 남자는 도대체 무슨 말이 하고 싶은 걸까. 설마 내가 양보할 거라고 기대하고 만나러 온 걸까?

"있잖아, 데쓰야. 난 말이야, 지금도 스즈키라는 성이 되는 건 싫어."

"아, 그래?" 하고 데쓰야는 놀란듯이 눈을 크게 떴다.

"도대체 뭐야. 데쓰야는 예전과 하나도 달라지지 않았잖아. 지금도 성을 바꾸고 싶지 않은 거지? 나한테 스즈키 성을 따르라고 말하는 거야?"

"그게 아니야. 서로 그때보다는 어른이 됐으니 다시 한번 얘기하자는 거야."

"나는 대화할 여지가 없어. 주먹을 휘두르는 아버지가 생각나서 스즈키가 되는 건 있을 수 없어. 하고 싶은 말은 그것뿐이야. 나 이만 갈게."

그렇게 말하고 나서 계산서를 집어 들고 내가 주문한 아이스티의 가격을 확인했다. 지갑에서 5백 엔짜리 동전을 꺼내 "내가 먹은 건 딱 5백 엔이니까" 하고 테이블에 내려놓았다. 사소한 것이지만 1엔이라도 얻어먹거나 사주기 싫었다. 이런 금전 감각은 엄마의 영향을 받은 것이다.

"잠깐만 기다려봐, 마키바. 이봐, 정말 돌아갈 거야? 여전히 제멋대로구나. 알았어. 그럼 오늘 밤에 다시 문자 할게."

대답도 하지 않고 가게를 나왔다.

만나지 않았으면 좋았을걸.

데쓰야와 보낸 이십 대 시절의 즐거운 추억이 어쩐지 더럽혀진 기분이 들었다.

19.
마쓰오 사쓰키 61세

집에서 재봉틀을 돌리고 있는데 야스코에게 문자가 왔다.

「마녀가 팔렸다! 한 개 2천3백 엔임.」

「대박이네.」

「증산 계획 있음. 제작자 모집 중.」

「네, 신청합니다. 지금 집에 가도 돼?」

새로운 것에 도전한다고 생각하니 기분이 들떴다.

휴식 시간에 먹을 과자와, 선물로 주려고 업무 슈퍼[84]에서 산 폴란드산 통밀 비스킷을 가지고 꼭대기 층으로 향했다.

야스코의 작업실에 들어서자, 바닥에는 마녀용의 검은 옷감

---

84 업소용 분량의 식자재를 저렴하게 살 수 있는 일본의 마트

이 펼쳐져 있었고, 작업대 위에는 이미 70퍼센트 정도 완성된 두 번째 마녀가 놓여 있었다. 첫 번째보다 눈매가 미묘하게 부드럽다. 인형마다 표정이 다른 것이 과연 수작업으로 만든 느낌을 줘서 나름의 맛이 있었다.

"두 번째는 빨라졌어. 처음에는 시행착오를 겪느라 꼬박 사흘이나 걸렸지만, 이대로라면 만들 때마다 속도가 빨라질 것 같아" 하고 야스코는 자신만만했다.

나는 의욕이 넘치는 야스코의 표정을 좋아한다. 나도 덩달아 기분이 좋아진다. 작년 이맘때는 어두운 표정으로 테이블을 사이에 두고 마주 앉아, 슈퍼 계산대, 잘릴지도 몰라, 엔딩노트는 가끔 업데이트해야 한대, 귀찮다, 내가 죽고 난 뒤의 일 따위 아무러면 어때 등 인생에 대한 투정 어린 말들을 주고받고 있었다. 그런 풍경이 마치 먼 옛날 일처럼 느껴졌다.

"사쓰키한테 재단을 맡겨도 될까?"

"오케이!"

야스코가 그린 일러스트의 치수를 보면서 포장지로 형지[85]를 만들었다. 앞길에 뒷길[86]에 소매……. 그것들을 새틴 천 위에 늘어놓았다. 망토와 모자 모양의 형지는 펠트 천 위에 올려

---

85 재단을 하기 위해 크기에 맞게 본을 떠서 만든 종이
86 앞길과 뒷길은 옷 몸통의 앞부분과 뒷부분을 가리킨다.

놓았다. 어떻게 배치하면 원단의 낭비를 줄일 수 있을까. 원단 위에 형지를 이쪽저쪽으로 대보면서, 이것도 아니야, 저것도 아니야, 하고 고민하고 있을 때, 야스코의 스마트폰에서 멜로디가 흘러나왔다.

"어머, 시의원인 오카 씨한테서 전화가 왔어."

지난번에 여기 왔을 때 부부 별성에 대해 야스코에게 이야기했었다. 지구상에서 일본만 별성을 허용하지 않는 이유를 알고 싶었다. 성씨 문제로 결혼을 포기한 마키바가 불쌍해서 견딜 수 없었고, 그 원인을 만든 사람이 쓰레기 같은 남자와 결혼한 어리석은 나 자신이라고 생각하면 이 세상에서 사라져버리고 싶을 때도 있다. 더구나 마키바에게 영향을 받았는지 시호까지 성을 바꾸기 싫다고 말하기 시작했다.

"여보세요, 안녕하세요. 오늘은 어쩐 일이세요? 어, 정말요?"

야스코는 내 쪽을 돌아보며 엄지와 검지로 동그라미를 만들었다. 무슨 일인지 모르겠지만 좋은 일이 있는 것 같다.

"네, 물론 가야죠. 기쁘네요. 번거로우시겠지만 잘 부탁드립니다. 정말 감사합니다."

그렇게 말하고 야스코는 전화를 끊었다.

"전 중의원[87]인 오쿠라 덴지로가 설명회를 열어준대."

---

87 일본의 국회는 양원제로 중의원과 참의원이 있다.

"설명회? 도대체 무슨 설명회?"

"아유, 선택적 부부 별성에 반대하는 이유에 대해서 말이야."

"진짜? 놀라운걸. 비난을 받을지도 모르는데 설명회라니. 자기는 도망치지도 숨지도 않겠다는 거구나. 당당하네."

"자신 있는 게 아닐까? 반대하는 확고한 이유가 있다는 거겠지."

"그렇겠지. 그런데 어떤 이유일까. 나는 상상이 안 가."

"나도 사스키한테 이야기를 듣고 성씨에 대해 생각해봤어. 결혼하고 성이 바뀌니까 사실은 굉장히 불편했고 심리적으로도 악영향이 있었다는 걸 처음으로 깨달았지 뭐야. 아, 이제 차 좀 마시자."

야스코는 부엌에 들어가 물을 끓이면서 말을 이었다.

"초등학교에 입학했을 때 친구들끼리 '씨'를 붙여서 불러야 한다고 배웠잖아? 그래서 나도 사이가 좋은 친구는 성에다 '씨'를 붙여서 '다나카 씨'라든가 '야마다 씨'라고 불렀거든. 그 습관이 어른이 될 때까지 계속 이어졌는데 결혼하고 성씨가 바뀌었다고 갑자기 남편의 성씨로 부르는 것도 너무 어색하고, 더군다나 이제 와서 '카즈미 씨'라든가 '리쓰코 씨'라고 이름으로 부르려니까 갑자기 부끄럽더라고. 청춘 드라마처럼 성씨를 빼고 이름만 부르는 습관은 내게는 없었으니까. 그래서 아직도 뭐라고 불러야 할지 모르겠어. 벌써 50년이 넘은 친구인데 말이야."

"맞아, 맞아. 나 같은 경우는 두 번이나 결혼했고, 이름에 '씨'를 붙여서 부르는 것도 불리는 것도 데면데면해서 말이지. 왠지 품위 있는 사모님 같아서 부끄럽잖아."

"맞아. 우리처럼 처음 만났을 때부터 의식해서 이름으로 부르기로 했다면 얘기가 다르지만."

"어느 날 야스코가 갑자기 말했잖아. 서로 이름으로 부르자고. 그때까지는 나를 '시호 엄마'라든가 '마쓰오 씨'라고 불렀잖아."

"그랬었지. 마침 그때 친구 중에 이혼하고 결혼 전 성으로 돌아온 지 얼마 안 된 애가 있었어. 겨우 남편 성씨로 부르는 것에 대한 거부감이 줄어들고 있었는데, 다시 원래 성씨로 불러야 한다고 생각하니 그런 것에 휘둘리는 처지가 너무 비참하게 느껴지더라고. 사람의 이름은 생각보다 훨씬 소중하다고 생각하거든. 오랫동안 친분도 있고 말이지. 초등학생 때부터 친한 친구였는데 어떻게 불러야 할지 모른다니 너무 슬프잖아."

"야스코가 그런 생각을 하는지 몰랐어. '야스다 야스코'라는 이름이 만담꾼 같고 재밌어서 마음에 들어 한다고 생각했거든."

"그거 진심으로 하는 말이야? 그런 이름을 마음에 들어 하는 여자가 세상에 어딨어?"

"뭐?"

"농담으로 웃어넘길 수밖에 없어서 그렇게 말한 거야."

"그건 몰랐네…… 미안해."

"괜찮아, 사쓰키의 그런 점이 나는 좋으니까."

그런 점이라니 대체 어떤 점이지?

설마, 둔감한 점은 아니겠지?

이봐, 야스코 씨. 아무리 좋다는 말이라고 해도 마음은 복잡하다고.

20.
나카바야시 사토루 37세

엄마와 함께 도쿄에 있는 불단 가게에 갔다.

아빠의 본가에 있는 불단은 다다미 한 장[88] 정도의 크기였다. 엄마는 그 불단을 싫어해서 요즘 유행하는 아담한 불단으로 바꾸고 싶다고 말했다. 예상대로 그 말을 들은 아빠는 표정이 좋지 않았다. 하지만 엄마는 집요했다.

—불단의 뒷면을 상상하는 것만으로도 소름이 끼쳐. 분명히 벌레 먹은 흔적이 엄청 많을 거야. 쥐가 갉아 먹은 흔적도 있을 거고. 그 집은 굉장히 습했거든. 아, 정말 비위생적이라니까.

옆에서 듣고 있던 나도 소름이 끼쳤다. 그래서 엄마의 말을

---

88 약 1.62제곱미터

거들었다.

—아빠, 그런 병원균 덩어리 같은 건 집에 들여놓지 않는 게 좋겠어.

엄마는 지금 살고 있는 이 집에 애착이 있다. 30년 대출로 산 작은 단독주택이지만 손바닥만 한 마당에 잔디를 심고 정원용 흰색 테이블 세트를 놓았다. 가구부터 숟가락 하나에 이르기까지 마음에 드는 것으로 잔뜩 채웠다. 그런 엄마라면 낡고 거대한 불단을 집으로 들여오는 걸 참을 수 없었을 것이다.

—그렇다고 해도 그건 조상 대대로 내려오는 소중한 건데.

아빠는 그렇게 말하면서 꺾이지 않았다.

—새 걸로 바꾸면 조상님도 분명 좋아하실 거야. 누구나 위생적인 게 기분 좋은 법이니까.

지금까지와는 다른 엄마의 기세에 눌린 것인지 아니면 작은 일에 참견하는 것은 규슈 남자의 이름에 먹칠을 한다고 생각한 것인지 아빠는 웬일로 "그럼 당신한테 맡길게"라고 했다.

그 기세를 몰아 엄마는 거침없이 몰아붙이며 묘는 납골당으로 할 수밖에 없다고 아빠를 설득하려 했다. 주지 스님이 이장 비용을 부풀려서 청구한 것, 그리고 도쿄의 묘지는 생각보다 비싸서 이미 납골당밖에 선택지가 없다고 예금 통장을 보여주고 눈물을 흘리며 호소했다.

아빠는 팔짱을 끼고 입을 다물었지만, 가계를 책임지고 있는 성실한 주부가 통장을 들이대니 역시나 아무 말도 할 수 없는 듯했다. 하지만 아빠는 끝까지 '응'이라고는 하지 않았다.

그런 사연이 있어서 오늘은 엄마와 단둘이 불단 가게 탐방을 하게 되었다. 아빠가 모임이 있어서 집을 비우는 날을 노렸다. 엄마는 아빠가 함께하면 뭐든지 복잡해진다고 말했지만, 요컨대 뭐든 좋으니 어쨌든 가장 싼 불단을 사고 싶어 한다는 것을 첫 번째 불단 가게에서 엄마의 태도를 보고 알 수 있었다. 아빠가 함께였다면 분명 고급스러운 것에만 눈이 갔을 테니, 아빠의 눈길이 닿지 않는 곳에서 서둘러 결정하고 싶었을 것이다.

아마 엄마는 일단 구매하고 나서 보고할 생각인 듯하다.

─이 불단은 가게에서 두 번째로 비싼 불단이었어.

이렇게 아무렇게나 나오는 대로 말하면서 말이다.

"저기, 사토루. 난 이제 다리가 아파. 카페에서 차 한 잔 마시고 돌아가자."

엄마가 그렇게 말해서 역 앞에 있는 복합 빌딩에 들어가 엘리베이터를 기다리고 있을 때였다.

"어머? 나카바야시 씨 아닌가요?"

돌아보니 시호의 어머니가 서 계셨다.

"어머나, 마쓰오 씨. 우리 아들이 항상 신세를 지고 있습니다."

엄마는 예절 교실의 강사인가 싶을 정도로 우아하게 인사를 했다.

"저희는 지금 막 카페에 가는 길인데 괜찮으시면 같이 가실래요?"라고 나는 눈 딱 감고 권했다.

시호의 어머니는 늘 나를 얕잡아봐서 불편하다. 그래서 사실은 인사만 하고 확 갈라져 서로 갈 길로 가고 싶었지만 어떻게든 시호의 근황을 알고 싶었다.

그도 그럴 것이 가고시마에 다녀오고 나서 시호는 바쁘다든가 피곤하다며 도통 만나주지 않았기 때문이다. 그래도 끈질기게 문자를 보내자 읽씹 상태로 며칠이 지났다.

"마침 잘됐네요. 목이 말랐거든요."

시호의 어머니는 반가운듯이 방긋 웃었다. 아마 정말로 목이 말랐던 모양이다. 환심을 사려고 억지로 웃는 사람이 아니다. 그런 만큼 솔직해서 알기 쉽다는 장점도 있다. 그래도 역시 좋아할 수는 없지만.

카페에 들어가 두 어머니에게 벽 쪽의 소파 자리를 권하고 나는 맞은편 의자에 앉았다.

"아드님과 둘이 쇼핑을 하다니 사이가 좋으시네요."

그렇게 말하고 시호의 어머니는 옆자리에 앉은 엄마의 얼굴에 자기 얼굴을 가까이 대고 쳐다봤다. 그 눈빛이 뭔가 말하려고 하는 것 같아 신경 쓰였다.

이 아들은 나이를 먹고도 엄마에게 옷을 골라달라고 한다는 등 이상한 오해를 하면 곤란하다. 그것이 시호의 귀에 들어갈지도 모른다. 여러 가지 생각이 머리에 떠올라 나는 다급하게 말했다.

"오늘은 어머니와 불단을 보러 왔어요, 불단을."

불단 부분을 강조했다. 옷이 아니라 불단이라고.

"불단이요?"

시호의 어머니가 되묻자 "그렇답니다" 하고 엄마가 말을 이었다.

"남편 본가의 묘를 도쿄로 이장하자는 이야기가 나와서요. 그 김에 불단도 새로 장만하면 어떨까 해서요."

"그렇군요. 이장하는 건가요?"

"맞아요. 가고시마는 멀어서요. 그래서 도쿄에"라고 엄마가 이미 한 말인데 나는 반복해서 말했다. 이로써 나는 이제 가고시마에 있는 묘를 물려받지 않아도 된다는 사실이 시호의 귀에 들어가길 바랐다.

"그러고 보니 댁의 따님은 스몰웨딩을 원한다고 했다지요?" 하며 엄마가 쓸데없는 말을 꺼냈다.

"잠깐만요, 엄마."

굳이 여기서 다시 문제 삼을 필요는 없을 텐데, 부아가 치밀었다. 아무래도 엄마는 아직 수긍하지 못한 모양이다.

"스몰웨딩? 아, 그러고 보니 그렇게 말한 것 같기도 하네요."

시호의 어머니는 별 관심이 없다는듯 말을 이었다.

"뭐, 어느 쪽이든 둘이 하고 싶은 대로 하면 되지 않을까요? 부모가 참견할 일도 아니고요. 애초에 둘 다 서른이 넘었는데."

엄마는 그 말이 마음에 들지 않았는지 아무런 대꾸도 하지 않고 홍차를 꿀꺽 마셨다. 한편으로 나는 안도하고 있었다. 지금, 시호의 어머니는 우리 둘이 결혼하는 것을 전제로 이야기했다. 그렇다는 것은 우리 둘 사이가 좋지 않다든가, 이제 헤어지고 싶다든가 등에 대해 시호가 부모님께 보고하지 않았다는 의미다. 그 사실을 알게 된 것만으로도 같이 차를 마시자고 권유한 보람이 있었다.

아직 희망이 있다. 2년이나 사귀고 결혼도 정해졌는데 이대로 헤어지는 것만은 절대로 피하고 싶었다.

"그래도 결혼이라는 인생의 전환점은 소중히 하는 게 좋다고 생각해요."

엄마는 그래도 포기할 수 없는 모양이었다. 나는 엄마의 입을 막으려고 목소리를 높였다.

"엄마, 시호는 버진로드를 걷는 게 싫다고 했어. 아버지로부터 남편에게 넘겨주다니 마치 여성을 물건 취급하는 것 같다고."

"어머, 그 애가 어느새 그런 우먼 리브[89] 같은 말을 하게 된 건지. 그렇지만 여자는 누구나 버진로드라는 말 자체가 소름 끼치긴 하지요. 그렇죠, 부인?"

시호의 어머니가 우리 엄마에게 동의를 구했다. 하지만 우리 엄마는 전혀 듣지 못한 것처럼 고개를 끄덕이지도 않았다. 그런 엄마의 태도를 눈치채지 못했는지 시호의 어머니는 "그보다 불단, 어땠어요? 괜찮은 걸 찾으셨어요?" 하고 물었다.

"꽤 즐거웠어요."

엄마는 불단 이야기가 나오자 갑자기 표정이 밝아졌다.

"불단 가게에 간 건 처음이었는데 요즘은 아담한 불단이 잘 팔린다고 하더라고요."

실제로 마음에 드는 것이 3개 정도 있었는데 팸플릿을 가지고 돌아가 검토하기로 했다.

"그보다, 절에서 여러 가지 일이 있어서 힘들었답니다"라며 엄마는 무슨 생각인지 가고시마의 본당 재건축의 기부금에 관

---

89 Women's Liberation, 1960년대에 미국을 비롯한 자본주의 선진국에서 일어난 여성 해방 운동

한 일과 이장 비용이 비싸다는 이야기를 하기 시작했다.

분명 엄마는 누구라도 좋으니 이야기를 들어줄 사람이 필요했을 것이다. 아빠에게 이야기하면 무슨 말을 들을지 모르니 솔직한 이야기를 나눌 수 없다.

"엄마, 뭐 그렇게까지 자세한 이야기를."

"어? 어머, 나 좀 봐, 창피해라. 돈 얘기만 하고."

"그렇지 않아요. 묘에 관한 일이라면 저희도 남의 일 같지 않다니까요" 하고 시호의 어머니가 말했다.

"마쓰오 집안의 묘는 어디에 있나요?"

엄마가 물었다.

"니가타예요. 지금은 그래도 괜찮지만 좀 더 나이가 들면 성묘하러 못 갈 것 같아요."

"알아요. 먼 곳에 있으면 정말 힘들죠."

"그래서 아까 얘기로 돌아가서, 가고시마의 주지 스님이 청구한 이장에 드는 비용이 얼마였나요?"

무례한 질문인데도 엄마는 의외로 반가운 표정을 지었다.

"그게 말이죠, 바가지를 씌운다고 생각할 수밖에 없는 금액이에요. 예를 들면……."

엄마는 이장에 드는 비용을 숨김없이 다 이야기했다. 항목별 요금을 모두 정확하게 기억하는 것에 놀랐다. 그만큼 엄마에게는 충격적인 금액이었을 것이다.

다 듣고 난 시호의 어머니는 "그건 너무하네"라며 두 손으로 입을 가렸다.

"그렇죠? 역시 심하다고 생각하죠? 내 감각이 절대 틀린 게 아니죠?" 하고 엄마는 다시 한번 공감을 유도했다. 묘 얘기가 나오면 아빠는 엄마를 인색하고 몰상식하고 저속한 여자로 취급했다. 그래서인지 엄마는 도대체 무엇이 옳은지 알 수 없게 되고 자신감을 잃어가고 있었는지도 모른다.

"틀리지 않았어요. 그런 금액은 말이 안 되잖아요. 이장하는 데만 그렇게나 들다니 비상식적이에요."

시호 어머니 입에서 비상식적이라는 말이 튀어나올 줄은 몰랐다. 평소 당신의 언행도 꽤 그렇습니다만, 이라고 마음속으로 말했다.

"하지만 우리 남편은 그 정도 금액이 들어도 어쩔 수 없다고 해요."

"어쩔 수 없다고 넘어갈 수 있는 금액이 아니에요."

"그렇죠? 그렇게 생각하죠? 기쁘네요. 이해해주는 사람이 있어서요."

"아니, 갑자기 예금이 줄어들고. 저라면 노후의 생활이 걱정될 것 같거든요."

"맞아요, 바로 그거예요."

육십 대 여자 두 명은 서로 마음이 통했는지 친근하게 서로를 쳐다봤다.

그때 시호의 어머니가 내 쪽으로 고개를 돌렸다. 마치 나의 존재를 처음으로 알아차린 것처럼 말이다.

"사토루, 아줌마들끼리 투덜대는 말이 듣기 싫으면 먼저 가도 된단다."

세상에, 시호의 어머니가 나를 보고 그렇게 말했다. 훼방꾼 취급이었다.

나는 황당했지만, 엄마는 전혀 개의치 않는 눈치였고 "혼 빼기라든가, 혼 넣기라든가, 남편 앞에서는 말할 수 없지만, 정말 진절머리가 난다니까요" 하고 말했다.

"그런 건 미신이에요. 혼을 빼거나 넣을 수 있다면 그 영혼이란 것을 보여달라고 다음에 주지 스님한테 말해보세요"라고 시호의 어머니는 말했다.

나왔다. 평소의 비상식적인 발언이.

순식간에 어머니의 표정이 친밀감에서 경멸로 바뀔 줄……
알았는데 엄마는 갑자기 배꼽을 잡고 웃기 시작했다.

"재미있는 분이네. 시호 씨의 어머니, 진짜 재밌어, 으하하."

한바탕 웃고 나서 엄마는 진지한 표정을 지었다. 오늘 엄마의 얼굴에서 오만가지 표정을 목격한다. 여러 가지 어려운 문제가 겹쳐서 정서적으로 불안정해진 건가.

"하지만 사실, 도대체 어떻게 하면 좋을지 모르겠어요. 우리 집이요, 돈이 없는 건 아니에요. 그래도 그런 일에 돈이 나가는 건 참을 수가 없어요. 어떻게 해도 비용이 많이 들 것 같고 묘를 그대로 둬도 지옥, 이장도 지옥이라고 웃지 못할 이야기라면서 사토루와 얘기했어요."

엄마가 아까와는 다르게 침울한 목소리로 말하면서 식은 홍차를 한 모금 마셨다.

"그런 건 간단해요."

시호의 어머니가 말했다.

"간단? 무슨 좋은 생각이 있나요?"

엄마는 홍차 잔을 내려놓고 시호 어머니의 옆모습을 기대에 찬 눈빛으로 바라봤다.

"좋은 아이디어라면 저도 있어요" 하고 나도 끼어들었다. 시호의 어머니가 생각하고 있는 정도의 일이라면 나도 생각하고 있다는 걸 보여주고 싶었다. 더 이상 얕보이고 싶지 않아서 먼저 말해야겠다는 조바심이 났다.

"사토루의 아이디어는 뭐야?"라고 엄마가 물었다.

"예를 들면 묘비의 해체업체나 석재업체는 인터넷으로 좀 더 싼 곳을 찾으면 될 것 같아. 주변의 묘를 훼손하지 않도록 특별히 주의해달라고 부탁하면 돼. 굳이 주지 스님이 지정한 업체가 아니어도 괜찮으니까."

"그렇게 하면 주지 스님이 좋게 보지 않을 거야."

"엄마, 이제 주지 스님의 눈치 좀 보지 말자."

"그래도 아빠가 뭐라고 할지."

"그러니까 아빠한테 일일이 보고하지 않으면 된다니까."

모자의 대화가 이어지는 동안 시호의 어머니는 입을 열지 않고 천천히 카페오레를 마시고 있는 것이 신경 쓰였다. 무슨 생각을 하고 있을까.

"어머, 죄송해요. 이런 집안 이야기를 해서"라고 시호 어머니의 묘한 침묵을 눈치챘는지 엄마는 빠르게 말을 이었다.

"사토루, 이제 이 이야기는 그만하자. 창피해. 말을 꺼낸 건 나지만."

"부끄러운 일이 아니에요. 시호와도 관련된 일이고요."

시호 어머니의 이 말에서 나는 다시 확신했다. 시호와 내가 결혼하는 것은 이미 결정된 일이라고 생각하는 것 같다. 역시, 아직 희망이 있다.

"조금 전의 이야기 말인데요."

시호의 어머니가 말을 꺼냈다.

"본당의 재건축을 계기로 단가가 점점 줄어들고 있다는 거죠? 원래 단가의 수가 적은 시골의 절이라면 어차피 다음에 살 사람도 나타나지 않겠죠? 그렇다면 묘는 그냥 놔둬도 되는 거 아닌가요? 그러면 묘비의 해체나 공터로 만드는 비용을 절약할 수 있잖아요."

역시 시호의 어머니는 품위가 없다. 비용만 절약하면 되는 것이 아니다. 그냥 내버려두면 절에 폐를 끼치게 된다. 시호의 어머니처럼 약은 사람은 애당초 신뢰라든가 신용이라든가 하는 눈에 보이지 않는 인간관계의 가치를 어떻게 생각하는 걸까.

"그러니까, 도쿄에 새로 묘를 만들고 남편분의 대부터 유골을 안치하면 돼요."

시호의 어머니가 결론을 말했다.

"그러면 남편은 납득하지 않을 거예요. 묘비는 그렇다 치더라도 조상님의 유골을 그대로 두는 것은 도저히 용납하지 않겠죠."

"그럼, 밤중에 몰래 가서 유골을 꺼내면 되지 않겠어요?"

"네?"

"네?"

엄마와 내 목소리가 일치했다.

시호 어머니의 표정을 보니 농담으로 한 말이 아닌 것 같았다. 생각보다 훨씬 더 이상한 성격인 것 같다.

"그런 무모한 짓은 할 수 없어요. 법적으로도 불가능해요. 왜
냐하면"이라고 하면서 엄마는 가방 안에서 수첩을 꺼내 메모
를 보며 계속 말했다. "먼저, 가고시마 시청에 가서 '이장허가
신청서'라는 것을 제출해야 해요. 그 절차를 밟아야만 시에서
'매장90·매장·수장91 증명서'를 받을 수 있어요. 그러니까 도쿄
의 묘지로 이장하기 위해서는 그 증명서가 필요해요. 마음대로
파헤칠 수는 없어요."

"네, 그러니까요. 그 증명서를 받은 다음에 유골을 파내면 되
죠."

"아…… 그렇군요. 그 말을 듣고 보니 그러네요. 왜 그렇게
간단한 것을 생각하지 못했을까요?"라고 엄마가 말해서 나는
정말 깜짝 놀랐다.

"엄마, 무슨 바보 같은 소리예요?"

"왜냐면, 사토루……" 하고 엄마가 말하는 순간, "사토루는
아직 젊으니까 모를 거야"라며 시호의 어머니가 끼어들었다.

"모른다니 뭘요?"

"노후의 생활 말이야. 내 코가 석 자라는 절박한 심정이야.

---

90 埋葬, 화장한 유골을 묘에 안치하는 것
91 埋藏·收藏, 매장과 수장은 비슷한 개념으로 화장한 유골을 납골당에 안치하는 것

연금은 매년 깎이고 의료비 부담은 늘어나는 데다, 사토루의
아버지는 이미 정년퇴직하셔서 지금은 일을 안 하시고, 어머니
도 집에 계시잖아. 그러면 돈은 들어올 데가 없이 나가기만 하
니 마음이 불안한 거야. 그럴 땐 세상의 상식 따위가 신경 쓰이
지 않는단다."

왜 내가 이런 일로 시호의 어머니에게 꾸중을 들어야 하는가.

시호와 결혼한 뒤에 이런 어이없는 여자가 내 장모님이 된
다고 생각하니 상상만 해도 끔찍했다. 시호와 결혼하고 싶은
마음은 지금도 변함없지만, 그래도 어떻게든 이 어머니와의 관
계는 최소한으로 하고 싶다.

일하고 있는데 불현듯 떠올라서 컴퓨터에 '마쓰오 사토루'
라고 타이핑을 쳐본 적이 있다. 무척 어색하게 느껴져서 바로
삭제했다. 절대로 싫다는 거부감은 어쩔 수 없다.

게다가 이런 이상한 어머니와 같은 성씨가 되고, 마쓰오 집
안의 일원이 된다니 소름이 끼친다.

21.
마쓰오 사쓰키 61세

야스코와 둘이 구민회관으로 향했다.

오늘은 오쿠라 덴지로가 설명회를 여는 날이다. 강당은 생각보다 넓었다. 무대도 있고 객석은 계단식으로 되어있어 200석이상은 될 것 같았다.

일찍 도착한 줄 알았는데 이미 절반 이상의 자리가 차있었고, 그중에 90퍼센트 가까이가 여성이었다. 연령대는 다양하지만, 절반 이상이 젊은 여성이었다.

"덴지로의 표정 변화를 좀 더 가까이서 확인하고 싶어."

"그럼 맨 앞줄에 앉자"라고 야스코가 말해서 둘이 통로를 지나 점점 앞으로 나아갔다.

무대에는 화이트보드가 설치되어 있고, 그 옆에서 시의회의 오카 지나쓰가 큰 마이크를 들고 "아, 아, 들리세요?"라며 마이크 테스트를 하고 있었다. 그리고 그 옆의 파이프 의자에는 낯익은 여성이 앉아있었다.

"야스코. 저 여자, 누구더라?"

"아침 정보 프로그램에 자주 나오잖아. 도모토 마리 변호사야."

"우와, 꽤 진지하네. 변호사까지 부르다니 말이야."

조촐한 모임인 줄 알았는데 그 규모에 깜짝 놀랐다. 시의회의 오카 지나쓰가 얼마나 공을 들였는지 알 수 있었다. 우리가 이야기하기 전부터 선택적 부부 별성에 대해 무언가 소신이 있었던 것일까.

그때 뒤쪽 좌석에서 여자들이 이야기하는 소리가 들렸다.

"물러설 줄 모르는 사람은 볼썽사나워."

"정말 꼰대라니까."

"그래도 아들에게 물려주지 않았으니 그나마 나을지도."

"그건 그렇지. 하지만 뻔뻔스럽게 여기 나올 생각을 하다니. 비난받을 거라는 걸 모르는 걸까?"

"은퇴하고 나서 시간이 남아돌겠지. 분명."

덴지로는 몇 년 전에 국회의원을 은퇴했지만 지금도 여당의 실세로 통한다.

그때 오카 지나쓰가 마이크를 들고 중앙에 서는 것이 보였다.

"시간이 되었으니 시작하겠습니다. 저는 오늘 사회를 맡은 시의원 오카 지나쓰입니다. 오늘 이렇게 많이 와주셔서 진심으로 감사드립니다. 오늘의 의제는 선택적 부부 별성제도에 관한 것입니다."

오카 지나쓰는 도모토 마리 변호사를 소개한 뒤 말을 이어갔다.

"마지막에 질문 코너가 있으니 편하게 많은 질문 부탁드립니다. 그럼 전 중의원 오쿠라 덴지로 씨를 모시겠습니다. 박수로 환영해주세요."

무대 끝에서 덴지로가 양손을 들고 손을 흔들며 등장했다. 그는 매우 환하게 웃고 있었다.

"여러분, 안녕하세요."

객석에서 일제히 "안녕하세요"라고 활기찬 목소리가 돌아오자 덴지로는 표정이 한층 밝아진듯 보였다.

"먼저 말씀드리자면, 저는 선택적 부부 별성에는 아주, 아주, 아주 반대합니다. 이건 여러분이 뭐라고 하든 간에 절대로 양보할 수 없는 문제예요."

덴지로는 히로시마 사투리의 걸걸한 목소리로 갑자기 본론에 들어갔다. 그 순간 강당 전체에서 "으응?", "왜요?"라는 소리가 일제히 터져 나왔다.

그때 벌써 "질문입니다!" 하고 뒤쪽에서 또랑또랑한 목소리가 들려왔다. 뒤돌아보니 마흔 살 전후로 보이는 여성이 손을 번쩍 들고 있었다.

오카 지나쓰는 당황한 표정으로 "잠시만 기다려주세요"라고 말하면서 덴지로에게 다가가 무언가 귓속말을 했다. 이제 막 시작했는데 질문을 받아도 되는지 확인하는 것 같다. 덴지로가 태연하게 고개를 끄덕이는 것이 보였다.

"질문, 받겠습니다"라고 오카 지나쓰가 말하자 아르바이트생으로 보이는 남자아이가 마이크를 가지고 달려왔다. 고등학교 교복을 입고 있었고 동작이 민첩했다. 가까이 다가올수록 지나쓰와 붕어빵이라는 것을 알 수 있었다. 아무래도 아들을 동원한 모양이다.

"여기 있어요" 하고 마이크를 건네는 목소리가 들렸고, 아르바이트 남학생은 방해가 되지 않도록 바로 옆 계단식 통로에 앉아 두 손으로 무릎을 끌어안고 몸을 움츠렸다.

"질문하겠습니다. 이 나라에서는 남녀 어느 한쪽이 성씨를 빼앗기지 않으면 결혼할 수 없는 제도로 되어있습니다. 그런 제도는 이제 지구상에서 일본뿐입니다. 다시 말해서 아내와 남편이 서로 대등한 상태로는 결혼할 수 없다는 것입니다. 세계 표준에서 수십 년이나 뒤처져 있고 그것을 부끄러워하는 일본인 남성도 요즘은 많아진 것 같습니다만, 선생님은 이에 대해 어떻게 생각하십니까?"

"자, 자, 그렇게 흥분하지 마세요" 하고 달래는 덴지로의 얼굴은 금방이라도 웃음을 터뜨릴 것 같은 표정이었다. 지금 질문이 너무 우스워서 견딜 수 없는 모양이었다.

덴지로의 속내를 쉽게 알 수 있었다. 즐거워 죽겠다는듯 여유로운 표정이었다. 머리 나쁜 여자가 감정적으로 아우성치고 있다, 귀엽구면, 별거 아니네, 아무래도 내가 나설 차례가 된 것 같군, 일등 시민인 내가 이등 시민인 여자들을 따끔하게 타일러야 한다…… 분명 그렇게 생각하고 있을 것이다.

이와 비슷한 광경은 과거에도 여러 번 본 적이 있다. 그렇다고 해도 벌써 30년도 더 된 이야기이다. 지금은 덴지로 같은 남자는 소수파가 된 거 아니었나. 이 강당 안에서 덴지로만이 시대에 뒤처진 것처럼 보였다.

덴지로는 인간미 넘치는 사람이라고 알려져 있다. 히로시마 사투리 특유의 억양으로 트로트나 나니와부시[92]를 떠올리게

---

92 일본 전통 현악기인 샤미센의 반주에 맞춰 이야기와 가창을 하는 것으로 우리나라의 판소리와 유사하다.

하는 끈적끈적한 말투를 쓴다. 도쿄대를 나왔지만, 지식인답지 않게 시골뜨기 같은 느낌이 들고 시원시원하거나 예리하지도 않다. 그런 서민 같은 면이 통하던 시절이 있었을 것이다.

"있잖아요, 저는 말이죠. 성씨를 바꾸고 싶지 않은 여자가 있다는 걸 얼마 전까지 몰랐어요. 사실 나뿐만 아니라 원로 정치인들은 모두 놀랐답니다. 왜냐면 우리 집사람들은 모두 요조숙녀라서요."

그렇게 말하고는 즐거운듯이 후후 웃으며 자랑스러운 표정으로 강당을 둘러보았다.

아, 너무 고루해.

봉건시대의 가장이야?

사고방식이 너무 낡아서 전혀 말이 안 돼.

마치 쇼와시대[93]로 타임슬립 한 것 같다.

그가 '요조숙녀'라고 하자마자 강당이 술렁였지만, 야스코는 아무 말도 하지 않고 발밑의 어두운 부분을 가만히 바라보고 있었다.

"저기, 사쓰키."

야스코가 고개를 들고 내 쪽을 봤다.

"덴지로 본인은 모르는 것 같아. 덴지로 같은 할아버지가 죽

---

93 일본의 연호로 1926년~1989년까지를 말한다.

기를 이제나저제나 우리가 기다리고 있다는걸."

가만 보니 야스코의 눈빛이 마치 암살자처럼 날카로웠다.

"요조숙녀라니 뭔 소리야? 생각보다 훨씬 세상 물정을 모르는군. 이런 할아버지와 논쟁할 가치가 있다고 생각해? 시간 낭비야."

야스코는 인생에서 손가락에 꼽히는 절망과 포기의 늪에 빠진 것 같았다. 강연은 이제 막 시작됐는데.

"나도 야스코와 같은 마음이야. 다른 사람에게 미움을 받는 애가 어른이 되면 오히려 세상에서 세력을 떨친다더니, 바로 덴지로를 두고 하는 말이네"라며 나는 말을 이어갔다.

"하지만 저런 할아버지들은 안타깝게도 오래 살 거야. 왜냐면 즐겁다는듯 잘 웃고 혈색도 좋아. 저놈이 죽기를 기다리다간 일본의 혼인율 감소와 저출산도 해결하지 못해. 우리 딸들이 불쌍해."

"하지만…… 여기서 질 수는 없지."

야스코는 낮은 목소리로 말했다.

"그건 그렇지만, 어떻게 하면 좋을지 모르겠어."

"포기하면 지는 거야. 사쓰키의 딸들을 위해서라도 어떻게든 해야지."

"그래. 이대로라면 일본은 망할 거야."

국회의원도 아닌 우리가 초조하게 생각해봤자 무슨 일을 할 수 있을까. 국회의원의 절반이 여성이라면 이런 법안은 진작에 통과됐을 것이다.

그때, "질문해도 괜찮을까요?"라고 뒤쪽에서 여성의 목소리가 들렸다. 뒤돌아보니 일흔 살 정도의 세련된 여성이 손을 들고 있었다. 남자 아르바이트생이 마이크를 들고 달려갔다.

"저는 오랫동안 영국에서 살았습니다. 그 나라에서는 성씨를 자유롭게 선택할 수 있어요. 오히려 새로 만들 수도 있어요. 게다가 열여덟 살이 되면 자신의 성도 이름도 바꿀 수 있어요. 그런 자유로운 제도의 나라에서도 생활하는 데 아무런 지장이 없는 것 같았어요. 덴지로 선생님은 그런 외국의 사정은 알고 계십니까?"

"네, 네, 네. 그런데 있잖아요, 여기는 일본이에요. 그죠? 그러니 지금 여기서 영국 얘기를 해도 소용없다고요."

설교하는 듯한 덴지로의 목소리는 정말이지 나긋나긋했다. 나까지 굴욕감으로 가득 찼다.

"너무 스트레스 쌓여."

나는 작은 소리로 야스코에게 말했다.

"사쓰키, 폭발하지 않도록 조심해."

"생각 좀 해봐요. 아이가 불쌍하지 않아요?" 하고 덴지로가 말하더니 갑자기 아이가 우는 목소리를 흉내냈다.

"학교에서 괴롭힘을 당했어. 넌 엄마랑 성이 다르다며 때렸어."

더 이상 못 참겠다.

다음 순간, 나는 벌떡 일어나서 크게 외치고 있었다.

"괴롭히지 못하게 지도하는 게 학교의 교육이잖아!"

"잠깐, 사쓰키! 진정해."

야스코가 내 소매를 있는 힘껏 아래로 잡아당기는 바람에 나는 비틀거리며 의자에 털썩 엉덩방아를 찧었다.

"있잖아요, 가족의 성씨가 제각각이면 마음도 제각각인 거예요" 하고 덴지로는 맨 앞줄에 앉아있는 나를 보고 말했다.

덴지로가 시종일관 히죽거리고 있는 것이 너무 화가 났다.

이쪽은 딸들의 인생이 걸렸다고.

다들 진지하게 참여하고 있는데, 장난치지 말라고!

내 소매를 잡고 놓지 않는 야스코의 손을 떼어내기 위해 팔을 크게 흔들었다. 그리고 다시 일어나서 소리쳤다.

"아이와 부모의 성이 다르면 뭐가 어떤데? 참 나, 그런 일로 불행해진 예가 있어? 있다면 여기서 말해봐!"

"제발 좀, 사쓰키" 하고 야스코가 또다시 소매를 잡아당겼다.

그때였다. "국회의원이 바보들뿐이라서 저출산이 된 거야!"

라고 좀 전에 영국에서 돌아온 부인이 외쳤다. 얌전한 여자인 줄 알았는데 깜짝 놀랐다.

"옳소, 옳소!"라는 목소리가 여기저기서 터져 나왔다.

"이혼이나 재혼으로 부모와 성이 다른 아이들이 얼마나 많은데!"

"고작 성씨가 다른 정도로 가족 간의 신뢰가 깨진다니 그런 바보 같은 말이 어딨어!"

"성이 같아도 사이가 안 좋은 가족은 얼마든지 있어!"

"너 같은 세상 물정 모르는 국회의원이 일본의 암적인 존재야!"

아무도 존댓말을 쓰지 않게 되었다. 머리끝까지 화가 치밀어 분노하는 사람은 나뿐만이 아니었던 것이다. 덴지로도 이 정도로 반론을 제기할 거라고는 생각하지 못했을 것이다. 히죽거리던 웃음기가 사라졌다.

마이크를 든 남자 아르바이트생이 우왕좌왕하고 있지만, 마이크가 없어도 잘 들릴 정도로 다들 큰 소리로 말했다.

"난 말이야, 결혼하기 전에는 다카키 도미에라는 이름이었어. 그런데 결혼하고 나서 도미타 도미에가 됐다고. 어떻게 할 거야?"

"나는 결혼해서 요시다 요시코가 됐다고!"라며 또 한 사람이

외쳤다.

나는 나도 모르게 웃음을 터뜨렸고, 바로 다음 순간 야스다 야스코에게 팔꿈치로 얻어맞았다.

그때 맨 앞줄의 옆쪽에 앉아있던 남성이 손을 들고 일어났다. 아마 덴지로와 같은 세대일 것이다. 그 모습을 보고 드디어 아군이 나타난 줄 알았는지 덴지로는 안도하는 표정을 지었다.

남성은 나이가 들어 목소리를 크게 낼 수 없는지 마이크가 오기를 기다렸다. 남자 아르바이트생이 후다닥 계단식 통로를 뛰어 내려가서 긴 팔을 쭉 뻗어 마이크를 건넸다.

"나이토라고 합니다. 선생님은 같은 성씨면 일체감이 있다고 말씀하셨습니다. 그렇다면 왜 이혼하는 사람이 3분의 1이나 되는 걸까요?"

그 말에 덴지로는 다시 진지한 얼굴을 하고 고개를 숙였다가, 다음 순간 다시 고개를 들고 소리쳤다.

"이런 데 오지 말았어야 했어. 정말 예의가 없는 사람들뿐이야. 나는 국회의원을 10선이나 했다고!"

"국회의원을 훌륭하다고 생각하는 건 이제는 국회의원뿐이 아닐까 하고 저는 생각합니다."

마이크를 든 채 남성은 여유있는 모습으로 말을 이어갔다.

"저는 전부터 이상하다고 생각했는데요, 부부 별성은 어디까지나 선택이지 강제가 아닌데 왜 반대하시나요? 별성이 싫은 사람은 지금까지처럼 같은 성씨로 하면 그만입니다. 국민의 다수가 찬성하고 있잖아요? 미혼 여성에 한해서는 약 90퍼센트가 찬성한다는 설문 결과도 있습니다. 혹시 국회의원이 되면 남의 인생도 결정할 권리가 있다고 자만하게 되는 건 아닐까요?"

그러자 덴지로는 큰 한숨을 내쉬었다. 마이트를 통해 "후유" 하고 선명하게 들릴 정도여서 마치 일부러 그러는 것 같았다.

"여러분, 뭔가 오해하고 있지 않습니까?"라며 덴지로가 특유의 능청스러운 말투로 물었다.

"법은 결혼할 때 남편이나 아내의 성을 자유롭게 선택할 수 있게 되어있어요. 법은 엄연히 양성평등으로 되어있습니다. 아닌가요?"

그렇게 말하고 강당을 천천히 둘러보았다.

"결혼해도 성씨를 바꾸고 싶지 않다면 남편이 될 남자에게 호소해야지, 나라에 불만을 제기하는 것은 잘못된 일이잖아요."

강당이 잠잠해져서인지 덴지로는 승리한듯 피식 웃었다.

"저도 바로 얼마 전까지만 해도 선생님과 같은 생각이었습니다."

나이토라는 노인이 말을 이어갔다.

"하지만 손녀가 성씨 때문에 결혼을 주저하는 모습을 보고 내가 지금까지 잘못 생각했다는 걸 깨달았어요. 어느 성을 써도 좋다고 법률로 정해져 있는 건 맞습니다. 하지만 실제로는 96퍼센트가 남편의 성을 선택하고 있습니다. 이건 평등하지 않아요. 저나 선생님처럼 낡은 생각을 가진 남성이 일본의 수준을 떨어뜨리고 있지 않을까 하는 생각이 들더라고요."

"나이토 씨라고 하셨던가요? 당신, 진심으로 하는 말인가요? 남자가 성을 바꾸다니 남자의 자존심이 산산조각 나겠군요. 그 점은 어떻게 생각하십니까?"

덴지로는 노인에게 질문했다.

"이젠 맞벌이가 일반적인 세상입니다. 그 사실을 알고 계십니까?"

이번엔 노인이 덴지로에게 물었다. 둘은 서로 질문을 주고받았다.

"집사람에게 일을 시키는 남자가 많아지다니, 도대체 일본 남자의 사무라이 정신은 어디로 갔는지. 남자의 자존심은 가족을 부양하는 것으로 유지되어온 겁니다. 요즘 젊은 남자들은 참 한심하기 짝이 없군요."

덴지로가 과장되게 한탄하는 표정을 지으면서 재빨리 이어서 말했다.

"애초에 국가의 혜택을 받고 싶다면 국가의 규칙과 타협해야 합니다. 그렇지요? 게다가 아이가 태어날 때마다 아이의 성을 어느 쪽으로 할지 부부가 다투게 될 텐데, 그렇게 돼도 괜찮을까요?"

"그런 사적인 일까지 국회의원이 걱정할 필요는 없어!"

뒤쪽에서 한 여성이 소리쳤다.

"제가 한마디 해도 될까요?"

단상에서 차분한 목소리로 도모토 마리 변호사가 말했다.

사회자인 오카 지나쓰가 "도모토 선생님, 부탁드립니다" 하고 조용히 말했다.

"자녀의 성은 호적상의 맨 앞에 있는 사람의 성을 따른다고 법으로 정해져 있습니다. 그 점은 부부 별성이 인정된다고 해도 변하지 않습니다. 아이가 태어날 때마다 싸우는 일은 있을 수 없습니다."

"아? 그랬었나?"라며 덴지로는 시치미를 떼는 표정으로 말했다.

"당신 같은 할아버지가 죽지 않는 한 일본은 나아지지 않아!"

"우리를 빼고 우리의 일을 결정하지 말라고!"

"옳소, 옳소!"

사방에서 목소리가 들려왔다. 아무래도 세상에는 나보다 더 분명하게 말하는 여자들이 더러 있는 모양이다.

"정말 싫어. 요즘 여자들은. 절제라는 게 없어. 옛날 여자들은 좀 더 분별력이 있었는데 말이지. 이제 나, 그만 돌아가도 될까?"

덴지로의 무례한 태도에 이번엔 "당신 대체 뭐야!" 하는 젊은 남성의 외침까지 들렸다.

"이건 은밀하게 부탁하고 싶은 건데, 여자가 이 이상 건방지게 굴면 우리 남자들은 불안해. 이 옛날에 좋았던 일본이, 소리를 내며 무너져버릴 것 같은 예감이 든다고. 이 질서정연하고 훌륭한 일본이라는 나라가 도대체 어떻게 되려나 하고 말이지."

"당신의 불안은 알겠어. 하지만 이제 당신이 나설 때가 아니야. 시대는 변했다고!"라는 또 다른 젊은 남성의 목소리가 울려 퍼졌다.

"도저히 남자의 의견이라고는 생각되지 않는군. 그러고도 자네가 남자야?"

덴지로는 진심으로 어이없다는 표정으로 천장을 올려다봤다. 연기처럼 보였지만 목소리에서 조금 전까지의 활기는 찾을 수 없었다. 여자가 으르렁거려봤자 상대할 생각도 없지만, 남자에게까지 대놓고 비난받으니 마음에 확 꽂혔는지도 모른다.

오늘날 유명인이라면 SNS 등에서 비난이나 중상을 받는 것은 예삿일이다. 하지만 덴지로 세대의 대부분이 컴퓨터도 스마트폰도 잘 사용하지 않으니 자신들이 비난받고 있다는 사실을 모르는 것은 아닐까. 그리고 측근들도 그들의 기분을 상하지 않게 하려고 입에 발린 말만 하다가 오늘에 이르렀을 것이다.

"오늘은 여기까지. 자, 이제 끝."

그렇게 말하고 덴지로는 얼른 무대 끝을 향해 걷기 시작했다.

"어, 정말로 돌아가시는 건가요?"

사회자인 오카 지나쓰가 덴지로의 등을 보며 당황해하고 있었다.

2시간 예정이었는데 30분 만에 끝나버렸다.

"그럼…… 저, 오늘은 이것으로 마무리하겠습니다. 여러분, 수고 많으셨습니다."

오카 지나쓰의 말을 신호로 객석에 있던 청중은 일제히 자리에서 일어나 각자 돌아갈 채비를 하고 출구로 줄줄이 향했다.

"간단히 말해서 여자가 참으라는 거지."

야스코가 말했다.

"참지 못하는 여자는 건방지다고 말하고 싶은 거겠지."

"왜 이렇게 남의 집까지 규제하려고 하는 걸까, 참 나"라며 야스코는 화난 표정으로 말을 이었다.

"아까 중학교 졸업하던 날이 갑자기 생각났어. 학부모회에서 졸업생 모두에게 도장을 선물해줬어. 어른이 됐을 때 인감도장으로도 쓸 수 있게 말이지. 정말 멋진 도장이었어."

"오, 센스 있네. 실용적이어서 좋네" 하며 나는 감탄했다.

"나도 쭉 그렇게 생각했어. 하지만 남자의 인감은 성이고 여자의 인감은 이름이었어. 아마 결혼해서도 쓸 수 있도록 한 학부모회의 배려였겠지만."

둘이 외출하고 돌아오는 길에는 항상 카페에 들렀지만, 오늘만은 곧장 집으로 돌아가 마녀 만들기에 전념하고 싶었다.

"나 이제 그만 생각할래. 더 이상 부부 별성 문제를 생각해봤자 어쩔 수 없잖아. 시간과 두뇌 낭비야. 아, 그만두자. 그만둬" 하고 나는 화가 나서 말했다.

"덴지로라는 사람은 처음부터 남의 이야기를 들을 생각이 전혀 없었네."

"뭐야, 정말."

이제 그만 생각하겠다고 방금 말했지만, 나는 다시 되풀이하고 있었다.

"자기가 하는 말을 모두 얌전하게 들으면 된다는 느낌이었어."

"측근들이 계속 비위를 맞춰주면 저렇게 되는 건가 봐. 너무

자아도취에 빠져있어. 정말 꼴불견이야" 하고 야스코는 내뱉듯이 말했다.

"막판에 남자들에게 비난받아서 그런지 왠지 필사적인 것처럼 보이기도 했어."

"그건 나도 느꼈어. 하지만 자기는 한 치도 양보하지 않을 거라는 기백도 보이더라. 나라를 위해서라면 여자가 희생해도 상관없다고 생각하겠지, 분명."

"나라를 위해…… 마치 전쟁 중인 것 같다."

"아마 그 시절부터 생각이 바뀌지 않은 것 같아."

"여자가 출세하는 게 불안한 거야. 여자를 학교에 보내지 않는 나라가 아직도 있잖아? 즉, 그런 사람들과 한통속인 거지." 하고 내가 말했다.

"여자를 위협적으로 느끼는 걸까? 사실은 똑똑하다는 걸 알아차린 걸까?"

"모든 여자가 다 똑똑한 건 아닌데 말이지. 그건 남자도 마찬가지잖아?"

"자기보다 똑똑한 여자의 존재를 단 한 명도 인정하고 싶지 않은 걸지도 모르지."

"그럼, 남자도 살기 힘드네. 아, 비 온다" 하고 야스코는 멈춰 서서 하늘을 올려다봤다.

"자기보다 신분이 낮은 사람이 없으면 안심하고 자신을 유지할 수 없다든가?"

그렇게 말하면서 나는 손수 만든 비단 토트백 안에서 접이식 우산을 꺼냈다.

"주변과 비교만 하면서 살면 인생을 즐길 수 있을까?"

"단 한 번뿐인 인생인데 말이야."

"아, 역시 한동안은 잊고 싶어. 빨리 돌아가서 마녀의 대량 생산에 전념하자."

"응, 그러자. 열심히 해보자."

그러고는 어디에도 안 들르고 곧장 집으로 돌아와서 둘이 묵묵히 마녀 만들기에 몰두했다.

그날 밤, 마키바에게서 전화가 왔다.

"요전에 새벽에 쇼난에 갔었어."

그 어느 때보다 목소리가 밝았다.

"새벽에? 쇼난? 도대체 뭐 하러?"

"아유, 엄마도 참. 쇼난이라고 하면 당연하잖아. 바다를 보러 갔지."

"그렇지. 바다지. 그런데 새벽에?"

"응, 밤바다. 정말 기분이 좋더라. 파도 소리를 들으면서 바닷바람을 맞고."

"하지만 한밤중이잖아. 도대체 누구랑 간 거야? 차로 갔어?
누구 차로?"

나도 모르게 연거푸 묻고 말았다. 이미 마흔 살에 가까운 딸
이지만 역시 걱정이었다.

"젊은 남자 하나가 우리 부서에 발령이 나서 왔어. 그래서 그
사람 차로."

마키바가 회사 이야기를 하는 것은 드문 일이었다.

회사의 인간관계에 대한 고민을 들어본 적은 지금까지 한 번
도 없었다. 여동생 시호에게만은 가끔 푸념을 늘어놓는 것 같은
데, 그에 따르면 처자식이 있는 남자 상사에게 구애받는 일이
예삿일이 아니라고 한다. 나를 닮았으면 좋았을 것을, 워낙 전
남편을 닮아 절세미인이라 고생이 끊이지 않는다. 그래도 순조
롭게 출세하는 것을 보면 잘 대처하고 있을 것이다. 또렷한 이
목구비의 미인이 쨰려보면 상사도 맥없이 기가 죽는 걸까.

"있잖아, 엄마. 젊은 남자는 힘이 넘치더라."

"마키바도 아직 젊잖아. 삼십 대인데."

"삼십 대라고 해도 후반이야. 한밤중에 바다를 보러 갈 생각
은 전혀 안 하게 됐어. 역시 젊은 남자가 발놀림이 가벼워서 좋
아. 오랜만의 청춘이었어."

"뭐야, 젊은 남자가 좋다니 마키바도 나이를 먹었구나. 이젠 아줌마가 다 됐네."

"그렇다고 할 수 있지."

그렇게 말하고 마키바는 아하하하 웃으며 즐거워했다.

마키바의 웃음소리가 낮 동안의 우울함을 날려주는 것 같았다. 성씨 문제로 결혼에 실패하고 평생 독신으로 살아야 할 것 같은 딸이지만, 이렇게 쾌활하게 웃는 일도 있는 것이다.

하지만 덴지로에 대한 분노는 좀처럼 사그라들지 않았다. 그 히죽거리는 웃음을 떠올리고 싶지 않은데도 문득문득 자꾸 떠올리게 된다.

22.
마쓰오 이치로 89세

　최근 들어 주지 스님이 바빠졌다고 한다. 절 근처의 현립 고등학교에서 사회과 강사로 일하기 시작했기 때문이다. 비상근이라고는 하지만, 일주일에 5일이나 일하는 것 같다. 하지만 어쩔 수 없는 일이다. 단가들이 대부분 연금 생활을 하고 있어서 우리의 적은 보시로는 생활이 어려울 것이다.

　단가 대표의 부인이 어디선가 듣고 온 소문에 의하면……주지 스님은 전 직장이었던 대형 은행에서 일하면서 모았던 돈을 허물어가며 생활하다가, 예금이 바닥을 드러내면서 결국 일하러 나가게 되었다고 한다. 요즘은 어디나 교사가 부족하고, 주지 스님의 훌륭한 학력이 빛을 발해 바로 채용이 결정되었지만, 1시간 30분짜리 수업 하나에 1천3백 엔이라는 저렴한 가격이다. 근무한 지 아직 2주 정도밖에 되지 않았지만, 친절하고 상냥한 선생님이라고 학생들 사이에서도 평판이 좋다. 학생들이 고민이나 진로를 상담하는 일도 있어서 귀가가 늦어지는 날도 있다고 한다.

절에 가면 언제든지 주지 스님과 이야기를 나눌 수 있을 줄 알았는데, 아쉽다. 하지만 학생들 사이에서 평판이 좋다는 말을 들으면 꼭 내 집안의 일처럼 자랑스러워진다. 그래도 역시 파묘에 관해 상담을 하고 싶었다. 바쁜 와중에 분명 폐가 될 거라는 생각이 들었지만, 조심스럽게 전화해보았다.

—토요일은 비어있으니 부담 갖지 말고 오세요.

평소와 다름없는 여유로운 목소리였기에 오랜만에 절을 방문하기로 했다.

절에 가는 도중에 화과자 노포 앞에서 문득 걸음을 멈추었다. 가끔은 작은 선물이라도 들고 가자는 생각이 들었다. 지금까지는 요시코가 사다줬기 때문에 이 가게 안에 직접 들어가는 것은 실로 20년 만이다. 주지 스님도 이런 화과자를 좋아할까. 아직 사십 대의 젊은 나이니까 쿠키가 더 좋을지도 모른다. 그렇게 주저하면서도 화과자를 몇 종류 사봤다.

대문을 지나자 주지 스님이 마당을 쓸고 있었다.

"기다리고 있었습니다. 이쪽으로 오세요."

언제나처럼 다다미방으로 안내를 받았고 들고 간 선물을 건넸다.

"어머, 뭐죠. 과자인가요?"

그렇게 말하며 포장을 풀자마자 주지 스님은 젊은 아가씨 같은 함성을 질렀다.

"어머, 예뻐요! 네리키리[94]잖아요. 제가 아주 좋아하는 거예요."

"다행이네요."

"뒤쪽 다실로 이동하실까요? 이런 고급 과자에는 좋은 차가 어울리니까요."

다실에 들어가 오랜만에 무릎을 꿇고 앉으니, 몸이 단단해지는 느낌이 들었다.

고요한 가운데 주지 스님이 숯불을 피워 쇠 주전자에 물을 끓이는 모습을 보고 있자니, 마음이 평온해졌다. 과연 나는 지금까지 살아오면서 이 주지 스님처럼 다른 사람에게 안정감을 주는 사람이었던가. 다들 내게 다가올 때마다 긴장했던 것은 아닐까. 그 증거로 이젠 동생들마저 내게 다가오지 않는다.

그렇게 생각하면 다시 우울해질 것 같아서 뭐든 좋으니 이야기를 하기로 했다.

---

94 흰 팥소에 색을 입혀 다양한 모양으로 만든 일본 과자

"고등학교 강사를 하신다고 들었는데요."

"그렇습니다. 돈이 바닥났거든요." 하고 주지 스님은 밝게 하하하 웃었다.

"죄송합니다. 우리가 단가로서 원래는 좀 더……"라고 말했을 때 주지 스님은 가로막듯이 말했다.

"학교는 정말 즐겁습니다. 교사 같은 건 제 분수에 맞지도 않고, 저한테는 가장 어울리지 않는 직업이라고 생각했었는데, 저 자신도 의외랍니다."

즐겁다는 말을 들으니 조금은 어깨의 짐을 내려놓은 느낌이 들었다.

"하지만 돈이 바닥났다는 말을 들으니 역시 우리 단가로서 는……."

"주지 스님이 생활에 쪼들리는 일은 흔해요. 아무도 사원 경영학을 배운 적이 없으니까요."

"그렇군요. 사원의 경영학이라니, 그건 승려가 살아가는 데 있어서 가장 중요한 일인데 아무도 가르쳐주지 않는다고 하면……."

"저는 우연히 교원 자격증을 가지고 있었고, 게다가 요즘은 어디나 교사가 부족하니까 정말 운이 좋았어요."

물이 끓고 쇠 주전자에서 김이 모락모락 피어올랐다.

"그래서, 오늘은 파묘의 상담 때문에 오신 거죠?"

가져간 과자를 먹으면서 주지 스님이 청자의 찻사발에 말차[95]를 타는 모습을 지켜보았다. 다선[96]을 힘차게 앞뒤로 휘젓자, 순식간에 거품이 미세해졌다.

"제 대에서 파묘를 한다고 생각하니 마음이 아픕니다. 그렇다고 이대로 묘를 남겨 놓으면 자식들에게 폐를 끼칠 것 같다는 생각이 들어, 고민 끝에 드디어 파묘를 결심했는데, 누나가 반대하더라고요."

"그러셨죠. 부인의 수목장을 하고 나서 회식할 때 누님이 파묘에 반대하셨지요."

"그렇습니다. 이제 어떻게 하면 좋을지."

"누구나 파묘를 망설이는 것은 당연합니다. 묘는 조상님께 감사하고 공양하는 장소니까요."

주지 스님은 팔을 뻗어 말차가 담긴 잔을 내 무릎 앞에 놓아 주었다. 좋은 향기가 피어올랐다.

"잘 먹겠습니다. 말차를 마시는 것은 요시코가 떠난 이후 처음입니다."

뜨거운 말차가 목구멍으로 넘어갔다.

---

95 차나무의 어린싹을 말려 가루로 만든 녹차
96 말차 등 차의 가루가 뜨거운 물에 잘 풀리도록 젓는 도구

"파묘가 힘들면 그냥 놔두시면 어떨까요?"

"하지만 그렇게 하면 자식들에게 폐가 됩니다."

"자식들에게 폐를 끼치고 싶지 않다는 생각이 요즘 너무 지나치신 것 같아요. 노후나 사후에 조금은 자식이나 손자에게 의지하는 게 그렇게나 나쁜 일일까요?"

"저는 부모님께 묘를 물려받았을 때 자랑스러웠습니다. 귀찮기는커녕 자존감이 높아졌었지요. 하지만 요즘 시대는 어떤는지."

"자식들과 제대로 대화를 나누셨나요?"

"일단 살짝 이야기는 했지만, 이마를 맞대고 제대로 이야기를 나누지는……."

"왜 대화를 나누지 않으세요?"

"왜냐고…… 물으신다면……. 돌이켜보니 지금까지는 저 혼자서 뭐든지 결정해왔어요. 누구에게도 상의하지 않고 살았지요. 그런 버릇이 좀처럼 없어지지 않는 것 같습니다."

"다음에 차분히 얘기를 나눠보면 어떨까요? 그래서 결론이 나지 않으면 한동안 그대로 두는 것도 좋을 것 같아요. 파묘는 언제든 할 수 있으니까요. 그리고 어차피……" 하고 주지 스님은 말끝을 흐리며 입을 다물었다.

"어차피? 뭔가요?"

"요즘의 묘지의 상황을 생각하면, 파묘나 영구공양[97], 합장묘[98] 등을 굳이 선택하지 않아도 일본 전국의 많은 묘가 사실상의 영구공양으로 전환되고 있다고 생각해요."

"그러니까 그건, 어느 집이든 묘지를 물려받을 사람이 점점 없어진다는 뜻이군요" 하고 나는 확인했다.

"맞아요. 공영이든 민영이든 관리비를 체납하면 통지가 갈 거예요. 묘소의 앞과 관보에 '무연분묘 등 이장 공고'가 나가고 1년 이내에 연락이 없으면 묘비는 철거되고 유골은 합장묘로 옮겨져요. 도시 지역에서는 즉시 묘지를 공터로 만들어 신규로 모집하지만, 인구가 적은 지역에서는 모집해봤자 신청이 없어요. 산간 지역에서는 절반 가까이가 무연묘가 되었다고 들은 적도 있고요. 그런 묘지의 수요가 없는 곳에서는 무연묘도 그대로입니다. 즉, 가만히 내버려두어도 사찰의 경내에 있는 묘지에서는 사실상 영구공양이 진행되는 거죠."

"쓸쓸한 일이네요. 그렇다 치더라도 묘지가 이렇게나 귀찮은 존재가 되었다니."

"옛날처럼 그냥 매장[99]이었다면 편했을지도 모르겠네요"라

---

97 공원묘지나 절 등이 장기간 유골을 관리하고 공양하는 것
98 불특정 다수의 유골을 함께 매장하는 묘
99 시신이나 유골을 땅에 묻는 것

고 주지 스님은 자기 몫의 말차를 타면서 말했다.

"그러고 보니 제가 어렸을 때는 봉분을 여기저기서 봤어요."

당시의 광경을 떠올렸다. 관도 시신도 세월과 함께 썩어가기 때문에 그 위에 쌓은 흙도 시간이 지나면 함몰된다. 그래서 묘의 표식으로 나무 묘표[100]를 세워 놓을 수밖에 없었다.

"그 시절에는 무덤보다 집안의 불단이 공양의 대상이었다고 들은 적도 있어요" 하고 주지 스님이 말했다.

"그래서 동일본 대지진 때 위패만 챙겨 도망친 노인들이 많았죠. 그러고 보면 위패에 영혼이 깃들어있다고 믿는 편이 더 편할지도 모르겠네요. 뭐니 뭐니 해도 위패는 작고 가벼우니까."

"그렇죠. 위패만 곁에 있으면 된다고 생각하면 훨씬 이야기가 쉬워지네요. 나이 들어서 성묘를 할 수 없게 되더라도, 집에 있는 불단에 향을 올리는 것만으로 마음이 편해질 테니까요."

조상님께 감사하고, 고인과 마주하고 합장할 대상이 꼭 필요하다는 생각에서 묘나 위패가 없어서는 안 될 존재가 되었을 것이다. 부모님 세대 중에는 태평양전쟁에서 어린 나이에 전사한 아들을 추억하고, 비록 유골은 없지만 적어도 영혼만은 가족의 품으로 돌아온다고 믿고 싶은 사람도 많지 않았을까. 영

---

100 묘를 표시하기 위해 세우는 돌이나 나무

혼이 돌아오면 조상님들이 아들들을 보살펴줄 거라는 기도와
도 닮은 마음에 묘나 위패에 더욱 매달렸을 것이다.

"저런 큰 묘지까지 세운 저는 어리석은 사람이네요. 정성스
럽게도 묘지 주위를 대리석으로 둘러싸고 저 혼자 만족하고 있
었으니까요."

"어쩔 수 없지요. 파묘까지 생각해서 묘를 만드는 사람은 없
어요. 누구나 앞으로도 계속 있을 것이라고 믿고 만드니까요"
라고 주지 스님은 위로하듯 말했다.

"우리 조상님들은 무덤 속에서 몹시 놀라면서 지금 시대를
바라보고 있을지도 모르겠군요. 자손이 파묘를 할 거라고는 꿈
에도 생각지 못했을 테니까요. 시대의 변화란 이토록 옛날 상
식을 뒤엎어버리네요."

"이 세상은 제행무상이니까요" 하고 주지 스님이 말했다.

"그랬지요. 그 말은 위로가 됩니다."

"한 잔 더 드시겠어요?"

"네, 주세요. 오랜만에 말차를 맛보니 왠지, 뭐랄까, 아내가
절실히 생각나네요. 아내가 살아있을 때의 생활이 사무치게 그
립습니다."

그런 솔직한 심정을 털어놓을 수 있는 것은 오직 주지 스님
앞에서만이었다. 불도의 길에 들어선 주지 스님에게 호소하면

이제는 부처가 된 아내[101]에게 내 말이 직통으로 전달될 것 같았다.

살아있을 때 감사의 말을 전했어야 한다고 말하는 사람도 있을지 모른다. 감사의 말은 결혼 이후에 단 한 번도 한 적이 없다. 하지만 아내에게 특별히 감사한 마음이 없었던 것도 사실이다. 아내로서 며느리로서 당연한 일을 해왔을 뿐, 그것은 분명 역할 분담이었다.

나 역시 돈을 버는 역할을 맡았지만, 아내에게 감사의 말을 들은 적은 한 번도 없다. 부부란 원래 그런 것이 아니었을까.

"지난주에 동네 서점에 갔는데 파묘에 관한 책이 많이 진열돼 있었어요" 하고 주지 스님이 말했다.

"아무래도 그런 것 같아요. 도쿄에 있는 차남도 그런 책을 산 모양이더군요."

신지의 둘째 딸 시호에게는 약혼자가 있는 것 같은데, 그 약혼자가 장남이라서 묘를 물려받기로 되어 있다고 한다. 가고시마에 있는 묘를 도쿄로 이장할지 아니면 파묘를 할지 가지고 옥신각신하고 있다고 들었다.

"가끔 텔레비전에서도 파묘 특집을 하잖아요. 역시 세간의 관심도 높아져서 그렇겠지요."

---

101 일본에서는 누구나 죽으면 성불 즉, 부처가 된다고 생각한다.

"둘째 아들에게 들은 이야기로는 파묘를 하든 개장을 하든 비용이 많이 든다고 하더군요. 업자를 불러서 묘비를 철거하고 공터로 만드는 비용은 이해가 가지만, 혼 빼기라든가 혼 넣기라든가 하면서 고액의 보시를 요구하는 것은 이해가 안 간다고 하더라고요."

"그야 이해가 안 가는 것도 당연합니다"라며 주지 스님은 두 번째 말차를 타던 손을 멈추고 고개를 들어 나를 쳐다봤다.

"주지 스님은 이해하지 못하는 것이 당연하다고 생각하시나요? 어느 부분에서요?"

"묘비에 혼을 넣는 등의 의식은 원래 불교의 가르침에서 크게 벗어난 것이니까요. 불교의 가르침은 색즉시공이에요."

"색즉시공, 이라면…… 어떤 의미였지요?"

"이 세상의 모든 사물의 형태는 일시적인 것으로, 본질은 비어있으며 절대 불변하지 않는다는 의미예요."

"비어있다고요?"

"말하자면 눈에 보이는 것이나 형태가 있는 것은 시시각각으로 변해가니 이 세상에 변하지 않는 것은 없다는 말입니다."

"그렇군요. 묘비처럼 형태가 있는 것은 모두 일시적이라는 의미군요."

주지 스님은 두 번째 차를 타더니 "드세요" 하고 내 무릎 앞에 다시 놓았다. 그리고 내 눈을 보면서 "부인을 수목장으로 치르셨지만 나무가 시들어버릴 수도 있답니다"라며 담담하게 말했다.

"엇, 그런……."

"설마 미래영겁 시들지 않는다고 생각하신 건가요?"

"아니, 미래영겁까지는…… 아니지만…… 생각해보니 그저 나무에 불과하지만, 그래도 역시……."

솔직히 말해서 시든다고는 상상도 하지 못했다.

"그게 불교의 근본 교리랍니다" 하고 주지 스님은 말을 이어갔다.

"빈집 문제도 같다고 생각해요. 3세대 동거는 급격하게 줄고 있고, 심지어 2대째 사는 가족조차 줄어들고 있어요. 자녀들은 진학이나 취직이나 결혼으로 시정촌[102]이나 현을 나가게 되고, 부모만 집에 남게 돼요. 묘도 집과 마찬가지로 부모가 좋은 뜻으로 준비해도 1대에 그치는 경우도 있지요."

"시대가 변한다는 것은 정말 쓸쓸한 일이네요. 어린 시절의 생활이나 풍습을 부정당하는 기분이 들어요. 집은 그렇다고 쳐도 묘까지 1대뿐이라니."

"옛날에는 수명이 짧았고 살아있는 동안의 삶은 가난하고

---

102 일본의 행정단위

힘들었지요. 그래서 사후에는 천국이나 극락에서 새로 태어나기를 간절히 바랐어요. 하지만 지금은 수명이 길어지고 생활도 넉넉해져서 내세[103]에 기대를 건다는 생각이 없어졌지요."

"정말 일본인은 변해버렸군요. 요즘 유행하는 신사와 사찰 순례도 마치 스탬프를 모으기 위한 것 같고, 시코쿠 지역의 88개 사찰 순례[104]만 해도 건강 목적의 워킹처럼 되었어요. 신앙심과는 전혀 상관없는 여가생활에 불과해요. 정말 한심하죠."

"조금은 그래도 괜찮지 않을까요? 스탬프 모으기나 워킹 같은 즐길 거리로 바뀌고, 좀 가벼운 마음으로 한다고 해도, 몸속 깊은 곳에 무언가 신불의 엄숙한 분위기가 울림을 주지 않을까요?"

"그렇군요. 그럴 수도 있겠네요. 신사나 절의 경내를 걷는 것만으로도 마음이 고요해지고, 뭐라고 할까요, 문득 지나온 길을 되돌아보기도 하니까요."

그렇게 말하자 주지 스님은 천천히 고개를 끄덕였다.

"사실은 저도 남의 일에 잘난 척하며 말할 처지가 아니에요. 어릴 때와 비교하면 신앙심이 훨씬 옅어진 것 같아요"라고 솔직하게 말했다.

---

103 죽음 이후의 영원한 세상

104 시코쿠는 4개의 섬으로 이루어진 섬으로 섬 전역에 있는 88개의 사찰을 순례할 수 있는 순례길이 있다.

"외국에서도 종교를 믿는 사람이 급격하게 줄어들고 있다고 해요. 모든 종교에는 기적이 일어났다는 전설이 있지만, 과학이 발달하면서 그런 이야기를 믿는 사람이 줄어들었어요."

"그야 그렇겠지요."

"유럽에서는 일요일에 교회의 미사에 참석하는 것은 나이든 사람들뿐이라고 들었어요. 일본의 신사나 절과 마찬가지로 교회를 유지하는 게 어려워져서 매각하는 곳도 있다고 해요."

"앗, 교회를 파는 건가요? 그럴 수가."

"일본도 비슷해요. 신사도 신관이 상주하지 않는 곳이 꽤 있어요. 절도 단가가 줄어드는 문제가 심각해요. 제2차 세계대전이 끝나고 큰 교단으로 성장했던 신흥종교도 일제히 신자 수가 줄어들고 있는 것 같고요."

"그건 몰랐네요. 주지 스님과 이야기하면 공부가 많이 돼요."

"사람들은 수천 년 전부터 세상이 변하는 것을 경험해 왔을 거예요. 그래서 제행무상이나 색즉시공이라는 말이 생긴게 아닐까요."

"과연 그렇겠군요. 그럼, 스님. 아까 이야기로 돌아가자면 이대로 마쓰오 집안의 묘를 그냥 놔둬도 정말 괜찮을까요? 스님에게 폐를 끼칠 수도 있는데요."

집요하다고 생각했지만, 다시 묻지 않을 수 없었다. 인구가 점점 줄어서 풀이 무성한 묘가 늘어나면 이 절은 어떻게 될지 걱정스러웠다.

"묘는 고사하고 이 절이 통째로 썩어갈 미래도 머지않았다고 생각해요. 제가 언젠가 죽으면 그 후에 이 절을 이을 승려가 나타날까요?"

"그건⋯⋯."

이 주지 스님이 오기 전까지 5년이나 빈 절로 있었다. 단가도 적고 이 스님처럼 직장인 시절에 모은 돈을 쓰다가, 결국에는 일하러 나가야 하는 생활을 해야 하는데 누가 좋다고 주지를 맡을까.

인구가 많은 시내의 큰 절이라면 당분간 살아남겠지만, 좀 더 세월이 흐르면 교토나 나라에 있는 유명한 절 이외에는 버틸 수 없을 것이다. 외국에서 관광객이 많이 와서 참배비를 내는 신사와 절만 남는 미래가 올지도 모른다. 그 유명한 호류지[105]조차도 크라우드펀딩으로 자금을 모금했다고 들었다.

돌아오는 길에 언덕을 내려가면서 마음이 한결 편해진 것을 깨달았다.

파묘를 해도 좋고 안 해도 좋다.

---

105 일본 나라현에 있는 세계 문화유산 사찰로, 코로나로 관광객이 줄어 재정이 어려워졌다.

조상님들께 죄송한 마음을 가질 필요도 없다.

자손에게 사과할 필요도 없다.

되돌아보면 부모님께 칭찬받고 싶은 마음 하나로 살아온 것 같다. 평소에는 의식하지 못했지만, 마음 한구석에는 부모님의 기대에 부응할 생각만 해온 게 아닐까. 결혼한 후에는 며느리는 시부모의 마음에 들도록 하는 것이 당연하다고 생각해서 요시코에게도 그렇게 하도록 강요했다. 내가 부모에게 칭찬받기 위해서 요시코를 희생시킨 면이 있다고 이제야 겨우 인정할 수밖에 없었다.

그런데 만약 파묘를 하게 되면…… 이 세상의 모든 굴레에서 해방될 것 같았다.

그걸 상상만 해도 갑자기 마음이 탁 트이는 느낌이 들었다. 바람이 내 몸속을 획 하고 지나간 것 같은 상쾌한 기분이었다.

그 바람은 요시코가 세상을 떠난 뒤 줄곧 가슴을 억누르던 어둡고 무거운 것을 날려줬다.

요시코에게는 미안하지만.

23.
마쓰오 사쓰키 61세

오늘은 오랜만에 마키바가 온다고 했다.

─보이프렌드를 데리고 갈게.

그런 좀처럼 하지 않는 말을 하기에 아침 일찍부터 집 안 구석구석 청소기를 돌리고 현관 입구 바닥까지 걸레로 닦았다.

굳이 '보이프렌드'라고 애매하게 말하지 말고 그냥 편하게 '스즈키 데쓰야를 데리고 갈게'라고 해도 될 텐데, 이제 와 새삼스러워서 민망한 걸까.

데쓰야에게 연락이 와서 재회한 일은 시호에게 이미 들어서 알고 있었다. 데쓰야는 결혼 후의 성씨에 대해 생각을 바꾼 모양이다.

거의 10년 전의 일이지만 데쓰야와 몇 번 만난 적이 있다. 마키바와의 결혼이 정해지고 이제 피로연이나 신혼집 등을 정하기만 하면 되는 단계였다. 그런데 성씨를 어느 쪽으로 할지를 두고 언쟁하다 결국은 파혼했다. 그 당시의 무거운 공기를 떠올릴 때마다 아직도 마음이 찢어질 것 같다. 이것도 저것도 따지고 보면 내가 그런 남자와 결혼했기 때문이다.

남편은 항상 휴일이면 입는 낡은 트레이닝복 대신 다림질한 슬랙스 바지에 트위드 재킷을 걸치고 있었다. 이번에야말로 마키바의 결혼이 잘되기를 바라는 마음이 담겨있는 걸까. 그렇다면 나만 평상복을 입는 것도 어울리지 않아서 세련된 긴 원피스를 입어봤다. 거울 앞에 서니 집에서 입기에는 너무 과한 느낌이 들었는데, 그 위에 야스코가 만들어준 고급스러운 앞치마를 두르자 딱 적당한 느낌이 되었다.

현관의 초인종이 울렸다.

"왔어"라며 내 쪽을 보는 남편의 표정에서 긴장감이 느껴졌다.

짧은 복도를 지나 현관으로 향하면서 입꼬리를 몇 번 삐죽 올리고 내리며 미소를 짓는 연습을 했다.

그리고 천천히 문을 열자…….

어?

마키바 뒤에 서있는 사람은 스즈키 데쓰야가 아니었다. 데쓰야보다 훨씬 젊은 남자였다.

내가 눈으로 묻자 "회사 후배야"라고 마키바가 대답했다.

"처음 뵙겠습니다. 마키시마 야나기라고 합니다."

젊은 남자는 긴장한 표정으로 고개를 숙였다.

"뭐야, 그랬구나. 뭐, 아무튼 들어와요."

애인이 아니라 후배를 데려오다니. 그 사실을 알자마자 긴장의 끈이 풀려서 단번에 마음이 편해졌다.

그런 줄 알았으면 이렇게까지 구석구석 청소하지 않았을 텐데, 뭔가 손해본 기분이었다. 게다가 이른 아침부터 풀메이크업을 하고 오랜만에 마스카라까지 했다. 이럴 거면 눈썹만 그릴걸.

거실에 가니 남편도 재킷을 벗고 있었다. 현관 앞에서의 대화가 들린 모양이다. 긴장감에 어깨가 뭉쳤는지 어깨를 크게 돌리고 있었다.

"편하게 앉아. 뭐 마실래? 맥주? 아니면 커피?"

"우리는 커피, 내가 내릴게" 하고 마키바가 주방에 들어갔다.

주방에 나란히 서서 둘이 커피를 준비했다.

"저 사람, 그 쇼난 남자지? 한밤중에 바다까지 드라이브해서 데리고 가줬다던."

"응, 맞아."

마키바가 선물로 가져온 와플을 접시에 담고 있는데 거실에서 큰 웃음소리가 들려왔다. 남편은 늘 밝은 사람이지만 딸들이 남자친구를 데려왔을 때만큼은 오만상을 찌푸리고 있었다. 하지만 회사의 후배라는 것을 알고 나서는 부담 없이 이야기를 나누는 것 같았다.

"근데 오늘은 왜 우리 집에 데리고 왔어?"

"볼더링[106]하고 돌아오는 길이야. 이 근처에 볼더링장이 있거든."

저 후배의 권유로 볼더링을 시작했다는 것도 언젠가 시호를 통해 들은 적이 있다. 평소의 운동 부족을 해소할 수 있고 스트레스도 풀 수 있어 기분도 밝아졌다고 했다.

"엄마, 이 팔 좀 봐봐. 근육이 생겼어."

그렇게 말하고 마키바는 셔츠의 소매를 걷어 올렸다.

"진짜네. 대단하다."

나는 마키바의 팔뚝을 집게손가락으로 콕콕 찔러봤다. 딸이 즐거워하면 나도 덩달아 기분이 좋아진다.

"이 원두, 만델링[107]이네."

---

106 암벽 등반의 한 장르로, 로프 같은 장비 없이 바닥에 패드를 깔고 하는 스포츠
107 인도네시아 수마트라섬에서 재배되는 고소한 향의 원두

"잘 아네. 마키바는 여전히 냄새를 잘 맡는구나."

아버지에게 맞아 코가 부러진 일 따위는 잊어버리고 싶어진다.

"시호한테 들었는데 스즈키 데쓰야하고 9년 만에 만났다며?"

"응, 만났어."

"그래서? 결혼을 전제로 다시 만나는 거야?"

"아니. 다시 만나긴커녕 완전히 싫어졌어."

"뭐? 왜 그렇게 됐어?"

스즈키 데쓰야는 성씨를 마쓰오로 바꿀 결심을 한 것이 아니었구나. 마키바는 데쓰야를 싫어하게 된 이유는 말하지 않은 채 화제를 돌렸다.

"엄마, 난 젊은 남자가 더 마음이 편해. 마키시마는 볼더링도 잘하고 체력이 좋고 믿음직스러워."

"젊은 남자가 좋다니, 마키바는 또 중년 아줌마 같은 소리를 하네."

"아하하, 진짜 그러네."

마키바는 즐거운듯 웃었다.

네 사람이 마실 커피를 쟁반에 받쳐 들고 거실로 가니 남편이 휴지로 눈가를 누르고 있었다.

울고 있는 줄 알았는데 배꼽이 빠질 정도로 웃고 있었다.

"무슨 일이야?"

"왠지 웃음 코드가 같다고 할까, 멍청한 상사의 이야기를 계속 들려주지 뭐야."

"어머, 나도 듣고 싶어. 나중에 얘기해줘."

내가 그렇게 말했을 뿐인데도 남편은 갑자기 웃음을 터뜨렸다. 방금 들은 이야기가 생각난 모양이다.

커피잔을 테이블에 올려놓자, 마키시마는 "제 소개를 하게 해주세요" 하고 갑자기 진지한 표정을 지었다.

"저는 마키시마 야나기라고 합니다. 마키바 씨의 부하직원이고 스물아홉 살입니다. 어머니와 여동생, 이렇게 세 식구인데 취업을 계기로 집을 나와 지금은 혼자 아파트 생활을 하고 있습니다. 대학은 도토대학의 경제학부를 나왔습니다. 어머니 연세는 쉰넷이시고 마루야 무역회사에서 현역으로 일하고 계십니다. 여동생은 테이신병원에서 임상병리사를 하고 있습니다."

초면인데도 꽤 자세한 부분까지 이야기하는군.

그러고 보니 볼더링을 하고 오는 길에 들른 것치고는 복장도 깔끔하게 갖춰 입었다.

어라, 설마⋯⋯ 마키바의 남자친구인가?

보이프렌드를 데려오겠다고 마키바는 말했지만, 보이프렌드라는 것이 과연 어느 쪽의 의미일까. 일본에서는 '남사친'처럼 가벼운 의미지만, 영어권에서는 분명히 연인을 지칭하는 말이라고 어딘가에서 들은 적이 있다.

에이, 설마. 지금 마키시마가 스물아홉 살이라고 말했잖아. 그럼, 마키바보다 아홉 살이나 어리다.

그건 그렇고, 마키시마는 정중하게 어머니와 여동생의 직장까지 밝혔지만, 아버지에 대해서는 전혀 언급하지 않았다. 돌아가셨다면 돌아가셨다고 말할 테니 뭔가 사정이 있을지도 모른다.

마키바와 같은 회사에 다니는 사람과 만난 것은 처음이다. 회사에서의 마키바는 어떤 분위기일까. 마흔 살에 가까운 미인에다 독신, 그리고 자기주장이 분명한 성격이라면 적도 많고 마음고생도 끊이지 않을 터다. 하지만 마키시마라는 좋은 청년이 곁에 있어준다는 것을 알고 조금은 안도했다.

"실은, 결혼하려고 생각하고 있어."

마키바는 수줍은 얼굴로 말했다.

"뭐라고? 역시? 어머, 그런 거구나!"

역시 그랬구나. 그렇겠지. 그렇지 않으면 일부러 집에 데려오지 않지. 마키바, 꽤 대단한걸.

"결혼이라니? 스즈키 데쓰야랑?"이라고 남편이 물었다.

"어머, 아빠도 참. 아니야."

마키바가 당황하며 손을 내저었다.

"그럼, 누구랑?"

남편이 여전히 어리둥절한 표정으로 마키바를 바라봤다.

"바보야, 당연히 여기 있는 마키시마지" 하고 내가 말했다.

"에이, 거짓말이지?"

남편은 깜짝 놀란듯한 목소리를 냈다. 나는 그런 남편의 반응에는 아랑곳하지 않고 말했다.

"결혼하면 마키시마 마키바가 되겠구나."

스즈키 마키바라는 어릴 적 이름으로 돌아가지 않아서 다행이다.

"아닙니다" 하고 마키시마가 끼어들었다.

"마키, 시마, 마키, 바, 라는 건 이상하잖아요. '마키'가 두 개니까요. 그래서 제가 성씨를 마쓰오로 하기로 했습니다. 마쓰오 야나기가 되겠습니다."

"그러니까 소나무와 버드나무[108]로군. 괜찮을 것 같아."

남편은 능청스러운 얼굴로 말했다.

결혼한 지 30여 년이 됐지만, 아직도 남편의 사고방식을 이해할 수 없다. 다만 마키바와 마키시마의 결혼에 반대하지 않

---

108 '마쓰오 야나기'라는 이름은 한자로 '松尾 柳'이고 '마쓰'는 소나무 송(松), '야나기'는 버들 유(柳)자를 쓴다.

는다는 것만은 알 수 있었다.

"그런데 자네 부모님은 뭐라고 하시나? 아들이 성씨를 바꾼다니 말도 안 된다고 하시지 않나?" 하고 물었다.

"처음에 어머니는 크게 반대하셨었어요."

마키시마는 과거형으로 말했다.

"그럼, 지금은 반대하지 않으신다는 건가?" 하고 남편이 다시 물었다.

"설득했습니다. 저의 큰 목표를 설명하고요."

"큰 목표라고?"

"아빠, 마키시마는 '남편이 성씨를 바꾸는 모임'의 회원이야."

"뭐야, 그게?"

"얘기하면 길어집니다만"이라며 마키시마는 설명하기 시작했다.

계기는 회사의 두 살 위 선배가 지난해 결혼하면서 부인의 성을 선택한 일이었다. 능력이 있고 후배들에게도 자상하고 평소에도 존경하는 선배였다고 한다. 그 선배가 혼인신고를 하러 갔을 때 구청 직원은 부인에게 성씨를 바꾸는 절차를 설명하기 시작했다. 그때 선배가 성씨를 바꾸는 사람은 자신이라고 말하자, 직원은 '아차, 실수했다'라는 표정으로 "큰 실례를 범했습니다"라고 거듭 사과해서 분위기가 어색해졌다. 사내에서도 남자가 성씨를 바꾼 일에 대해 섣불리 건드리면 안 되는 분위기였고, '불쌍하다'라는 시선으로 보는 경우가 적지 않았다고 한다.

"사실 삼촌도 크게 반대하고 계십니다. 모처럼 남자로 태어났는데 굳이 여자의 부수적인 존재로 살지 않아도 되지 않느냐고요. '아내'라는 단어는 '생선회의 장식'에서 유래[109]한 거라면서요."

"그런 말을…… 생선회의 장식이라니"라는 말이 저절로 흘러나왔다. 머릿속에서 히죽거리며 웃던 덴지로의 모습이 떠올랐다.

"삼촌이 그러셨어요. 자신들은 할아버지의 세대와 다르게 여성을 차별하지 않는다고요. 가끔은 설거지도 하고, 육아도 조금 도와주고, 빨래도 한다고요. 하지만 성씨만은 절대 물러서지 않고 바꾸려고 하지 않습니다. 평소에는 의식하지 않아도 마음속 깊은 곳에 여자는 남자의 부속물이다, 인생의 주인공은 나다, 라는 가치관이 뿌리 깊게 자리 잡고 있고, 요컨대 할아버지 시대와 크게 다르지 않다는 겁니다."

"오, 그런가. 마키시마는 사고방식이 새롭다는 거네."

---

109 '아내'는 일본어로 '쓰마(妻)'라고 하며 생선회에 쓰이는 장식 역시 '쓰마(妻)'라고 한다. 생선회의 장식에 관한 어원은 '아내'에서 왔다는 설과 요리의 가장자리에 놓인다고 해서 '끝'이라는 뜻을 가진 일본어인 '쓰마(端)'에서 왔다는 설이 있다.

나도 모르게 비꼬는 말이 입에서 툭 튀어나왔다. 그런 꺼림 직한 감정이 얼굴에 고스란히 드러났는지 마키시마는 깜짝 놀 란 표정으로 나를 쳐다봤다.

　스즈키 데쓰야가 우리 집에 처음 왔을 때도 지금의 마키시 마와 비슷한 느낌이었거든. 그런데 막상 결혼하려고 하니 마키 바의 트라우마보다 자기 성씨를 지키는 선택을 한 거야.

　"제가 그렇게 생각하게 된 건 아마 저희 아버지가 변변치 못 한 사람이었기 때문일 겁니다. 어머니가 가족들의 생계를 책임 져와서요."

　"그게 무슨 소린가?" 하며 남편이 소파에서 몸을 일으켰다.

　"아버지는 도박을 좋아해서 큰 빚을 지더니 어느 날 증발해 버렸습니다. 제가 중학생 때였어요."

　마키시마는 신중히 단어를 고르듯 천천히 말문을 열었다.

　아버지의 생사를 알 수 없는 상태가 3년 이상 계속되면 이 혼이 인정된다는 것을 알고, 어머니는 수색 신청을 내고 세월 이 지나가기를 손꼽아 기다렸다가 3년이 지난 날 바로 이혼 신 청을 했다고 한다. 그사이에 한 번이라도 아버지에게 메일이나 전화 등 연락이 오면 생존 확인이 된 것으로 간주해 연수가 초 기화되기 때문에, 부탁이니까 제발 연락하지 말아달라고 기도 하는 마음으로 살았다고 한다.

"이혼 후에도 어머니는 결혼 전 성으로 되돌리지 않았습니다. 사실은 원래 성씨로 되돌리고 싶었지만, 사춘기인 저와 여동생의 성씨가 바뀌는 게 불쌍하다고 생각하셨기 때문이라고 들었습니다."

마키시마는 그렇게 말하고 커피를 한 모금 마시더니 이야기를 이어갔다.

"낡은 사고방식을 가진 사람이 나라를 이끌어가는 한 앞으로도 법은 바뀌지 않을 겁니다. 하지만 남편이 적극적으로 아내의 성씨로 바꾼다면 선택적 부부 별성의 문제는 남는다고 해도 적어도 불평등 문제는 사라질 겁니다. 이 고리를 넓혀서 결혼할 때 96퍼센트가 남편의 성씨로 바꾸는 것을 50퍼센트로 낮추는 게 최종 목표입니다."

"마키시마의 원동력은 어머니에 대한 사랑이군."

남편은 감탄한듯 말했다.

"정말 그렇게 해도 괜찮겠어? 후회하지 않으려나?" 하고 나는 확인하듯 물었다.

"후회할지 어떨지는 지금 시점에서는 모릅니다."

마키시마는 솔직하게 대답했고, "그건 그렇지" 하며 남편은 크게 고개를 끄덕였다. 마키시마를 바라보는 다정한 눈빛에서 이미 마키시마를 꽤 마음에 들어 하는 것을 알 수 있었다.

"성이 바뀌면 생각보다 불편해져. 인간관계도 달라지고 말이야."

나는 겁을 주듯 말해보았다.

"각오하고 있습니다. 아내의 성으로 바꾼 선배들은 모두 불편하다고 하니까요. 여권도 운전면허증도 은행도…… 온갖 것을 다 명의변경을 해야 해서 귀찮다고요. 저는 우연히 '야나기'라는 이름이 성씨 같아서인지 어릴 때부터 야나기라고 불리는 경우가 많았고, 지금도 회사에서 다들 야나기라고 부릅니다. 그러니까 결혼해서 성이 바뀌어도 그렇게 크게 영향을 받지는 않겠지만 다른 선배들은 친구나 상사가 히죽히죽 웃으면서 부인의 성씨로 부른다고 합니다. 히죽히죽 웃는 것도 좀 아닌 듯하지만요."

"아까 말한 '남편이 성을 바꾸는 모임'의 회원은 몇 명이나 돼?"하고 물었다.

"처음에는 8명이었는데 지금은 500명 가까이 됩니다."

메이저리그에서 활약하는 일본인 선수나 IT 기업의 젊은 사장들 가운데 몇 명이 동참해서 결혼할 때 아내의 성을 선택한 것이 계기가 되어 최근 큰 폭으로 증가했다고 한다.

"옛날부터 시대를 바꾸는 것은 역시 젊은이들이네. 비틀즈 흉내를 내고 머리를 기르면 불량배라고 불렸는데 말야."

"사회가 변하고 있는 게 느껴지네. 자네들은 싸우고 있는 거군."

"싸우고 있다고 할 정도의 일은 아닙니다. 가볍게 생각하는 남자도 꽤 있고요."

"난 기쁘다네. 우리는 딸이 둘이라서 마쓰오 성이 내 대에서 사라질 거라고 체념하고 있었으니까. 커피 말고 맥주 마실까나" 하더니 남편은 힘차게 일어나 부엌으로 들어갔다.

"아빠, 나도 도울게" 하고 마키바가 남편의 뒤를 따라갔다.

내 마음속에 예상치 못한 기쁨이 밀려왔다. 마키바가 나와 같은 성씨로 있어주는 것이 이토록 기쁠 줄이야.

남편이 쟁반에 캔맥주를 잔뜩 받쳐 들고 돌아왔다.

"우리 집은 니가타에 묘가 있어서 얼마 전에도 앞으로 묘를 어떻게 해야 할지 아버지와 상의했어. 물려받을 사람이 생겨서 잘됐군."

"아, 묘 말인가요? 죄송하지만 저는 묘에는 전혀 관심이 없습니다."

"관심이 없다니……."

남편의 움직임이 멈췄다.

"마키바 씨와 결혼해서 마쓰오 성이 된다고 해도 마쓰오 가문의 묘를 지키고 싶다는 생각은 솔직히 말해서 없습니다. 그렇다고 저희 본가의 묘에도 애착은 없지만요."

"그래? 묘에는 관심이 없어?" 하고 남편이 아쉬운 표정이 되었다.

"인류가 시작된 이래로 몇억 명인지 몇조 명인지 모르지만, 태어나서 죽기를 반복하면서 일일이 무덤을 만들다 보면 온 세상이 무덤 천지가 되는데 귀중한 땅이 아깝지 않습니까?"

"동감" 하고 나는 재빨리 말했다.

"그렇죠, 어머니?"

어머니라고 불려서 묘하게 기분이 좋았다. 스즈키 데쓰야나 나카바야시 사토루에게 그렇게 불렸을 때는, 아직 결혼도 하지 않았는데 함부로 부르지 말라고 속으로 화가 났지만, 마키시마라면 용서가 된다.

"그러니까 자네는 성씨는 마쓰오로 바꿔도 마쓰오 가문의 묘에 들어가는 건 싫다는 건가?"

"그건 아닙니다. 묘는 아무래도 상관없습니다. 하지만 법을 지키지 않으면 남은 가족에게 폐를 끼치니까 산골이든 수목장이든 영구공양 공동묘지든 마쓰오 가문의 묘든, 어쨌든 간단하고 돈이 안 드는 방법이라면 뭐든 좋습니다."

"……그렇군, 과연."

남편은 납득한 것 같기도, 아닌 것 같기도 한 아리송한 얼굴로 캔맥주의 꼭지를 당겼다.

"조만간 어디선가 아버지가 돌아가셨다는 연락이 올지도 모릅니다. 하지만 저나 여동생이나 일부러 아버지를 위해 묘를 준비할 생각은 없습니다."

"그래, 그렇겠지."

남편의 얼굴에 동정심이 묻어있었다.

"공동묘지로 충분하다고 생각하지만, 만약 아버지를 위해 묘를 사게 되더라도 그곳에 저는 함께 들어갈 생각은 없습니다. 아버지 한 사람의 개인묘로 됐다고 생각합니다."

"개인묘라……. 그렇게 생각하면 여러 가지 문제가 해결될 수도 있겠어."

남편도 나름대로 니가타의 파묘에 대해 이런저런 생각을 하고 있었던 모양이다.

문득 마키바를 보니 부드러운 미소를 지으며 남편과 마키시마의 대화를 듣고 있었다. 내 시선을 눈치채고 마키바는 활짝 웃었다.

—여자아이라서 어쩔 수 없다.

그런 몇 세대에 걸친 포기라는 사슬을 끊을 수 있다.

비록 이 넓은 세상에서 우리만의 가느다란 사슬이지만.

24.
가도쿠라 아키히코 65세

나나가 세상을 떠났다.

폐암 진단을 받았을 때는 이미 여기저기에 전이된 상태였다.

순식간이었다.

홀로 있는 집은 고요했고 이 넓은 세상에 나 혼자 남겨진 것 같은 기분이 들었다. 외로움보다 걷잡을 수 없는 허전함이 밀려왔다.

납골이 끝난 지금도 문득문득 나나에게 말을 걸 것 같다.

—나나, 오늘 저녁은 뭐 먹을까? 오늘 일정은?

하지만 이제는 없다. 죽었다기보다 홀연히 사라진 것 같은 감각이 지금도 계속되고 있다.

나나는 도쿄 도립 아오야마 영원에서 장사를 지냈다. 나나의 부모님이 잠들어 있는 가도쿠라 가문의 묘다.

도립 영원의 추첨은 경쟁률이 높아서 몇 번을 신청해도 당첨되지 않아 10년 이상 계속 신청하는 사람도 적지 않다고 들었다.

하지만 가도쿠라 가문의 묘와 같은 넓이라면 1천만 엔이 넘는다. 가장 저렴한 곳도 4백5십만 엔 이상이다. 민간으로 치면 묘의 가격은 땅값에 비례할 테니, 도립이라고 해도 당연하다면 당연하다. 이곳이 만약 저렴했다면 추첨에서 떨어진 사람은 당첨된 사람만 유난히 행운이라고 생각해 질투가 날 것이고, 도의 세금으로 운영되고 있는 점을 생각하면 부정한 사람이라고 오해할 수도 있을 것이다. 그렇게 생각하면 높은 사용료의 설정은 수긍이 간다.

장인어른이 돌아가신 후 고미술상으로서의 매출이 눈 깜짝할 사이에 떨어졌다. 게다가 나나의 최첨단 치료를 위해 얼마 없는 예금마저 헐어버렸다. 그래도 부족해서 집을 담보로 은행에서 돈을 빌렸다.

바로 지난주에 은행의 담당자와 상의한 결과, 집을 팔아 빚을 청산하기로 했다. 집이 없어도 나 혼자뿐이라면 고미술품 가게의 2층에서 어떻게든 지낼 수 있을 것 같다. 2층에는 창고를 겸한 작은 방이 있다. 수도시설을 조금 리모델링하면 그럭저럭 살 수 있을 것이다.

그런데 나나가 떠나고 나서 갑자기 살이 쪘다. 이런 나를 주변 사람들은 어떻게 생각할까. 어제도 거래처의 남자가 내 몸을 아래위로 훑어봤다.

그건 장례식이 끝난 다음 날의 일이었다. 밤에 침대에 누웠는데 '요시노야'[110]의 소고기덮밥이 머리에 떠올라 좀처럼 잠이 오지 않는 것이었다. 내일 점심으로 꼭 먹으러 가겠다고 결심하고서야 겨우 잠이 들었다. 다음 날 아침, 잠에서 깬 순간부터 안절부절 가만히 있을 수 없었다. 결국 점심까지 기다리지 못하고 오전 11시에 역 앞에 있는 요시노야에 도착했다. 오랜만에 먹는 소고기덮밥과 붉은 생강 절임은 생각보다 맛있었다. 그러자 이번에는 밤이 되기를 기다리지 못하고 아직 해가 지기 전인데도 선술집에 들어가, 이 또한 오랜만에, 삶은 풋콩과 닭튀김과 생선회를 안주 삼아 청주를 마셨다.

정말 맛있었다.

나나한테는 미안하지만, 날생선은 양파와 함께 마리네[111] 하는 것보다 고추냉이와 간장에 찍어 먹는 것이 몇 배는 더 맛있

---

110 일본의 소고기덮밥 체인점
111 생선, 고기, 채소, 향신료 등을 양념에 재우는 것

어. 스무 살 무렵부터 세련되고 도시적인 향기를 풍기는 남자를 선망했지만, 입맛만은 지금도 촌놈인가 보다.

아내를 잃은 지 얼마 되지 않았는데도 좋아하는 음식을 자유롭게 먹을 수 있다는 행복감이 샘솟는다. 주위에서 '늘 사이가 좋네'라는 말을 항상 들었고, 내 생각에도 궁합이 좋은 커플이었는데 말이다.

그리고 얼마 후, 드디어 그토록 바라던 코타츠[112]와 뚝배기를 샀다. 웅장한 이탈리아산 벽난로가 있는 넓은 거실의 한가운데에 코타츠를 놓고 뚝배기에 고기와 채소를 적당히 넣어 폰즈[113]에 찍어 먹고 있자니 그야말로 꿀맛이었다.

그런 나날을 보내는 사이에 결국 나는 가도쿠라가의 사람이 될 수 없다고 생각하게 되었다. 음식이나 생활 방식을 점차 본래의 내 취향으로 되돌리면서 나나를 잃은 외로움보다 해방감이 더 커졌다.

이튿날에는 날씨가 맑아 문득 생각이 나서 나나가 잠들어 있는 아오야마 영원으로 산책할 겸 발걸음을 옮겼다. 집에서 걸어서 10분 정도의 거리라서 부담 없이 들를 수 있었다.

가는 길에 꽃집에 들러서 나나가 좋아하는 카틀레야와 카라

---

112 일본의 난방기구로 좌식 온열 테이블
113 감귤류의 과즙과 식초로 된 일본의 조미료

를 샀다. 영원 안에는 나무가 울창하다. 그 광활한 부지 안에 서 있으면 내가 도심의 한복판에 있다는 사실을 잊게 된다.

가도쿠라 가문의 묘에 꽃을 바치고 마음속으로 고백했다.

―나나, 미안해. 소고기덮밥을 먹어버려서. 라쿠텐[114]에서 코타츠까지 사버렸어.

돌아오는 길에 카페에 들러 앞으로의 일을 생각했다.

어머니를 수목장으로 치른 것을 계기로 나 또한 파묘에 대해 생각하게 되었다. 우리 부부에겐 자식이 없어서 내가 죽으면 관리비를 낼 사람이 없다. 그 사실은 수십 년 전부터 알고 있었다.

나나가 마지막까지 묘에 대해 언급하지 않은 것은 암이 완치될 거라고 믿었기 때문일까. 하지만 설령 병에 걸리지 않았다고 해도 나와는 일곱 살 차이가 나는데, 마지막에 남겨질 사람은 나일지도 모른다고 생각해서 유언으로 남기거나 미리 손을 써두길 바랐다.

내가 죽으면 가도쿠라가에는 친족이 없어진다. 이 묘를 그냥 내버려두어도 될까. 내가 건강할 때 처리하는 게 낫지 않을까.

뜨거운 커피를 마시면서 스마트폰으로 '아오야마 영원 파묘'라고 검색해봤다. 파묘를 하면 부설 납골실에 안치할 수 있

───────────
114 일본 최대의 인터넷 쇼핑몰

다는 내용의 글을 발견했다. 하지만 그곳도 영원히 사용할 수 있는 것은 아니고 20년 후에는 지하의 공동매장실로 옮겨진다고 한다.

인기가 많은 영원이기 때문에 파묘하고 나면 곧바로 다음 사용자가 결정될 것이다. 1천만 엔이 그저 도쿄의 세금으로 걷히는 셈이다. 그렇다면 내가 건강할 때 묘소를 반환하는 편이 낫지 않을까.

내 유골은 바다에 뿌려줬으면 하는 마음도 있지만 그런 번거로운 일을 이미 젊지도 않은 미쓰요나 신지에게 부탁할 수는 없다. 그렇다고 그다지 친하지도 않은 조카들에게 부탁하는 것도 너무 뻔뻔스럽다.

그렇다면 어떻게 해야 할까.

지금은 건강하고 오래 살고 싶은 마음도 해마다 강해지고 있지만, 그렇다고 해도 앞으로 어떻게 될지 모른다.

—나나, 나는 어떻게 하면 좋을까.

마음속으로 말을 걸었지만, 대답은 없었다.

25.
나카바야시 준코 63세

이장하려면 총 3백만 엔에서 5백만 엔 정도가 든다는 사실을 남편에게는 아직도 고백하지 못했다.

만약 남편이 이장 비용을 알게 되면 분명 이렇게 말할 것이다.

―어느 쪽으로 해도 돈이 많이 든다면 일부러 도쿄로 묘를 가져올 필요는 없잖아!

그렇게 고함을 지르는 모습이 눈에 선했다.

남편이 마지못해 도쿄로의 이장을 허락한 이 기회를 결코 놓치고 싶지 않았다. 그도 그럴 것이 어느샌가 내 마음속에는 비용이 많이 드는 것만이 문제가 아니게 되었기 때문이다. 어쨌거나 앞으로 그 주지 스님과는 아예 관계를 끊고 싶은 마음뿐이었다.

터무니없는 이장 비용을 요구할 수밖에 없는 상황이 비단 그 주지 스님 개인 탓만은 아니라는 것은 알고 있다. 제2차 세계대전 이후 일본은 형제가 줄어들고, 지금은 저출산이 심각해졌고, 신앙심도 얕아지고 있어서 다른 직업이 없는 주지 스님이 경제적으로 어려움을 겪는 사정은 이해할 수 있다. 게다가 본당을 재건축하려면 많은 기부금을 모을 수밖에 없다. 하지만 그렇다고 해서 사람을 우습게 보는듯한 고압적인 태도를 용서할 수 있느냐 하면 그건 또 다른 문제다. 그것 때문에라도 가고시마에서 도쿄로 이장하는 일은 절대로 양보할 수 없다.

하지만…… 이장 비용으로 예금이 탈탈 털리는 것도 싫다.

도대체 어떻게 하면 좋을까. 어떻게든 싸게 끝낼 방법이 없을까? 시호 어머니의 말처럼 한밤중에 유골을 파내러 갈 수밖에 없을까?

사토루는 최근에 본 다큐멘터리 프로그램의 이야기를 들려주었다. 인도의 어느 마을에서는 가족이 죽으면 마을 사람들을 모두 집으로 불러 사흘 밤낮으로 식사와 술을 대접한다고 한다. 그 비용 때문에 빚더미에 앉는 사람이 적지 않다고 했다. 어느 나라나 관혼상제에서의 허례허식은 공통인 것 같다.

지금 지켜야 할 것은 체면도 자존심도 아닌 노후의 삶이다. 그것을 남편은 모른다. 아니, 알려고도 하지 않는다.

단가들이 종파를 바꿔서 단가 수가 줄어든 일에 관해 남편은 이렇게 말했다.

—그러면 3좌가 아니라 4좌나 5좌를 하면 그만이야.

이쯤 되면 비용이 많고 적음의 문제가 아니라면서 폼만 잡고 있을 수는 없는 노릇이다.

가장 쉬운 방법은 지금까지처럼 묘는 가고시마의 절에서 옮기지 않고, 기부는 1좌 1백만 엔만으로 좀 봐달라고 하는 것이다. 하지만 남편은 1백만 엔으로는 수긍하지 않을 것이다. 고집이 세고 자존심이 강한 남편을 설득할 자신은 전혀 없고, 이 방법으로는 주지 스님과의 관계가 지속될 수밖에 없다.

아아.

여러 가지 방법을 생각하며 남편의 서재에서 청소기를 돌리고 있을 때였다.

문득 책장을 보니 파묘에 관한 책이 세 권이나 꽂혀있다. 내가 모르는 사이에 연구하고 있었던 모양이다. 남편이 지식을 얻게 되면 앞으로는 말로 속일 수 없게 된다.

불길한 예감이 들었다.

그날 밤, 남편의 기분이 매우 좋았다. 교진[115]이 이겼기 때문이다.

"저기, 여보. 가고시마에 있는 묘는 영구공양으로 하고 우리 대부터 도쿄에 묘를 쓰면 어떨까?"

여러 가지 고민 끝에 생각해낸 아이디어였다. 남편도 타협할 수 있는 마지노선이 아닐까 생각했다. 영구공양 절차를 먼저 밟으면 기부에서 벗어날 수 있을지도 모른다.

"영구공양?"

그렇게 물은 남편의 기분이 순식간에 언짢아진 듯하다.

"당신, 그게 무슨 의미인지 알아? 영구라는 이름이 붙어도 결국은 햇수의 기한이 정해진 1대에 한정된 공양이야."

"엇, 그래?"

"영구라는 말을 듣고 당신은 아마 미래영겁 공양해줄 거라고 생각했겠지"라며 남편은 무시하듯 말했다.

"그야 나도 미래영겁 공양까지는 아니더라도……. 그런데 1대 한정이라고?"

"고작 내 대에서 끝난다는 얘기야. 내가 앞으로 기껏 살아봐야 20년 정도겠지. 그 후에는 합장묘로 옮겨지는 거야."

1대 한정이면 충분하다고 생각하는 나는 냉정한 사람일까.

---

115 일본의 프로야구팀으로 정식 명칭은 요미우리 자이언츠이고 '교진'은 약칭이다.

하지만 남편의 조상은 만난 적도 없고 나와는 혈연관계도 아니니 어쩔 수 없잖아.

"애초에 당신은 영구공양 계약료가 얼마인지나 알아?"

"아니, 몰라."

"1백2십만 엔이 시세라고 책에 나와있었어" 하고 남편은 자신만만하게 말했다.

역시 남편은 파묘에 관해 자세히 알게 되었다. 이대로 나와 사토루에게 맡겨두면 내 마음대로 해버릴 거라는 불신이라도 있었던 걸까.

그렇다고 해도…… 아아, 싫다. 어떤 방법으로 해도 역시 1백만 엔 이상이나 돈이 나가버리잖아.

그때 2층에서 내려오는 경쾌한 발소리가 들려왔다.

"배고파. 뭐 먹을 거 없어?"라며 사토루가 거실을 그대로 가로질러 주방으로 걸어갔다.

냉장고를 열었다 닫았다 하는 소리가 들리는가 싶더니 치즈와 어묵을 들고 거실로 돌아왔다.

"만약 영구공양을 한다면 내가 죽은 뒤에 묘는 어떻게 될 것 같아?" 하고 남편은 말을 이었다.

"묘비는 산업폐기물이라서 분쇄해야 해. 어릴 때부터 아껴온 묘비가 해체되는 거야. 이 괴로움을 당신이 알기나 해?"

남편은 파묘 관련 책에서 여러 가지를 배운 모양이다.

"예를 들어 큰 묘라면, 집 한 채를 해체하는 것하고 같은 정도, 다시 말해서 몇백만 엔이나 들 수도 있어."

"하지만" 하고 사토루가 말을 꺼냈다.

"분쇄된 후에는 도로공사에서 아스팔트 재료로 쓴대."

"그래서 그게 뭐?"

"그러니까 낭비되지 않는다는 거지."

"그런 것은 아무래도 상관없어. 바보 같은 놈."

"그럼 아빠, 가고시마에 있는 묘는 어쩔 셈이야?"

"지금처럼 절에 두면 돼. 간단하잖아."

"그대로 두면 본당의 재건축 비용을 기부해야 하는걸."

"기부하면 돼. 적어도 5백만 엔은 기부해야겠지."

"뭐라고? 여보! 그건 절대 반대야. 그러면 노후자금이……."

부자지간의 대화에 끼어들지 않을 수 없었다.

"시끄러워. 내가 번 돈이야. 지금 당장 통장이랑 도장 나한테 가져와. 내가 내일 은행에 가서 송금하고 올 거야."

"싫어. 절대 안 돼. 5백만 엔이라니."

"여자가 참견할 일이 아니야."

"아빠, 좀 진정해. 묘지 때문에 살인사건이라도 일어나면 곤란해."

"넌 또 무슨 말이야?"

"얼마 전까지만 해도 아빠는 도쿄로 이장하는 것에 찬성했 었잖아."

"마음이 바뀌었어."

"실은 나, 좋은 아이디어가 생각났는데" 하고 사토루는 번갈 아가며 베어 먹던 어묵과 치즈를 테이블에 내려놓았다.

"그 좋은 아이디어란 게 뭐야?"

나는 실낱같은 희망을 걸었다.

"가고시마의 삼촌 부부에게 묘도 본가도 양보하면 돼."

"아, 그렇군. 그건 좋은 아이디어 같네. 미나오는 아직 묘를 사지 않았다고 말했었지. 분가해서 돈이 많이 들어 힘든 것 같 더라."

"무슨 말도 안 되는 소릴 하는 거야? 장남은 나야. 유지는 차 남이라고."

바보는 당신이야.

"장남이라서 그게 뭐 어쨌다는 거야. 당신은 그냥 몇 년 일찍 태어난 것뿐이잖아."

화가 머리끝까지 치밀었다. 이토록 대놓고 남편을 바보 취 급한 적은 여태까지 없었다.

"뭐야, 그 말투는?"

"두 분 다 진정하시고. 그보다 그 본가는 누구 명의야? 할아버지나 할머니가 돌아가시고 나서 아빠 이름으로 명의변경 했어?"

"그건, 아직 안 했어."

"명의변경을 안 하면 벌금을 물게 되나 봐. 정부의 빈집 대책의 일환이래."

"그래? 몰랐네. 그럼, 이참에 유지 서방님의 명의로 변경해 버리면 되겠네. 당신은 상속을 포기하는 걸로 하고. 미나오가 그런 낡은 집은 필요 없다고 말하면 곤란하지만."

"그런 집이라니, 그 말투는 뭐야!" 하고 남편이 호통을 치며 눈을 부릅떴다.

"그런 집이라도 헐값이면 팔릴지도 몰라."

사토루는 주눅 들지 않고 계속 말했다.

"어쨌든 현지의 부동산 사정을 알고 있는 삼촌 부부에게 맡기는 게 좋겠어요. 판 돈의 일부를 본당 재건축 비용으로 충당해도 좋고."

정말 훌륭한 내 아들!

"저기, 아빠. 백 년 뒤를 생각해봐요. 유골이나 묘지의 후계자가 불분명해지는 건 당연하잖아. 그걸 굳이 무연고라고 해서 문제 삼지 않아도 되는 거 아닌가."

바로 받아칠 줄 알았는데 남편은 의외로 팔짱을 끼고 입을 다물었다.

"그럼 넌 묘는 어떻게 해야 한다고 생각하는 거냐? 제대로 된 생각이 있어서 말했을 거 아냐."

남편은 사토루를 위협하듯 말했다.

"난 이제 이렇게 되면 정부가 역할을 해야 한다고 생각해."

사토루는 당당하게 말했다.

"정부? 예를 들면?" 하고 나는 물었다.

"지자체가 복지의 일환으로 하면 좋을 것 같아. 누구나 훗날에 대한 걱정 없이 공설묘지에 잠들 수 있도록 공공사업으로 해도 괜찮겠지. 1대에서 끝나는 묘라도 좋고 개인묘든 합장묘든 상관없으니까."

"대찬성이야. 만약 그게 실현된다면 얼마나 마음이 편해지겠어. 그렇게 해야 해. 이제 여러 가지가 시대에 맞지 않는 것들이 많아지고 있으니까."

"……그렇군, 그 생각은 확실히 좋을지도 모르겠군."

남편은 예상외로 솔직하게 인정하고 허공을 바라보았다.

"유지 서방님 부부와 상의해보자. 내일 당장 미나오한테 전화해볼게. 당신, 괜찮지?"

"그래, 아빠. 삼촌에게 양보해주자. 지금까지 정말 신세 많이 졌잖아."

"그렇기는 하지만······" 하고 남편은 망설이는 듯했다. 절대로 양보할 수 없다던 굳은 표정은 아니었다.

"유지 서방님네는 손자가 셋이나 있어. 그것도 남자아이뿐이야."

"그렇지. 얏짱도 닷짱도 결혼이 빨랐지. 나랑 다르게 둘 다 어릴 때부터 미남이었으니까."

"손주가 셋······ 그것도 아들만······"이라고 남편은 중얼거렸다.

"삼촌에게 양보하면 적어도 몇 대 뒤까지 묘는 안정적일 거야" 하고 사토루가 부추겼다.

"그리고 도쿄에 묘를 만들면 아빠가 세상을 떠난 후에 성묘하기도 편하잖아"라며 사토루는 전에 했던 말을 다시 한번 강조했다.

"맞아. 나는 분명 매주 성묘하러 가서 근황 보고를 하겠지" 하고 나는 마음에도 없는 말을 했다.

"그렇군. 그럼 그렇게 할까."

남편은 수긍한 듯했지만 분명하게 말하진 않았다.

이 상태라면 언제 또 마음이 바뀔지도 모른다. 그러니 서둘러 유지 부부의 양해를 구하고 되돌릴 수 없게 못을 박아야 한다.

우리 집의 묘 문제는 도대체 언제까지 계속될는지.

이제 그만 결판을 짓고 싶다.

"그보다 너희 약혼반지 말이다"라며 남편이 무슨 생각인지 갑자기 화제를 돌렸다.

"또 그 얘기야? 반지는 필요 없다고 몇 번이나 말했잖아."

"아직도 그런 제멋대로인 말을 하는구나."

"그게…… 실은, 시호하고 이미 헤어졌어."

그렇게 말한 사토루의 표정은 어두웠다.

시호에게 차인 것일까.

이렇게 좋은 아이를 차버리다니 믿을 수 없다.

"헤어졌다고? 그럼 더 빨리 말했어야지. 반지는 어떻게 되는 거야?"

"그래서 지금까지 몇 번이나 거절했잖아."

"그런 여자와 헤어지다니 잘 된 거야"라고 나는 사토루를 위로하고 싶은 마음에 말했다. 사토루를 찬 시호가 미워서 견딜 수 없었다.

"사토루, 결혼은 초조해할 필요 없어. 시호같이 반지가 필요 없다느니 소박한 결혼식이 좋다느니 하는 그런 비상식적인 말을 하는 제멋대로인 여자는 사토루에게 어울리지 않아. 좀 더 평범한 여자랑 결혼해야 사토루도 행복해질 수 있어."

"그야 당연하지" 하고 남편이 말했다.

"사토루, 이제 두 번 다시 까다로운 여자는 사양이다. 도쿄에 묘를 만들면 물려받을 사람은 너밖에 없으니까 제대로 된 며느리를 얻지 않으면 곤란해."

"그래그래, 알았어. 스몰웨딩 정도라면 모를까, 남자의 성까지도 바꾸려고 하는 여자는 이제 지긋지긋해."

말투에 비해 사토루의 표정은 그다지 밝지 않았다.

그러나 거절당한 충격이나 슬픔보다도 화가 난듯 보여서 조금은 안심이 되었다.

26.
마쓰오 이치로 90세

추석도 설날도 아닌데 아키히코가 귀성하다니 드문 일이었다.

나나가 세상을 떠났을 때는 충격이었다. 병세가 어떤지는 들어서 알고 있었기 때문에 각오는 하고 있었지만, 아들의 배우자가 나보다 먼저 갈 거라고는 생각지도 못했다. 정말 하늘도 무심하다.

자식 셋 중에 아키히코가 가장 소원했다. 신지 부부는 매년 추석과 설날에는 고향에 내려왔고 미쓰요는 근처에 살고 있어서 종종 찾아온다. 하지만 아키히코는 몇 년에 한 번 정도밖에 고향에 오지 않았고, 온다고 해도 하룻밤만 자고 바로 도쿄에 돌아가기 일쑤였다.

그런데 이번에는 이곳에 온 지 벌써 일주일이 지났다. 어젯밤에도 둘이 늦게까지 술을 마셨다. 아내를 먼저 보낸 동지라는 동병상련의 의식이 싹튼 것 같다. 오래 살다 보니 자식과의 관계가 시시각각 변하는 것을 경험할 수 있어서 재밌다.

아키히코는 2층에서 묵고 있다. 아까부터 덜컹거리는 소리가 들리는데 가구라도 옮기고 있나.

"안녕하세요. 아버지, 계세요?"

현관 쪽에서 미쓰요의 낭랑한 목소리가 들려왔다.

"응, 있어"라고 대답하면서 현관까지 나갔다.

미쓰요는 현관 앞에 선 채 아키히코의 구두를 가리키며 속삭이는 듯한 목소리로 "오빠, 아직 있어요?" 하고 물었다.

"아직 있어서 미안하게 됐네"라며 아키히코가 계단을 내려왔다.

"뭐야, 오빠는 여전히 귀가 밝네."

그 말에는 답을 하지 않고 아키히코는 "그 가지, 어떻게 할 거야?"라며 미쓰요가 팔에 걸고 있는 바구니를 바라보고 물었다.

"가끔은 점심이라도 해줄까 싶어서. 가지랑 다진 고기를 넣은 일본식 파스타 만들어볼까 하는데, 오빠도 먹을래?"

"응, 먹을래."

"이탈리안이 아니라 일본식인데 괜찮아?"

"응, 이탈리안보다 일본식이 먹고 싶어."

셋이 부엌에 나란히 섰다. 아키히코는 서둘러 큰 냄비에 물을 끓이고 나는 미쓰요의 감독 아래 가지를 동그랗게 썰었다.

"아버지, 너무 두껍다니까요. 너비는 1센티미터 정도로 하라고 했잖아요. 그러면 잘 안 익는다고요."

"미안, 미안."

사과하면서도 정말 즐거웠다.

여기에 요시코와 신지까지 있으면 얼마나 좋을까.

"근데, 아키히코. 2층에서 큰 소리가 들리던데, 뭐 하고 있었어?"

"옷장을 옆방으로 옮겼어요. 내 방을 만들려고요."

"어? 오빠, 여기로 돌아올 거야?"

프라이팬에서 다진 고기를 볶던 미쓰요가 손을 멈추고 아키히코를 돌아보았다.

"지금은 아직 도쿄에서 일이 있으니까 당분간은 두 집 생활이지만, 도쿄에서의 일은 점점 줄어들고 있고 체력적으로도 힘들어져서 머지않아 이쪽으로 돌아올 생각이야. 이 접시면 돼?"

"그거 말고. 오른쪽에 더 큰 거 세 개. 오빠, 너무 의외인데? 오빠는 도시를 아주 좋아한다고 생각했거든."

"도시도 시골도 장단점이 있잖아. 하지만 나는 이쪽 묘에 들어갈 생각이야."

"어? 도쿄 도립 어쩌고 영원에 가도쿠라 집안의 묘가 있지 않아? 나나 언니도 거기에 있는 거 아니야?"

"사실은 사후 이혼 절차를 밟았어. 아버지, 포크는 어뎄어요?"

"위쪽 서랍이야. 그보다 사후 이혼이 뭔데?"

"말하자면 성씨를 마쓰오로 되돌렸다는 의미예요."

"엇, 뭐라고?"

"뭐야, 그게?"

깜짝 놀라서 미쓰요와 둘이 아키히코를 말뚱말뚱 쳐다보았다.

"……그렇구나. 그랬구나. 너는 가도쿠라 아키히코에서 마쓰오 아키히코로 돌아왔구나."

"맞아요. 아버지와 같은 성씨가 된 거예요."

"가도쿠라 집안의 재산은 어떻게 돼? 아버지, 프라이팬에 빨리 가지를 넣어야죠. 아니요, 전부요. 전부, 한꺼번에."

미쓰요가 무서운 얼굴로 노려봤다.

"사후 이혼해도 재산은 그대로 상속받을 수 있어"라고 아키히코가 말했다.

"그래? 상속받을 수 있어? 전부 그대로?"

들어보니 도쿄의 집을 팔려고 내놓자마자 매수자가 나타났다고 한다. 인도 기일까지 집을 비워야 해서 그곳에서 쓰던 가구는 대부분 팔 예정이지만, 애착이 가는 것은 이 집으로 옮기고 싶다고 했다.

"그럼…… 나도 남편이 죽은 후에 그렇게 해야지."

"미쓰요, 너도 사후 이혼할 거야?"

"네, 그러고 싶어요. 아버지는 반대예요?"

"아니, 반대는 안 한다. 네가 원하는 대로 하렴. 마쓰오 가문의 묘에 아키히코랑 미쓰요랑 신지 부부가 들어가준다면 나도 외롭지 않을 거고 말이야."

"오빠, 이제 슬슬 건져. 알단테116로 삶아야 해."

"딱 좋게 삶아졌어. 알단테야."

"알단테가 뭐야? 안데르센이라면 알겠지만."

"아버지, 미안하지만 나는 마쓰오 가문의 묘에는 들어가지 않기로 했어요."

"뭐? 시댁의 묘도 친정의 묘도 싫으면 너는 어느 묘에 들어가려고?"

"엄마가 없는 묘에는 들어가고 싶지 않아요."

---

116 파스타 면을 삶을 때 면의 심지가 살짝 덜 익어 단단함이 느껴질 정도의 상태

"그럼 어떻게 할 건데?"

"실은, 엄마가 묻힌 곳 바로 옆 구획을 비상금으로 사버렸어요."

"뭐? 어느 틈에?"

"아버지, 마실 것 좀 준비해줘요. 컵 세 개 꺼내고요."

"오, 엄마의 바로 옆에 말이구나. 그거 재밌네" 하고 아키히코는 감탄한듯이 머리를 좌우로 흔들며 말을 이어갔다.

"사람마다 자기가 원하는 대로 하는 게 가장 좋겠지. 난 이곳에 돌아오면 텃밭을 시작하려고 해."

"말도 안 돼, 오빠가 농사를?"

"그렇게 놀랄 일인가. 지금 책을 읽고 공부 중이야. 미쓰요도 도와줄 거지?"

"생각해볼게. 자, 다 됐다. 어서 먹어요."

"맛있겠다."

셋이 식탁에 둘러앉았다.

"잘 먹겠습니다."

"채소가 듬뿍 들어가서 몸에 좋을 것 같다."

"맛있어."

"이 정도도 괜찮다면 가끔 와서 또 해줄게."

요시코가 세상을 떠나고 나서 집 안에 불이 꺼진듯했지만,

앞으로는 활기가 넘칠 것 같다.

"아키히코는 데릴사위가 된 것을 후회하고 있는 게냐?"

"응? 왜요?"

"왜냐면 성씨를 마쓰오로 되돌릴 정도니까."

"아니, 후회하지 않아요. 이런 촌놈인 내가 그런 도시 한복판에서 꿈같은 멋진 생활을 할 수 있었잖아요. 나나 덕분에 즐거운 인생이었어요."

"그렇구나. 그럼 다행이다. 여기서 인생 2막을 시작하는 거구나."

"맞아요. 요즘은 인생 이모작이라는 말이 유행한다고요."

"오빠, 그럼 다음에 이탈리안 파스타 만들어줘."

"좋아, 진짜 맛있는 파스타를 만들어줄게. 아, 그러고 보니 대형 태풍이 온다고 하던데 어떻게 됐을까?"

그렇게 말하면서 아키히코가 텔레비전을 켰다.

화면을 보니 오쿠라 덴지로가 클로즈업으로 비치고 있었다.

"이 사람 아직 살아있네."

미쓰요가 말했다.

"벌써 진작에 정계를 은퇴했을 텐데."

"화가 많이 나있는 것 같아. 무슨 일이 있었나?"

—덴지로 선생님, 소감을 말씀해주십시오.

많은 취재진이 덴지로에게 마이크를 들이댔다.

—내가 틀렸다고 생각하지 않습니다. 나는 항상 옳은 일만 해왔으니까. 아무튼, 내게는 신념이 있습니다. 올바른 가족관을 가지고 정치를 해왔어요.

"무슨 말이지?"

덴지로는 얼굴을 붉히며 분노를 표출하고 있었다.

—내가 죽기를 손꼽아 기다리는 국민이 그렇게 많은 줄은 몰랐습니다. 이제 나는 완전히 은퇴하고 조용히 살겠어요. 다시는 사람들 앞에 나서지 않을 겁니다.

그렇게 단언하더니 분한 표정으로 자리를 떠났다.

그때 텔레비전 화면의 상단에 자막이 흘러나왔다.

—선택적 부부 별성 법안이 통과되었습니다.

"아, 그런 거였구나."

"드디어 통과됐네. 새삼스럽지만."

"그래도 너무 늦었지. 좀 더 일찍 했으면 나도 이렇게 몇 번이나 과정을 거치지 않아도 됐는데. 운전면허증 하나만 해도 마쓰오에서 가도쿠라, 그리고 다시 마쓰오로 돌아가야 해. 아이고 귀찮아."

"고생이 많구나. 이제 절차는 다 끝났니?"

"아직 보험이 남아있어요. 그리고 여권과 연금도. 아직도 온라인으로 신청이 안 되니까 사무소까지 가야 해요."

"내가 결혼해서 마쓰오에서 다케무라가 되었던 시대와 변한 게 하나도 없네. 벌써 40년 전의 일인데, 그때도 힘들었어. 도대체 주소랑 이름을 몇 번이나 쓰게 할 작정인지 싶었어."

"이 법안이 통과돼서 신지네 딸들도 분명 기뻐할 거야."

"마키바는 성씨 때문에 인생이 엉망이 됐으니까" 하고 아키히코는 차분하게 말했다.

─묘의 존재 방식도 달라지겠군요.

아나운서의 목소리에 일제히 텔레비전으로 시선을 돌렸다.

개그맨이나 평론가 등이 토론을 벌이고 있었다.

─지금까지 결혼을 통해 두 개의 성씨가 하나로 통합되었습니다. 즉 2분의 1로 줄어든 것입니다만 앞으로는 성씨를 바꾸지 않는 사람이 늘겠지요. 그렇게 되면 묘를 이을 사람이 증가하게 됩니다.

─그렇습니다. 쇼와시대부터는 형제자매가 줄었습니다. 그렇게 되면 남편 쪽의 묘는 존속할 수 있지만, 부인 쪽의 묘는 이을 사람이 없어 파묘를 해야 하는 경우가 많았으니까요.

시대는 점점 변하는 것 같다.

그리고 그것은 아무도 멈출 수 없다.

앞으로 어떻게 될까.

가능하면 이백 살 정도까지 살면서 세상의 변천 과정을 보고 싶다.

　—제행무상입니다.

　주지 스님의 목소리가 귓가에 들리는 것 같았다.

27.
마쓰오 시호 33세

역 앞에서 과일 타르트 두 개를 사서 언니가 사는 아파트로
향했다.

곧 아빠 생신인데 선물을 같이 생각해달라는 부탁을 받았
다. 언니는 다음 달에 결혼을 앞두고 있어서 뭔가 기념에 남을
만한 선물을 아빠에게 주고 싶다고 했다.

현관문이 열리자 반겨준 것은 언니의 미소였다. 예전처럼
조용한 미소가 아니라 십 대 소녀 같은 발랄한 미소였기에 나
까지 기분이 좋아졌다.

"시호가 좋아하는 해물볶음면 만들어줄게."

"정말? 고마워. 그러잖아도 마침 먹고 싶던 참이었어."

방 안은 깔끔하게 정돈되어 있었다. 새집으로 이사하려고 필요 없는 가구와 의류를 처분했다고 한다.

언니가 결혼할 상대가 설마 나보다 어린 남자일 줄은 상상도 못 했다. 본가에 갔을 때 만났는데 밝고 친화력이 좋은 사람이었다. 형부라기보다 남사친이 생긴 기분이었다.

"이번에는 아빠 생일 선물을 좀 더 좋은 걸로 하고 싶어."

"그래? 나는 평소처럼 화과자로 하려고 했는데."

"요즘 들어, 아빠는 나를 정말 소중하게 키워주셨다고 진심으로 생각해" 하고 말하면서 언니는 냉동 해산물을 소쿠리에 담았다.

"소중히? 음, 그런가. 예를 들면 어떤 점이?"

나는 언니가 시키는 대로 배추를 썰면서 물었다.

"왜냐면 나는 의붓딸이잖아? 그런데도 실기나 입시 학원도 보내주고 대학 재수까지 시켜줬어."

"그런 건 당연하잖아. 언니는 지금까지 그런 서운한 생각을 하고 있었어?"

"왜냐면 요즘은 의붓자식을 학대하는 뉴스가 많잖아."

"그런 건 특별한 경우잖아."

"그건 그럴지도 모르지만."

언니는 그렇게 말하면서 불 위에 프라이팬을 올리고 참기름을 부었다. 거기에 방금 썬 배추를 던져 넣었다.

"아빠한테 노트북을 선물하려고 해. 시호는 어떻게 생각해? 굴 소스, 냉장고에서 꺼내줄래?"

"노트북? 큰돈 쓰네. 1십만 엔 정도로는 안 될 텐데?"

"지금까지 잘 키워주셨다고 생각하면 너무 저렴한 거지. 거기 해산물도 넣어줘."

언니는 눌어붙지 않도록 빠르게 젓가락으로 섞으면서 말했다.

나도 그 옆에서 해산물을 던져넣은 뒤, 달라붙지 않게 살살 풀면서 면을 넣었다.

"아빠의 노트북이 오래돼서 좀 안쓰러웠거든."

"그렇지. 크고 무겁잖아. 요즘에 그런 노트북 쓰는 사람 없지. 실은 나도 전부터 신경 쓰였어."

"자, 다 됐다. 먹자."

둘이 마주 앉아 뜨거운 볶음면을 입안 가득 넣고 먹었다.

3인분이나 있었는데 둘이 순식간에 다 먹어치우고, 내가 사온 타르트까지 상자에서 꺼냈다.

홍차와 함께 먹고 있는데 언니의 스마트폰 벨소리가 울렸다. 언니는 화면에 뜬 글자를 흘끗 곁눈질만 하고 확인하려고도 하지 않은 채 잔뜩 얼굴을 찡그렸다.

"누구한테 온 문자야? 그렇게 무서운 얼굴을 하고."

"스즈키 데쓰야."

"뭐? 그 사람한테 아직도 연락이 와?"

"내가 결혼하는 걸 지인한테 들은 모양이야. 우리 지사에 데쓰야의 대학 시절 동아리 친구가 근무하고 있어서 그 사람을 통해서 들었을 거야."

"그래서 그 사람이 뭐래?"

"그 법안이 통과됐잖아? 서로 성씨를 바꾸지 않아도 되니까 다시 한번 생각해보라고."

"야나기 씨랑 결혼이 정해졌는데 이제 와서 그런 말을 하는 거야?"

"야나기랑 만난 적도 없으면서 야나기 욕을 하더라고. 어린 남자는 절대 미덥지 못하대. 분명히 후회하는 날이 올 거래."

"어머, 정말?"

나도 모르게 큰 소리를 냈다.

"스즈키 데쓰야가 그런 말을 하는 사람이었어? 꼴사납다."

"이제 더는 나한테 볼썽사나운 모습을 보이지 않았으면 좋겠어."

"야나기 씨는 스물아홉 살이지? 전혀 어린 나이도 아니고 내가 보기엔 사려 깊고 착실하던데."

"고마워. 데쓰야는 트집을 잡고 싶을 뿐이야. 그런데 시호는 어때? 사토루한테 연락은 없어?"

"있었지. 그 법안이 통과됐으니 다시 생각해주지 않겠냐고."

"너도? 생각하는 게 데쓰야랑 똑같네. 그래서? 어떻게 대답했어?"

"단호하게 거절했어. 이제 성씨가 어쩌고저쩌고는 문제가 아니야. 성씨와 묘 일로 그 녀석이 사이비 페미니스트였다는 걸 알게 됐고, 이젠 정말 지긋지긋해."

"그렇구나. 정말 그걸로 괜찮겠어? 내 영향을 받은 건 아닌지 걱정이었는데."

"영향은 받았어. 하지만 좋은 영향이었다고 생각해."

"그렇게 말해주니 언니로서는 고맙구나."

"그보다 언니, 결혼 선물은 뭐가 좋겠어?"

"아무것도 필요 없어. 그 마음만으로 충분해."

"와플 샌드위치 메이커 갖고 싶다고 말한 적 있지?"

"응, 갖고 싶어."

"잠깐, 좀 전엔 마음만으로 충분하다고 말했잖아."

"어머, 내가 그런 말을 했나?"

다음 순간 둘이 동시에 웃음을 터뜨렸다.

28.
마쓰오 사쓰키 62세

아침부터 날씨가 좋았다.

공기가 상쾌하고, 기분 좋은 바람이 불고 있다.

그래서일까, 가보고 싶어졌다.

"나도 같이 가볼까나."

"당신도? 왜?"

"왜냐면 나, 한 번도 가본 적이 없어. 한 번쯤 당신 부모님께 인사드리고 싶어."

"오. 신지, 감동적인 드라마에 나오는 대사 같네."

"모처럼 화창한 휴일이고, 오랜만에 바다도 보고 싶고. 응?"

내 부모님의 묘는 요코스카에 있다. 항구가 한눈에 내려다

보이는 언덕 위에 있는 공원묘지다.

부모님의 유골을 합장묘에 모셨을 때 나는 고등학생이었다. 그 이후로 한 번도 방문하지 않았다.

아버지의 졸음운전으로 차선을 크게 벗어나 트럭과 정면충돌했다. 조수석에 타고 있던 엄마도 함께 즉사했다. 트럭 운전사도 다리뼈가 부러졌다. 공제보험에서 보험금이 5백만 엔 나왔지만, 그동안 소원했던 고모가 갑자기 나타나서 "내가 맡아주겠다" 하고 가져간 뒤로 연락이 닿지 않았다. 그래서 묘를 만들지 못했다.

하지만 어쩔 수 없었다. 세상 물정 모르는 아이였고, 외동인데다 가까운 친척도 없었기 때문에 상의할 상대조차 없었다. 그때의 나는 이 넓은 세상에서 외톨이였다.

합장묘라면 누구의 유골인지 알 수 없게 되어 다시는 꺼낼 수 없다. 그런 점을 생각하면 아무 곳에도 모시지 않고 유골함을 내가 가지고 있어도 좋지 않았을까. 그런 생각에 발작하듯 극심한 후회가 덮쳐오는 일이 이십 대 후반까지 이어졌다.

그럴 때면 항상 스스로에게 이렇게 타이르곤 했다.

—어차피 칼슘일 뿐이야. 생선 뼈랑 뭐가 달라? 아버지도 어머니도 내 마음속에는 아직 살아계셔. 그것만으로 충분하잖아.

당시 친척들은 냉담했다. 부모를 잃은 고등학생을 애물단지로 여겨 아무도 거두려고 하지 않았다. 그러던 중에 이목구비가 또렷한 배우 같은 얼굴의 남자가 친절하게 대해줬다. 웃으면 눈이 자상해 보였다. 그 사람이 마키바의 친부다.

합장묘에 잠든 부모님은 지금 어떻게 지내고 계실까. 생판처음 보는 사람들과 같은 묘 안에서 사이좋게 지내고 있을까.

아버지는 아마 괜찮을 것이다. 부지런했고 겉보기에도 성실함이 묻어나는 사람이었으니까. 그래서 잘 쉬지도 않고 너무일만 많이 해서 졸음운전을 해버린 거겠지. 하지만 어머니는분명 괜찮지 않다. 그 성격에 묘 안에서도 주변 사람들과 싸우기 일쑤일 것이다.

다음 순간, 문득 행복감에 휩싸였다.

부모님은 이렇게 청정한 곳에 잠들어 계신다.

푸른 바다가 내려다보인다.

이렇게 예쁜 풍경이 또 있을까?

"여보, 슬슬 돌아가자" 하고 말했다.

"벌써? 지금 막 왔잖아."

"응, 하지만 이제 돌아갈래."

당장 집으로 달려가 벽장 안쪽 깊숙이 넣어둔 골판지 상자를 열고 싶어 참을 수 없었다. 거기에는 어린 시절의 앨범이나 아버지의 손목시계, 어머니가 아끼던 싸구려 보석함과 꽃무늬 손수건이 들어있다. 신기하게도 손수건에서는 지금도 어머니 냄새가 났다. 외로워서 견딜 수 없을 때는 아버지의 스웨터를 입고 어머니의 손수건 냄새를 맡는다. 고등학생 때부터 줄곧 그래왔다. 육십 대가 된 지금도 졸업하지 못하고 있다.

"이 표지판, 여기저기에 있네"라며 남편이 하얀 입간판을 가리켰다.

─묘지의 효율적인 이용을 위해 무연묘 등에 대한 이장을 실시하게 되었습니다. 묘지 사용자는 본 공고 게재일로부터 1년 이내에 신청해주시기 바랍니다. 기한 내에 신청이 없는 경우는 무연묘로 간주해 이장하게 되오니 이 점 양해 바랍니다.

"묘를 관리할 사람이 없는 묘가 많이 있나 봐."

"그러네."

그럼, 역시 이걸로 하길 잘한 거야.

어차피 언젠가 무연묘가 될 운명이야.

게다가 당시 고등학생이었던 내게는 이게 최선이었다.

"이제《과학의 아이》[117]의 시대니까."

"뭐야, 당신? 이제 와서 그런 말을 하다니."

117　야하기 도시히코(矢作俊彦)의 소설 제목으로 원제는《라라라 과학의 아이(ららら科學の子)》이며 〈우주소년 아톰〉의 일본판 주제가에서 인용한 제목이다.

"〈우주소년 아톰〉의 주제가에도 그런 가사가 있었지?"

"그거 벌써 반세기 전이야."

이거면 됐어.

더 이상 후회하지 말자.

―이봐, 사쓰키. 어제가 아니라 내일을 봐.

아버지라면 분명 그렇게 말해주실 거야.

―뼈는 그저 칼슘이야. 바보 같기 짝이 없네.

어머니는 괴짜였으니까 분명 그렇게 말씀하시겠지.

괜찮아, 나.

내 마음에는 아버지와 어머니에 대한 추억이 가득 차있으니까.

누구나 죽음을 피해갈 수는 없다.

죽기 전에 해야 할 일이라고 하면 보통 유산 상속을 가장 먼저 떠올리겠지만, 요즘은 자신의 장례를 어떻게 치를지, 묘는 어떻게 할지도 미리 생각하는 사람이 많아졌다. 예전에는 당연히 가족들이 알아서 하는 일이었지만 장사(葬事) 방법이 다양해지면서 본래 당연했던 일도 이제는 당연하지 않게 되었다. 일상과 동떨어진 문제 같지만 실은 누구나 생각해보아야 할 묘를 소재로 한 이 작품은, 사쓰키의 시어머니인 요시코가 자신은 가문의 묘가 아닌 수목장으로 해달라고 유언을 남기면서 가족들 사이에 벌어지는 한바탕 소동을 담았다.

묘를 소재로 한 작품은 얼마 전 천만 관객을 동원한 영화 〈파묘〉처럼 공포나 미스터리 같은 장르에서 종종 볼 수 있는데, 이 작품처럼 사회 문제를 다루는 소설의 소재도 될 수 있다는 점에서 신선하게 다가왔다. 큰 틀에서는 사후의 자유로운 선택을 이야기하면서 저출산과 고령화로 인한 묘의 계승 문제, 사찰의 경영 문제, 그 외에도 부부 동성제의 문제 등 다양한 시각에서 묘 문제를 다루고 있어 일반적으로는 법률 분야에서나 나올 법한 내용을 가족드라마로 엮어 흥미로웠다.

작품에 등장하는 수목장이나 납골묘는 이미 우리에게 친숙한 장례문화이지만 시신을 땅에 묻는 도장이 대부분이었던 1990년대까지만 해도 상상하기 쉽지 않았다. 그 이후로 장사 전반에 대한 문화가 바뀌면서 우리나라에서도 화장이 보편화되었고, 유골을 안치하는 방식이 다양해졌으며, 독일에서 왔다는 친환경적인 수목장을 포함한 자연장이 화제가 되기도 했다.

요시코는 '남편과 시부모와 한 묘에 들어가기 싫다'는 이유로 수목장을 원했는데 이 한마디를 읽는 순간 예전에 들었던 수목장 계약자들의 사연이 머리를 스쳐 지나갔다. 일본은 보통 가족 단위로 묘를 만들기 때문에 부부가 당연히 같은 묘에 안치된다. 특히 장남은 가문의 묘를 이어받고 장남의 부인은 그 묘에 들어간다. 그런데 이치로의 부인인 요시코처럼 남편과 같은 묘에 들어가기 싫다는 여성들이 나오면서 수목장이 이러한 여성들의 사후의 자유로운 선택권을 대변하곤 했다.

일본 유학 시절에 친구의 결혼식에 참석했는데 덕담을 한마디 해달라고 부탁받은 적이 있다. 신랑과 신부가 둘 다 친구였던 나는 '나중에 죽어서 둘이 같은 묘에 들어갈 수 있도록 잘 살길 바란다'라고 말해줬다. 신랑 신부는 고개를 끄덕였고 하객들은 웃음을 터트렸다. 요시코의 유언을 읽었을 때 얼마나 반갑던지. 그날 내가 신혼부부에게 적절한 조언을 한 것 같아 뿌듯했다. 요시코는 남편이나 시부모가 싫다는 이유였는데 궁극적으로는 결혼할 때 남편의 성씨를 따르면서 남편의 집안에 구속되어 아내, 며느리, 엄마로서 해오던 역할을 벗어던지고 죽어서라도 이 모든 굴레에서 해방되고 싶은 마음이 컸을 것이다.

작품의 또 하나의 축은 자식 세대에서 펼쳐지는 부부 동성제 문제이다. 부부 동성제를 묘와 연관 지어 생각해본 적은 없지만, 적어도 내 주변 일본인들은 결혼하면 모두 남편 성씨를 따랐기 때문에 종종 듣던 이야기였다. 영화 〈범죄와의 전쟁〉에 등장하는 배우 최민식처럼 '경주 최씨 충렬공파 35대손'까지는 아니지만, 어디 ○씨인지 정도는 당연히 아는 한국인인지라

성이 바뀌는 것은 얼토당토않은 일이었다. 그래서 결혼하는 한 일본 친구에게 남편 성씨로 바뀌는 것이 싫지 않은지 물어본 적이 있는데, 가족이 같은 성을 쓰는 것은 당연하고 그래야 친밀감이 든다는 대답이 돌아왔다. 부인의 성씨를 따르는 선택은 아예 전제에 없었다.

마키바와 시호 같은 경우를 본 적이 없어서 다들 당연하게 받아들이는 줄 알았는데, 이 작품을 읽으면서 관련 내용을 찾아보니 부부가 같은 성을 쓰거나 남편 성씨를 따르는 것에 의문을 제기하는 사람이 꽤 많다는 사실을 깨달았다. 부부 별성제까지는 갈 길이 멀지만, 세상은 분명히 바뀌고 있다. 이를 반영하듯 작품에서는 시호가 페미니스트인 척하면서 자신이 성씨를 바꾸기는 거부하는 사토루와 헤어졌고, 야나기는 마키바의 성씨를 따르겠다고 했으며, 선택적 부부 별성제 법안이 통과되었다. 속이 후련하고 통쾌했으며 대리 만족이 느껴지는 대목들이었다.

저자 가키야 미우는 저출산, 고령화, 젠더 등 우리가 마주하는 사회 문제를 날카롭게 비판하면서도 유쾌하고 꼬집고 유머러스하게 담아내는 작가이다. 무겁고 법적인 문제라서 접근하기 어려운 것들을 사실적이고 쉽게 소설로 엮어내는 데 탁월하다. 등장인물의 감정 또한 거침없이 솔직하게 묘사해서 공감을 자아낸다. 이 작품에서는 눈치 없고 분위기 파악을 못 하는 사쓰키가 가장 솔직한 캐릭터로 등장한다. 사쓰키의 '유골은 대체 생선 뼈와 뭐가 다르지'라는 말처럼 욕을 먹을지도 모른다며 조심스레 툭 내뱉는 표현에서 저자의 솔직함을 엿볼 수 있었고, 조금 거친 느낌도 들지만 공감할 수 있는 대목이었다. 혼 빼기, 혼 넣기가 웬 말이냐며 사쓰키에게 공감하다가도, 성묘하러 가서 절하며 무언가를 비는 내 모습이 떠올라 사후세계는 없다고 부정하고 싶지만 마음 한구석에 사후세계를 믿는 나를 발견하고는 미쓰요에게 공감하기도 했다.

자유롭게 묘를 선택하고 싶어 하는 여성들과 대비되는 인물로 가부장적인 이치로와 준코의 남편이 등장하는데, 이들에게는 가문의 묘 이외의 선택은 상상할 수조차 없는 일이었다. 그러나 주지 스님이나 가족과 이야기를 나누면서 서서히 생각이 바뀌는데 이 과정이 과연 그럴듯하다. 이치로와 준코의 남편은 고리타분하고 고지식하게 느껴지지만 틀렸다고는 할 수 없다. 모든 사람은 저마다 이유가 있고 그들 나름대로 옳다고 하지 않던가. 두 사람의 입장이 이해가 가면서도 설마 이치로가 요시코의 유언을 무시하고 그냥 가족묘에 안치하면 어쩌나, 준코의 남편이 노후자금을 절에 기부하면 어쩌나, 마음을 졸였다. 다행히 둘의 생각이 조금씩 움직이면서 원만하게 해결되는 방향으로 마무리될 것 같아 가슴을 쓸어내렸다.

이장을 하려고 한 괘씸죄로 주지 스님이 높은 금액의 이장 비용을 청구하자 우동 체인점에서 저녁을 먹으며 조금이라도 돈을 아끼려는 준코의 모습이 애처로우면서 씁쓸한 미소가 지어졌다. 일본 지인에게서 가족의 장례를 치르지 않았다가 절에서 사십구재를 지낼 때 결국 장례비용만큼 청구가 있었다는 이야기를 들은 적이 있다. 준코처럼 혹 하나를 떼려다 혹을 하나 더 붙인 셈이었다. 일본에서는 절이 묘지의 경영 주체인데 공간적으로도 절과 묘지가 가까이 있고 사십구재나 기일, 명절 등의 행사를 맡겨야 하기에 평소에도 절과 왕래를 해야 하는데 이러한 관계에 부담을 느끼는 사람들이 늘고 있는 것도 사실이다.

'원래 그렇게 해왔으니까'라는 핑계는 더 이상 통하지 않는 시대이다. 사후에 대한 선택에는 옳고 그름도, 정답도 정해져 있지 않다. 전통을 부인하거나 묘가 중요하지 않다는 이야기는 아니다. 저자는 모든 선택이 존중받을 수 있기를 바라는 마음으로 이 작품을 세상에 내놓지 않았을까. 여러 인물을 통해 다양한 시각에서 이야기를 풀어나가는 구성이 그 반증이라고 할 수 있다.

저출산과 고령화 문제가 심각한 우리나라의 현황을 보면,

머지않아 묘의 존속 문제가 닥칠 것은 자명한 현실이고 일본의 묘 문제는 더 이상 강 건너 불구경이 아니다. 평소에는 접할 기회가 적은 일본의 묘 문제를 작품을 통해 들여다보면서 앞으로 다가올 우리의 묘 문제의 힌트를 얻을 수 있지 않을까 기대해본다.

작품을 관통하는 세계관이 있다. 이 세상은 우리가 잠시 머물다 가는 곳이며 영원한 것은 없다는 '제행무상, 색즉시공'이다. 이치로가 주지 스님과 상담하면서 이 말에서 깨달음을 얻는데 비단 묘뿐만 아니라 우리가 짊어진 여러 가지 굴레와 집착에서 헤어날 수 있는 삶의 지혜가 아닐까 한다.

어머니에게 이렇게 질문한 적이 있다. "엄마는 죽으면 어디에 묻히고 싶어?" 그러자 "난 그냥 강에 뿌려줘"라는 대답이 돌아왔다. 그러면서 "납골함은 아무 무늬도 없는 흰색이면 좋겠고, 또……" 하며 의외로 구체적인 이야기가 이어졌다. 어머니도 나름 원하는 것이 있었다. 얼마 전에 사쓰키가 엔딩노트를 업데이트하듯 다시 같은 질문을 해봤다. 그러자 이번에는 "난 우리 엄마 묘에 같이 넣어줘"라고 대답했다. 가족 납골묘를 사고 나서 어머니는 외할머니와 같은 묘가 좋겠다고 생각이 바뀐 모양이다.

누구나, 멀든 가깝든 고민해봐야 하는 묘. 막상 닥치면 당황스럽고 가족 사이에 의견이 엇갈리기도 한다. 이런 이야기를 꺼내기가 왠지 껄끄럽고 입에 담기 어려울 수도 있지만, 오히려 가족끼리 솔직한 이야기를 나누고 서로의 삶을 소중히 하는 좋은 계기가 될 수 있을 것이다. 이 작품이 그런 계기를 마련해 주길 바란다.

김양희

1. 《레이와판 파묘·이장 핸드북(令和版 墓じまい·改葬ハンドブック)》, 오하시 마사히로 감수, 슈후노도모샤

2. 《버려지는 종교: 장례식·묘·계명을 버린 일본인의 최후(捨てられる宗教 葬式·墓·戒名を捨てた日本人の末路)》, 시마다 히로미, SB신쇼

3. 《'파묘'로 마음의 짐을 내려놓는다: '무연묘' 사회를 어떻게 살 것인가(「墓じまい」で心の荷を下ろす「無縁墓」社会をどう生きるか)》, 시마다 히로미, 시소샤신쇼

4. 《부부별성: 가족과 다양성에 대한 각 나라의 사정(夫婦別姓 家族と多様性の各国事情)》, 구리타 미치코, 후쿠오카 나오, 푸라도 나쓰키, 다쿠치 리호, 가타세 케이, 사이토 준코, 이토 준, 치쿠마신쇼

5. 《일본의 이상한 부부동성: 사회학자, 부인의 성을 선택하다(日本のふしぎな夫婦同姓 社会学者、妻の姓を選ぶ)》, 나카이 지로, PHP신쇼

6. 《앞으로의 불교 장례식 없는 사회 백년인생의 생로병사(これからの仏教 葬儀レス社会 人生百年の生老病死)》, 사쿠라이 요시히데, 고잔샤